TERRA DE CASAS VAZIAS

Este livro foi selecionado pelo Programa Petrobras Cultural. O autor contou com uma bolsa de criação literária durante o processo de escrita do mesmo.

TERRA DE CASAS VAZIAS
André de Leones

Rocco

Petrobras Cultural
Patrocínio

Copyright © 2013 by André de Leones

Direitos desta edição reservados à
EDITORA ROCCO LTDA.
Av. Presidente Wilson, 231 – 8º andar
20030-021 – Rio de Janeiro – RJ
Tel.: (21) 3525-2000 – Fax: (21) 3525-2001
rocco@rocco.com.br
www.rocco.com.br

Printed in Brazil/Impresso no Brasil

Preparação de originais
Rosana Caiado

CIP-Brasil. Catalogação na fonte.
Sindicato Nacional dos Editores de Livros, RJ.

L576t Leones, André de, 1980-
         Terra de casas vazias / André de Leones.
         – Rio de Janeiro: Rocco, 2013.

         ISBN 978-85-325-2828-5
         1. Romance brasileiro. I. Título.

13-0044   CDD-869.93
                               CDU-821.134.3(81)-3

Para Erwin Maack, que me apontou Jerusalém,
e Marcelo Korn e Ilana Maor, que a personificaram.

E para Daniel Feltrin, que canta comigo.

"(...) tudo, tudo é distância."
Amós Oz, *Meu Michel*.

A primeira parte deste romance é também intitulada **Terra de casas vazias** e se passa em 2009. Nela, encontramos Arthur e Teresa. Eles vivem em Brasília. Tentam lidar com uma grande perda. No final, decidem fazer uma viagem.

1.

Teresa parou à entrada da cozinha. Estava descalça e vestia um roupão branco sobre uma camiseta preta na qual se lia, em letras amarelas, o nome de uma banda. O roupão estava aberto e a corda se arrastava pelo chão; ela cantarolava em voz baixa. Arthur deixara os folhetos amontoados sobre a mesa. Todos os continentes representados em 26 folhetos coloridos repletos de desinformações. O mundo sobre a mesa da cozinha, ou uma ideia de mundo – vaga, superficial, estupidamente colorida. Aquilo tudo parecia pesar.

É claro que não passava de um amontoado de papéis, mas Teresa não se surpreenderia caso os pés da mesa se dobrassem e ela viesse ao chão num estrondo. (Teresa sempre esperava que as coisas se dobrassem e viessem ao chão num estrondo.) Calou-se ao pensar nisso, e a música que cantarolava pareceu nunca ter estado ali. A mesa posta. De certa forma. Por assim dizer. Mesas, edifícios, pessoas. A mesa posta por Arthur. Era o jeito dele, seu *modus operandi*, deixar tudo jogado em vez de falar a respeito. Uma espécie de pragmatismo distorcido, ou pseudopragmatismo: as coisas ou estão ali, ou não estão; não percamos tempo discutindo sobre o que não está; o que não está à minha frente não existe; não posso nem preciso me preocupar com o que não existe.

À entrada da cozinha, Teresa pensava mais uma vez no que *não* estava à sua frente, no que cessara de existir. Aquilo que não existia mais ou deveria ter deixado de existir como que a habitava, era justamente o que estava nela, o que havia dentro dela.

Cruzou os braços, fechou os olhos por um instante.

Como esquecer, obliterar?

Mesas, edifícios, tudo dobrado e vindo ao chão num estrondo. E pessoas? Não, ainda não. Hoje, não.

Não agora.

Um pouco antes, cruzando a sala, teve a curiosidade de parar e olhar através da janela. Ainda podia fazer isso, não? Sim, um pouco que fosse. Parar e olhar para fora. Talvez estivesse melhor. Ou não, apenas um hábito difícil de perder. Você é a soma dos seus hábitos, dizia-lhe o pai. Todas as coisas ditas pelos pais e que não significam coisíssima nenhuma. Viu outra manhã de outono implausivelmente chuvosa. Um vento forte castigava as árvores do parque lá embaixo, do outro lado da rua, como se quisesse arrancá-las. Árvores migrando feito pássaros: algo inédito e ao mesmo tempo desolador. Ou desarvorador. Pressentiu um dia arrancado da companhia dos outros dias, fora do tempo, diverso, bastardo. Não um dia *melhor*, necessariamente. E, de resto, o que seria isso? Escancarar a janela, que o vento também a levasse embora. Abriria os braços. Veja: sem raízes aqui. Mas e Arthur? Às vezes, não conseguia se lembrar dele, levá-lo em conta, e sentia-se mal por isso. Que besteira, não? Fechou as cortinas. O vento lhe arrancaria os braços, e só. Permaneceria fincada ali. Seu tronco, pelo menos. O tronco enraizado.

Na cozinha, Teresa finalmente se aproximou da mesa. Por quanto tempo permanecera à porta, temendo avançar ou recuar, cantarolando e depois em silêncio? As árvores prestes a migrar atrás de si, lá fora. Arrancada da companhia dos outros. Fora do tempo. Sentou-se sem descruzar os braços. Estranho como as cores dos folhetos nada tinham a ver com os lugares a que se referiam. Um folheto verde para a Alemanha, um vermelho para a Argentina, um preto para o Japão e por aí afora. Ela aprendera a ligar esses e os outros lugares a cores bem diferentes das que via estampando a papelada sob seus olhos. Eles não podiam fazer melhor do que isso? Qual seria a dificuldade? Uma mísera olhada nas cores das bandeiras, e pronto. O mundo daltônico ou simplesmente cego. Ou talvez fosse ela que não enxergasse bem, não mais. As malditas cores nacionais. Vermelho-sangue para todos. Nossa história e as histórias dos outros. A Irlanda, por exemplo, sobreviveria sem a cor verde. Não? Desde que os irlandeses não soubessem, talvez. Mas azul? Imaginou uma senhora irlandesa passando os olhos por um folheto sobre o Brasil. Que cor teria? Magenta. Ou cinza. O dia lá fora. A imagem daquelas árvores quase desterradas pelo vento ilustrando a capa, a legenda: *árvores migratórias do Centro-Oeste brasileiro*. Não que essas coisas fossem mesmo importantes. Sua cabeça repleta de desimportâncias, bastarda em relação ao resto. Ao resto de seu próprio corpo, ao resto do mundo. O vento e as árvores lá fora, as cores dos folhetos sobre a mesa.

Descruzou os braços e desviou o olhar da mesa abarrotada para o aparelho telefônico grudado na parede. Como se pressentisse. Como se soubesse. Levantou-se. No momento em que o relógio do micro-ondas marcou oito horas, o telefone tocou. A voz de Arthur:

– Deu uma olhada?

Ela cruzou o braço esquerdo e apoiou nele o cotovelo direito. A mão segurava o telefone desajeitadamente, o bocal à altura do queixo.

– Acabei de levantar – disse.

– Dá uma olhada, tá? Deixei aí para você olhar.

– Eu sei.

– Pois é. Deixei aí para você olhar – ele repetiu, o tom de voz ligeiramente mais alto. Como se ela não tivesse ouvido da primeira vez. A voz ansiosa dele. – Peguei quase tudo que eles tinham e deixei aí.

– Eu percebi.

– Para você olhar.

– Já entendi essa parte.

– Eu sei, eu só queria...

– Ainda nem tomei meu café da manhã.

– Mas, olha, se você pensar em algum outro lugar, é só dizer.

– Acabei de levantar.

– Eles têm pacotes pra tudo que é lado.

– Meio que dormindo ainda.

– Tem lugar que a gente nem sabe que existe e eles têm pacote para lá.

Ela tentou imaginar como seria um lugar cuja existência ignorassem, mas logo desistiu. Não estava interessada. Mas, qual seria a cor do folheto de um lugar assim? A cor branca seria muito óbvia? Um copo de leite:

– Você comeu? Tomou café antes de sair? – Não que estivesse realmente preocupada com isso, com ele.

– Vai nos fazer bem. Você sabe disso, não sabe? Quer dizer, a gente concorda nesse ponto, não concorda?

Ela não respondeu. Ele continuou falando, repetindo aquilo tudo. Ela achou que o melhor seria se repetir também:

– Eu acabei de levantar.
– Ei, a gente pode ir para Montevidéu outra vez.
– Montevidéu?
– Se você quiser.
– Montevidéu?
– É. Montevidéu.
– Não quero ir para Montevidéu.
– Lembra quando a gente foi? Não foi tão bom, eu sei. Mas depois vieram me falar que a gente foi na época errada do ano.
– Na época errada do ano? E quando é a época certa?
– Eu não sei. Posso me informar, se você quiser.
– Não, não precisa se informar.
– Coisa rápida.
– Não, não precisa fazer nada, pelo amor de Deus. Seja você. Você sempre ficou quieto, nunca fez nada. Não precisa fazer nada agora. Juro que não precisa. E não tem nada que eu queira fazer em Montevidéu.
– Mas essa é a ideia – ele quase gritou. Tão animado. Depois se acalmou, e ela pôde ouvi-lo se ajeitando na cadeira e avançando sobre a mesa, os cotovelos deslizando sobre o tampo, para dizer quase num sussurro: – Essa é a ideia. Não fazer nada.
Exatamente, ela pensou. Não fazer absolutamente nada. Não falar, não se mover. Não respirar. Nada, nada. Mas como explicar para ele?
– Eu não... – Melhor nem tentar. Ainda assim: – Eu não...
O silêncio da espera dele. Você não o quê?:
– Você não o quê?
Quase sem se dar conta do gesto, desligou o telefone. O braço direito estendido, a mão encaixando o aparelho no gancho. A coisa mais simples do mundo. Mais simples e mais tranquila e mais boba e mais. Sussurrou um pedido de desculpas e sen-

tou-se à mesa outra vez. Percebeu ter pedido desculpas ao telefone. Por ter se separado dele assim. Por tê-lo empurrado, afastado de si. Que horror. Eu não devia ter feito isso com você. Me perdoa? Contou até cinco em voz alta. No momento em que disse *cinco*, o aparelho tocou outra vez. Arthur não parecia nervoso. Meu Deus. O que é que há com você? Qual é a porra do seu problema?

– Dá uma olhada – ele implorou. – Só isso. Por favor.

Ela fitava os folhetos quando concordou:

– Tá bom.

Esperou que ele desligasse para recolocar o aparelho no gancho. Não quero mais ter que pedir desculpas para você. Suspirou. Nunca mais.

Alguns pratos e copos amontoados dentro da pia. Os azulejos brancos começando a encardir. A pequena janela sobre a pia entreaberta e o vento frio se insinuando cozinha adentro. Um pouco de chuva caindo sobre a louça suja, alguns respingos.

Isso não vai adiantar muito, ela pensou enquanto levava as duas mãos aos cabelos loiros, agora curtos. (Arthur dizendo: – Gostei. Te deixa mais nova.) Cortara os cabelos quarenta dias depois do acontecido porque Arthur tinha começado a dizer que ela precisava fazer alguma coisa, qualquer coisa. Justo ele dizer uma coisa dessas e justo ela concordar, preciso fazer alguma coisa, qualquer coisa. Mas cortar os cabelos não ajudou muito. Não ajudou em nada. Ela não se sentiu mais nova ou melhor ou sequer diferente. Outra aparência, a mesma expressão enlutada. Aquilo não era nada, não significava merda nenhuma, os mesmos cabelos, só que mais curtos, é óbvio, assim como ela permanecia a mesma, só que menor, podada, alguém cujos braços tivessem sido arrancados.

Tiraram *isso* de mim. Vê?

Olhou a bagunça sobre a mesa antes de se sentar outra vez e organizar tudo em ordem alfabética: das Bahamas (roxo) ao Uruguai (amarelo). A mesa da cozinha como o balcão de uma agência de viagens. O que ele quer que eu faça agora? Um sorteio? Ligar para alguém e diz aí um número de um a 26. Ninguém para ligar. Ou talvez houvesse, mas ela não queria pensar em ninguém naquele momento. Então (Deus meu, Deus meu, por que me abandonaste?), o telefone pela terceira vez:
— Jantar hoje à noite? Na casa do senador?

Teresa sorriu. Quem por certo não se lembrava era ele. A secretária repassando a agenda do dia e ele fazendo o gesto característico de coçar o espaço entre o lábio inferior e o queixo com o nó do dedo indicador da mão direita. O melhor a fazer seria provocá-lo um pouco:

— O senador que está nos jornais?

Arthur respirou fundo. Era para ser tão simples.

— Ele é um senador — disse. — É claro que ele está nos jornais.

— Não, querido. Ele é um senador encrencado ou, melhor dizendo, um senador redondamente *fodido*. Então, sim, é claro que ele está nos jornais.

— Ele é o meu chefe.

— Por enquanto.

— Ele não vai ser cassado — ele suspirou.

— A questão não é essa — ela suspirou de volta.

— E qual é a questão? — o esforço (inútil) que ele fazia para que o tom de voz soasse normal. Ela sorriu. Já era o bastante.

— Certo — disse. — Qual é a ocasião?

— É aniversário do genro dele.

— Vai ser uma festa, o quê?

– Um jantar. Pouca gente.
– Quanto é *pouca gente*?
– Pouca.
– Quantas pessoas?
– Umas dez, acho que menos.
– Dez pessoas é muita gente.
– Não. Depende. Dentro de um elevador, sim, dez pessoas é muita gente. Num jantar desses, numa mansão no Lago Sul, não sei, acho que não.
– É. Tem razão. Num jantar desses, dez pessoas não é muita gente.
– Então. Te pego às oito.
– Às oito.
– Te amo.
Ela disse que o amava também, mas depois de desligar. Sem se dar conta. Como se falasse para o aparelho telefônico, de novo. Encolheu os ombros, abriu um meio sorriso. Pensou em ligar para ele e dizer eu também te amo, você sabe. Não sabe? Sim, ele sabia. É claro que ele sabia. Então, por que ligar e dizer? As pessoas dizem que é importante. Dizer que ama, quando se ama. Dizer que tudo vai ficar bem, quando é câncer. O meio sorriso evoluiu para um sorriso inteiro. Por alguma razão, a palavra *câncer* sempre fazia com que ela sorrisse. Talvez porque se lembrasse da mãe. Era saudade, então. Um sorriso agridoce pelo tumor que te comeu inteira ou quase inteira e que um dia vai voltar para me comer também. A minha herança. Um sorriso-brinde à sua ausência. A pessoa vai embora e o que fica? A lembrança do tumor. Era saudade, sim. Ou não. Não era nada. Balançou a cabeça, resetou os pensamentos. Vazia outra vez.

Voltou à mesa e leu, sem o menor interesse, cada um dos folhetos.

E se o telefone tocar outra vez? Levantar e sentar e levantar e sentar e. Que raio de missa celebramos aqui? Talvez fosse melhor ir à sala e pegar o telefone sem fio. Talvez fosse melhor continuar sentadinha e rezar a Deus que movesse o telefone sem fio até ela. O Senhor me deve isso. O Senhor me deve muito. Deus é fiel?

Não escolheu folheto algum porque não tinha a intenção de escolher folheto algum, ou porque, depois de um tempo, tinha esquecido a razão de estar ali passando os olhos por aqueles papéis de cores esdrúxulas. A aluna desinteressada e seu dever de casa. Dá uma olhada nos folhetos, ele pediu. Implorou. Justo o que ela fazia, dava uma olhada. Quando terminou de ler o último, não se lembrava dos outros, não se lembrava sequer do imediatamente anterior. O mundo girando diante dela, das Bahamas ao Uruguai, e ela completamente fora dele. No vácuo. Voltar ao princípio? Reler ou, finalmente, ler de verdade? Sentiu-se um pouco tonta. Oito horas e quarenta e seis minutos e o estômago ainda vazio. Um cômodo desocupado em seu corpo, espaço a ser preenchido, no que a imagem óbvia do quarto do filho lhe veio à cabeça. Levou a mão direita ao ventre como se um grito fosse sair dali (por onde, meu Deus?) e ela quisesse impedir que os outros (quem, meu Deus?) ouvissem; pressionou a barriga, alguém que tivesse levado um tiro e tentasse estancar o sangramento. Mas o que é isso que eu estou sentindo agora? Sabia muito bem o que era, mas reduziu ao mínimo, à desimportância: era fome. Mesmo não sendo fome o que a trespassava, ou talvez exatamente por isso. Porque agora tinha algo a fazer, algo com o que se ocupar. Teria de se levantar e ir até o quarto e se despir e adentrar o banheiro e abrir o chuveiro e checar a temperatura da água com a mão, talvez sentar-se na privada e urinar antes de ir para baixo d'água, enxaguar o rosto, molhar os cabelos agora curtos, faz você parecer mais nova, talvez aproveitar para lavá-los, o caralho que faz, quando foi a última vez que os lavou?, não, melhor deixar para mais tarde, quando fosse se arrumar para o jantar, tomar banho e enxugar-se com a toalha que estivesse à mão, voltar ao quarto e escolher uma roupa qualquer e calçar um par de tênis e sair antes que Glória chegasse, não queria vê-la, dizer bom-dia, ouvir bom-dia, passar instruções, limpa os azulejos da cozinha? estão começando a encardir, não passar instrução nenhuma, faça o que quiser, o que achar melhor, não queria ver Glória, não queria ver ninguém.

    Afastou de si a pilha de folhetos. Deixou a cozinha, arrastando a corda do roupão pelo chão. Cruzou a sala sem olhar na direção das janelas. As árvores do parque lá embaixo, do outro lado da rua, talvez já tivessem sido arrancadas pelo vento, migrado, não houvesse nada além de um grande espaço desolado, o lugar de uma guerra terminada há pouco, um não lugar-devastação.

    As janelas tremiam.

2.

Garoava quando Teresa deixou o prédio. A visão através das lentes dos óculos escuros impossibilitada em questão de segundos, o mundo mais e mais embaçado e disforme. Esperou até que tudo se transformasse em um borrão para tirar os óculos e encaixá-los na blusa, junto ao pescoço. Não precisava deles, na verdade. O dia tão escuro. Em seguida, cobriu a cabeça com o capuz, colocou as mãos nos bolsos da blusa de moletom e saiu pela calçada. Uma adolescente cabulando aula. Dia útil para os outros, não para mim. Seus passos eram incertos, como se tivesse bebido um pouco, e caminhava olhando para o chão, com medo de tropeçar no pavimento cheio de buracos, rachaduras, poças d'água, entulhos. Estava agora a favor do vento, o que não era ruim. O vento investia contra as suas costas e era como se a empurrasse. (Veja: sem raízes aqui.) À sua esquerda, do outro lado da rua, as árvores do parque ainda se dobravam. Lembravam pessoas se alongando antes de correr num domingo ensolarado. Evitou olhar para as árvores. A mesma sensação desoladora que tivera ao observá-las pela janela da sala, de que elas migrariam a qualquer momento. Não queria vê-las indo embora. Ou talvez elas apenas se dobrassem até quebrar. (Tudo se dobra e vai ao chão num estrondo, de um jeito ou de outro, mais cedo ou mais tarde.) Não queria vê-las se dobrando até quebrar. Não queria ver nada, mas um trecho menos acidentado da calçada permitiu que levantasse a cabeça. A cidade ao redor como que interditada, ninguém à vista. O cenário desolado de um filme apocalíptico. O mundo acabou: agora, podemos viver. Mas não havia ruínas. Os prédios, inteiros, se repetindo a distâncias regulares. Brasília, ora essa. Tudo em Brasília se repete a distâncias regulares. Fim do mundo, mas um apocalipse higiênico que extinguisse a vida humana, não as edificações. Todos os apartamentos vazios, como os de um prédio terminado e nunca inaugurado. Silenciosa e tranquila terra de casas vazias. Por alguma razão, isso lhe pareceu justo. Deus estala os dedos e desaparecem os seres, deixando os prédios intactos: concreto deiforme. Justo e agradável, sim. Glória a Deus nas alturas. Ao Senhor, que matou o próprio filho e também o meu. Também o meu. Respirou fundo. Não se sentiu melhor. Qual é a porra do Seu problema? Arrancando os filhos de suas mães. Disseram a ela que não pensasse nisso. Não pensasse nessas coisas. Não pensasse. Todos, sem exceção. Mas como não? Quando a falta é o que há. Quando tudo se reduz à ausência. Creio Em Deus Pai Todo-Poderoso Criador Do Céu E Da Terra E Em Jesus Cristo Seu Filho Unigênito Nosso Senhor etc. *Seu Filho Unigênito*. Tenta não pensar nisso, disseram. É difícil, quase impossível. Mas tenta. Para não enlouquecer. Para se recompor. Para seguir em frente. Você e Arthur. Ele precisa de você. Que infantil, ela pensou. Tudo, tudo isso. Do começo ao fim, afora e adentro. Pensar ou não pensar, seguir em frente ou não. Que besteira, que.

 Tropeçou.

 Uma rachadura na calçada, o tropeço e ela caindo de joelhos, as duas mãos ainda nos bolsos. Soltou um gemido, a boca mal se abriu. Não deu com a testa no chão por muito pouco.

Levantou-se com dificuldade. Dois pequenos rasgos na calça, os joelhos agora poderiam enxergar o que estivesse à frente. Dois olhos vermelhos bem no meio das pernas. O moletom preto, quase não se percebia. Algumas lágrimas rolaram, poucas. Mais pelo susto. Esperou que o tremor nas pernas passasse. Então, seguiu viagem, mais do que nunca concentrada no chão.
(Qual é a porra do Seu problema?)
Logo chegou à galeria, um pequeno amontoado de salas comerciais: o escritório de uma imobiliária, uma lanchonete, uma panificadora, um salão de beleza, o consultório quase sempre fechado de um dentista e um pequeno mercado. Na entrada da panificadora, havia uma prateleira com os jornais do dia e algumas revistas. As manchetes dos jornais eram todas sobre o anfitrião daquela noite. Brasília, ora essa. Ela pegou um dos jornais, os joelhos ardiam, escolheu uma mesa e se sentou.
Ficou olhando a foto na primeira página. O senador saindo apressado de uma comissão, cercado por assessores, seguranças, jornalistas. Atrás dele, compondo aquela espécie de cordão de isolamento, estava Arthur. Pelo terno e pela cor da gravata, identificou o dia em que fora tirada a foto: sexta-feira. Arthur estava cabisbaixo, carregando uma pilha de papéis junto ao peito, ladeado por um segurança enorme, a 3 centímetros da lente de uma câmera cujo flash dispararia a qualquer momento. Meio desfocado. O foco, obviamente, estava no senador. Ele tinha um dos braços estendidos para abrir caminho. Altivo, apesar de tudo. Olhos fixos adiante, para além da massa que o cercava, dos jornalistas tentando arrancar dele uma declaração, duas palavras, qualquer coisa. Ela voltou a se concentrar em Arthur. Cabisbaixo, desfocado. Um figurante no meio daquela confusão, ou nem isso. Os seguranças e os demais jornalistas,

sim, eram figurantes. Estavam no quadro, ajudavam a compor a cena. Arthur também estava no quadro, é evidente, mas não compunha coisa alguma. Uma ausência, um fantasma. Ali como em qualquer outro lugar. Em casa, à mesa do jantar, ou mesmo no quarto com ela, dentro dela. Uma ausência que me penetra, que entra aqui em mim. O sopro de um fantasma por entre minhas pernas. Onde é que você está? Com quem? Fazendo o quê? Ela fechava os olhos e esperava. Por mais inútil que fosse, esperava. Ele vinha, mas era como se não viesse, nunca viesse. Ou talvez seja eu. Os folhetos amontoados sobre a mesa da cozinha, a ideia de uma viagem, a insistência, três benditas ligações. Sim, talvez seja eu.

Olhou ao redor, esquecida por um segundo de onde estava e por quê. Era a única pessoa ocupando uma mesa no lugar. Duas funcionárias conversavam detrás do balcão. Você veio aqui para comer. Levantou-se e foi até o balcão.

– Café puro, por favor. E dois pães de queijo – pediu a uma das moças.

– A senhora vai levar ou comer aqui?

– Comer aqui. Ali – apontou para a mesa, o jornal aberto sobre ela.

– Eu levo para a senhora – disse a moça.

– Eu também peguei um jornal.

– A senhora quer um jornal?

– Não, eu peguei um quando entrei, estou só te dizendo. Não paguei por ele ainda.

– A senhora acerta tudo quando sair.

No banheiro, arriou a calça e se sentou no vaso sanitário. Limpou os dois joelhos com cuidado, usando pedaços de papel higiênico. Dois arranhões pequenos ardendo terrivelmente.

A idiotice de soprar, coisa que só aumentava a ardência; soprou assim mesmo. E sorriu enquanto soprava, os olhos lacrimejando. Uma criança faria isso. Levantou-se e vestiu a calça com cuidado. Os dois rasgos, alguma lama. Enxaguou o rosto, lavou as mãos e saiu.

À mesa, enquanto esperava, começou a pinçar algumas palavras do jornal: "escândalo", "desvio", "senador", "denúncia", "renúncia". Gostava particularmente de "desvio". Explicava tão bem aquilo tudo. Não só o escândalo, o senador, a política, Brasília, mas todas as coisas, o universo inteiro, toda a maldita Criação.

Que tal lhe parece *tudo*? Um desvio.

A moça trouxe o pedido e perguntou se queria algo mais. Não queria. Provou o café, satisfeita. Glória já teria chegado àquela hora? Nove e vinte e três da manhã. Atrasadíssima. O pequeno Arthur gostava dela. Todos gostavam do pequeno Arthur. Não gostavam? Pensou em ligar para ela, saber o motivo da possível falta. Você não veio, diria para, em seguida, ouvir com desatenção o que ela dissesse. Doença. Viagem repentina. Morte em família. Qualquer coisa. Qualquer desculpa. Ligar ou não ligar? Não ligar. De repente, foi como se soubesse, adivinhasse. Outro pressentimento. Mordeu o pão de queijo, mastigou com os olhos fechados. Tomou outro gole de café. Ela talvez tenha ligado para Arthur, e Arthur, para casa. A quarta ligação do dia. Mas não estou lá. Boa menina. O pequeno Arthur gostava muito dela. Indo ou voltando com ele da escola, à mesa do almoço, saindo para passear, as poucas quadras até a academia de natação. Mãos dadas. Gostava muito dela. Ele, que não está. Que não é mais. Enrolou o segundo pão de queijo em um par de guardanapos e, no caixa, pediu uma sacola.

– Não esquece de cobrar o jornal – pediu.
Deixara sobre a mesa, aberto. Não levaria consigo. Por que levaria? A moça, outra, não aquela que a atendera ao balcão, a moça sorriu.
A garoa tinha parado, mas o vento parecia mais forte. O plano era dos mais simples: voltar para casa, tomar um ou dois comprimidos, um e meio, o médico pedira que não tomasse dois, e dormir até o final da tarde, quando teria de se levantar a fim de comer alguma coisa, talvez aquele segundo pão de queijo, e se arrumar para o jantar. Comer alguma coisa, arrumar-se. Ninguém em casa. Um dia a menos num piscar de olhos. Perfeito.
De fato, ninguém em casa. A sexta falta em dois meses. O pequeno Arthur realmente gostava dela. Mãos dadas. Os olhos dela, parados. Como que tornados vidro repentinamente. Tão concreta ali, e de súbito – cinzas. Uma parte dela indo embora com o garoto. Uma parte de todos nós.
Glória talvez tivesse ligado para Arthur e dito eu sinto muito, muito mesmo, mas não posso mais, seu Arthur, não consigo. Vendo fantasmas? Um desvio, por certo. Depois outro. E depois outro. E assim sucessivamente. Caminhando em círculos, ao redor daquela ruína. Ou não, eles próprios a ruína. Sim, arruinados. Sim, vendo fantasmas. Não posso mais, ela teria, terá dito. Como não? Como você pode me deixar aqui sozinha? Como você *pôde*?
Fechou a porta do quarto e, sentada na cama, descalçou o par de tênis.
O copo com água sobre o criado-mudo, o mesmo da noite anterior, ainda pela metade.
Ela despiu o moletom e olhou para os joelhos arranhados. Joelhos de criança. Pequenos, arranhados. *O que é que você andou aprontando?*

Abriu a gaveta do criado-mudo. Já havia um comprimido pela metade. Por um momento, pensou se não seria mesmo o caso de tomar dois. Melhor não, ainda o maldito jantar pela frente. Tomou um e a metade de outro, deitou-se na cama desarrumada e se cobriu como pôde.

3.
Arthur acordou pensando em Rita naquela manhã. Isso vinha acontecendo com certa frequência, na verdade. Não é que ele sonhasse com a ex-mulher, os dois circulando pelo apartamento em que viveram na Asa Sul, perdidos inadvertida (um à procura do outro) ou propositalmente (um se escondendo do outro), ou mesmo deitados na cama, ele fodendo aquela com quem estivera por 22 meses antes de conhecer Teresa. Ele não costumava sonhar, fosse com ela ou com qualquer outra pessoa, e o que sentia naquelas manhãs tampouco tinha a ver com desejo sexual, não cogitava reencontrar a ex-mulher e, juntos, anularem por um momento e carnalmente a distância imposta pelos anos desde a separação. Aquilo, em suma, não era saudade ou tesão, era outra coisa, algo que ele ainda não entendia, mas que o assustava terrivelmente – não sabia o que era nem queria descobrir, queria apenas que parasse, que não acontecesse mais.

Ele acordava, ela estava ali. Não a queria ali; ele próprio não queria estar em lugar algum, só queria esquecer, que essas coisas todas passassem, pensava que seria ótimo se tudo se afastasse e guardasse alguma distância, pessoas, objetos e o que mais houvesse, o passado e o presente (e o futuro também, pelo menos por um tempo), um círculo vazio se formasse ao seu redor, um círculo no meio do qual ele pudesse simplesmente se sentar e, também esvaziado, longe de tudo, sem enxergar mais nada, mais ninguém, não pensar em coisa alguma. De certa forma, Teresa parecia conseguir isso, tal distanciamento, tal esvaziamento, ainda que momentâneos; mas não ele, Arthur não conseguia.

E, naquela manhã, Rita assomando outra vez à sua cabeça, o que ele viu assim que abriu os olhos foi Teresa dormindo ao seu lado, encolhida, as mãos tapando o rosto, como quem esconde um sorriso ou sente vergonha por alguma coisa que apenas ela poderia dizer o que era.

Quase não a ouvia respirar.

Com os remédios que Teresa vinha tomando, Arthur poderia se levantar e, cantarolando bem alto, acender todas as luzes, tomar banho com a porta do banheiro escancarada e se vestir de pé em cima da cama que não a acordaria. No entanto, ele sempre procurava se levantar sem estardalhaço, caminhar até o banheiro e fechar a porta o mais silenciosamente possível, e também tinha o cuidado de, na véspera, levar para lá as roupas que vestiria. Assim, ele estava de banho tomado, barba feita e inteiramente vestido quando deixou o banheiro e olhou de novo para Teresa: ela não tinha se mexido um milímetro sequer. Sentiu vontade de engatinhar até ela e beijá-la no rosto, de leve, embora (ou porque) soubesse que isso tampouco a despertaria, mas se limitou a pegar o telefone celular que estava sobre o criado-mudo e sair.

A pasta estava onde ele a jogara na véspera, no sofá da sala. Ele a abriu, pegou o bolo de folhetos que conseguira no dia anterior, na agência de viagens, foi até a cozinha e os deixou sobre a mesa, amontoados.

Tinha planejado chegar em casa e ver os folhetos junto com Teresa, torcendo para que ela escolhesse um destino, qualquer que fosse, aqui, vamos viajar para esse lugar, mas ele não conseguiu sequer tocar no assunto após adentrar o apartamento e encontrá-la dormindo no quarto do menino, no chão, completamente dopada, é claro.

Depois de carregá-la até a cama, pensou que não era possível, devia haver alguma coisa que pudesse fazer, qualquer coisa, mas o quê?

Ela só acordaria às onze e meia da noite e, desorientada, ao vê-lo na sala, diante da TV, esfregaria os olhos antes de perguntar:

– Mas o que é que você está fazendo em casa a essa hora?

Inútil se dar ao trabalho de explicar ou mesmo de mostrar que já era noite. Pediu uma pizza de marguerita, o sabor predileto dela, a alegria de vê-la comer três pedaços inteiros antes de voltar para o quarto, tomar mais alguns comprimidos e apagar outra vez.

– Qualquer coisa, é só me chamar – ela disse pouco antes de apagar. Ele tinha desligado a televisão e também se deitara.
– Estou bem aqui, querido. Estou bem aqui.

Mesmo sem recorrer à farmacologia, Arthur adormeceu rapidamente, como se perseguisse Teresa e tivesse a esperança de encontrá-la do outro lado e ficar mais um pouco com ela. Algum tempo juntos, para variar, mas juntos de verdade, como havia muito tempo não acontecia. Depois de um sono desprovido de sonhos, entretanto, acordou pensando na ex-mulher.

4.

Rita era dez anos mais velha do que Arthur. Ele era um advogado recém-formado quando a conheceu na festa de aniversário de um ex-professor. O apartamento na Asa Norte, os poucos convidados espalhados pela sala e pela cozinha, bebericando e jogando conversa fora. Arthur estava sozinho, mal protegido por um copo de uísque que segurava com as duas mãos, como se temesse derrubá-lo. Passava em revista os livros na estante, grandes e luxuosas edições sobre países de todos os cantos do globo. Estranhou que não houvesse ali nenhum livro jurídico ou mesmo de literatura. Mongólia, Macedônia, Eslováquia, Bélgica, Israel. Estava tão concentrado nas lombadas que quase não percebeu o professor se aproximando.

– Eu disse que você podia trazer alguém, não disse?

Era um velho atarracado, barrigudo, de paletó e gravata baratos como os de um vendedor novato de enciclopédias. Mantinha um cavanhaque que lhe emprestava um ar meio cafajeste, mas inofensivo, e os cabelos tingidos de preto regiamente penteados para trás. Qualquer pessoa que olhasse para ele diria que uns suspensórios lhe cairiam muito bem, ornariam o conjunto. Costumava falar tão baixo que muitas vezes obrigava o interlocutor a se abaixar um pouco e quase colar o ouvido em sua boca; o microfone era imprescindível em suas aulas de Filosofia do Direito. Nunca se casara, e as histórias envolvendo sessões de estudo com alunas naquele apartamento circulavam pela comunidade acadêmica havia mais ou menos três décadas.

— Disse, sim. — Arthur abriu um sorriso. — Eu é que não tinha ninguém para trazer.

— Isso não é saudável. Não ter ninguém para levar aos lugares.

— Trabalhando demais. Acho que isso também não é lá muito saudável.

— Talvez. — O velho sorriu. — E como é que estão as coisas por lá?

— Vão bem. Muito para fazer. Muitas ações, muita coisa acontecendo. Acho que vai demorar um pouco para que eles parem de me tratar como um estagiário, mas estou aprendendo bastante. E eles não teriam me contratado sem a sua indicação. Obrigado por isso.

— Besteira. — O velho negaceava com a cabeça. — Suas notas eram as melhores. Mas é uma firma fechada. Eles nunca vão te aceitar como sócio ou coisa parecida. Não vão te tratar como um igual. Então, fique por um tempo, aprenda o que tiver de aprender e depois caia fora. Você precisa seguir o seu próprio caminho. Todo mundo precisa. Eu acho.

— É, eu sei. Mas a verdade é que não me vejo fazendo isso por muito tempo.

— *Isso* o quê?

— Advogando.

O velho não parecia surpreso. Conhecia bem o ex-aluno.

— E o que é que você se vê fazendo por muito tempo? — perguntou.

— Não sei. Pensei em prestar uns concursos.

— Ah, a carreira de servidor público. — Ele deu uma risada curta. Pensou em si mesmo algumas décadas antes. — Bem, você está em Brasília. Não lhe faltarão opções.

Arthur sorriu. Era verdade.

– No começo – disse o professor –, quando vim para cá, quando cheguei aqui, eu confesso que estranhei um pouco. Uma cidade que às vezes parece girar em torno desse tipo de coisa, ou existir, em parte, em função disso, dos órgãos públicos, dos concursos, parece existir por causa disso. Uma enorme repartição. Mas o que é que se pode fazer? É a natureza da cidade, acho. Claro que ela não se resume a isso, ainda mais hoje em dia, cresceu, inchou tanto, e agora com todos esses problemas comuns às outras cidades grandes, o trânsito, a pobreza, a violência, mas, enfim, ela foi construída para comportar justamente esse tipo de coisa, para encarnar e lidar com a burocracia, de certa forma. Os políticos são outros quinhentos. A maior parte deles nunca vai se adequar à cidade. Estão condenados à estrangeirice. É uma coisa meio maluca, porque a cidade também foi construída para eles, para recebê-los e tê-los aqui, mas é como se eles não fizessem, de fato, parte da paisagem. Eles não se integram. Eles estão lá fora, flanando por aí. Brasília só é identificada com os políticos por quem é de fora. Mas eu até compreendo quando essas pessoas de fora olham para cá e dizem que não entendem a cidade ou simplesmente antipatizam com ela. Não compreendem sequer a estrutura da coisa, ficam confusas com as avenidas largas, com a disposição dos prédios, com tudo, algumas até se assustam quando descobrem que a cidade tem o formato de um avião. Eu me divirto com isso. Andam por aí feito alienígenas assustados. O ar seco daqui é irrespirável para muita gente.

Arthur gostava de ouvir o professor falar sobre Brasília, apesar de não concordar com tudo que ele dizia. E não é que tivesse uma opinião formada sobre a cidade. Gostava de viver ali, não se imaginava morando em nenhum outro lugar, e isso era tudo. Não costumava racionalizar sobre o que era Brasília, a sua natureza ou coisa que o valha. As avenidas largas, o desenho urbanístico e até mesmo os prédios projetados por Niemeyer, tudo isso lhe apetecia.

– Eu não tenho problemas para respirar aqui – disse.

Olharam ao redor, como se o *aqui* a que Arthur se referia fosse o apartamento ou mesmo a sala em que se encontravam. Havia outras nove pessoas no lugar. Três casais refestelados nos sofás conversavam animadamente sobre o escândalo político da vez. Citavam nomes de políticos como se falassem de parentes habitualmente metidos em encrencas e de quem não se esperasse coisa melhor. E riam muito. Arthur e o professor não conseguiam ouvir o que as outras três pessoas, que entreviam à mesa da cozinha, conversavam.

– Eles não são daqui – disse o professor, referindo-se aos casais nos sofás. – É por isso que falam tanto de política. Como se a cidade exigisse isso. Como se estar aqui os obrigasse a falar sobre essas merdas.

– Eu também não sou daqui – retrucou Arthur para, em seguida, levar o copo à boca e beber um gole. Fez uma pequena careta que o professor fingiu não perceber, depois enrubesceu.

– Eu sei. Eu me lembro. Como estão seus pais?

– Bem. Eu acho. Não falo muito com eles.

– Eu sempre me esqueço do nome da sua cidade.

No momento em que Arthur ia lembrá-lo, uma mulher egressa da cozinha se aproximou deles. Vestia um terninho cinza-claro e tinha os cabelos, de um loiro sujo, bem curtos. Os olhos dela o mordiam. Era esguia, um pouco mais alta do que ele. Teve a sensação de que ela o observava havia um bom tempo de onde estava, sentada à mesa da cozinha.

– Arthur, esta é a Rita. Também foi minha aluna, anos antes de você. Ela está na procuradoria agora. Rita, cuida dele para mim? Preciso dar atenção aos outros convidados. Ver se eles mudam de assunto.

– Do que é que eles estão falando? – ela perguntou sem desviar os olhos de Arthur, que, desconfortável, encarava o uísque, pronto para dar um salto ornamental e mergulhar dentro do copo.

– Pornografia – resumiu o velho.

– Pode ir sossegado – ela disse. – Eu cuido dele.

Arthur levantou os olhos e sorriu para o professor, que piscou para ele e foi em direção aos outros. Assim que o velho os deixou, Rita deu um passo à frente e, parecendo submeter Arthur a uma entrevista de emprego, tratou de metralhá-lo com uma sequência interminável de perguntas sem desviar os olhos dos dele, perseguindo-os sempre que tentavam escapar, mais e mais próxima, como se prestes a lhe segredar alguma coisa ou a beijá-lo. Quinze minutos depois de terem sido apresentados, e tendo ele contado boa parte das poucas coisas que sabia a respeito de si, ela o intimou:

– Acho melhor a gente se despedir do professor.

– Por quê? – Arthur ainda perguntou. Rita sorriu pela primeira vez desde que se colocara diante dele e respondeu que era porque eles iam embora. – Embora?

O carro dela tinha cheiro de novo. Jornais forravam o assoalho, os bancos cobertos por capas de couro. Um pequeno crucifixo de plástico, azul, pendia do retrovisor. No momento em que ele fechou a porta, mal tinha se acomodado no banco, ela o puxou para si e enfiou a língua em sua boca. Quando Arthur deu por si, estava morando com ela e, claro, fazendo planos, ou ouvindo obedientemente os planos que ela fazia pelos dois. Foi ela quem o fez deixar o emprego na firma de advocacia antes do que previra e prestar concurso para o Senado Federal, embora estivesse um tanto indeciso. Ele tinha pensado em disputar uma vaga em algum tribunal ou coisa parecida, não no legislativo.

– Já temos advogados e analistas judiciários demais em Brasília – disse Rita.

Ele não discutiu. Nunca discutia.

Alguns meses depois de ele ter sido aprovado no concurso, ela quis engravidar. Estavam sentados à mesa tomando café, manhã de domingo, quando ela lhe comunicou que tinha parado com os anticoncepcionais porque eles estavam juntos há mais de um ano e ela, a três meses de completar 37 anos, precisava engravidar. Ela não disse querer um filho, um bebê, uma criança; disse *precisar*, *ter que* engravidar. Ele pensou que um filho não seria má ideia. No entanto, nada aconteceu no decorrer dos meses seguintes.

Certo dia, no elevador, rodeados por estranhos, ela disse que o problema certamente era com ele. Não introduziu o assunto, de tal maneira que as pessoas ao redor não poderiam saber do que ela falava (embora pudessem imaginar, o que talvez fosse muito pior). Arthur não protestou. Foi ao médico, fez os exames e constatou o que já esperava: nada de errado. Ainda foi a outro médico, refez os exames e ouviu a mesmíssima coisa. Rita se recusou a também procurar um médico. Ainda tentaram por algum tempo. A coisa podia ser resumida assim: ele sabia, ela não queria saber.

Então, ao voltar do trabalho numa segunda-feira, Rita não encontrou Arthur, as roupas de Arthur, os livros de Arthur; encontrou apenas o molho de chaves que pertencera a Arthur na caixinha de correspondência.

Na manhã daquele dia, o dia em que ele foi embora, ela o procurou, estava ainda escuro, e eles transaram. Depois, à mesa do café, perguntou se ele não queria pegar um cinema depois do trabalho.

– A gente pode se encontrar no Pátio. Talvez jantar por lá, depois da sessão. O que você acha?

A resposta dele talvez já prenunciasse tudo:

– Não sei.

Ela não insistiu. Disse apenas que ligasse mais tarde, se resolvesse ir. Ele balançou a cabeça, concordando. Ela comentou que estava engordando assustadoramente (não estava), beijou-o na testa e saiu.

Ela sempre saía antes dele. Ela nunca chegava antes dele.

Arthur morou por algumas semanas com um primo, no Guará II, até alugar um pequeno apartamento no Núcleo Bandeirante. Rita não o procurou.

Não muito tempo depois, conheceu Teresa na fila para uma sessão de cinema na Academia de Tênis. O filme era *Réquiem para um sonho*. Ele estava logo atrás dela, as mãos nos bolsos, cabisbaixo, franzino demais, encolhido a ponto de quase desaparecer em si mesmo. Da mesma altura que ele, os cabelos loiros e curtos lembrando os de Rita, e isso seria tudo nela que lembraria Rita, porque mais cheia, seios e boca grandes, gorducha, os olhos claros, Teresa era o oposto de Arthur, voltada para fora, aberta, receptiva, virando-se e dizendo para ele sem nem ao menos se apresentar:

– Ouvi dizer que todo mundo se fode nesse filme.

A primeira reação de Arthur foi, claro, achar que não era com ele, que ela talvez fosse vesga e se dirigisse a outra pessoa, mas não havia ninguém à esquerda ou à direita, e os olhos dela o fitavam diretamente, sem desvios, sugerindo que não se des-

viariam dele tão cedo ou, pelo menos, sem que ele dissesse alguma coisa, qualquer coisa.
– Eu... não sei. Caí aqui de paraquedas.
O sorriso, uma fileira branca que quase o espelhava.
– Não vou dizer mais nada, então. Assim, sobre o filme. Eu vou sentar do seu lado (posso sentar do seu lado?) e ver o filme com você (posso?) e depois a gente conversa. O primeiro filme desse diretor é bem maluco, e ouvi dizer que esse é ainda mais barra-pesada. Eu não gosto muito de filmes que forçam a barra, mas, sei lá, é um filme sobre gente viciada em droga, acho que não dá pra aliviar, né?
Arthur encolheu os ombros:
– É, acho que não.
– Mas, diz aí, qual é o seu nome? O meu é Teresa.
Não foi preciso que Arthur falasse muito para que ela, como frisaria depois, *escolhesse* que eles se gostavam. Tinham a mesma idade e gostaram um do outro desde o primeiro instante (ou segundo, no caso dele), por mais diferentes que fossem, ou exatamente por isso, como acontece com certa frequência.
Viram o filme lado a lado e, no clímax insuportável que se prolongava por quase dez minutos, no momento em que amputam um braço de Jared Leto, ela procurou a mão dele e, um ano feliz depois, ao decidir que morariam juntos, ele se lembrou disso e teve a sensação agradável de nunca terem se soltado.
Quando conheceu Arthur, Teresa estudava Artes Visuais, não trabalhava e gostava de fotografar. Vivia com a mãe em um enorme apartamento no Sudoeste, imóvel deixado pelo pai, um alto funcionário da Odebrecht que morrera anos antes, vitimado por um AVC no meio de um almoço de negócios com o então ministro de Minas e Energia. Teresa e Arthur namoravam havia quase um ano, quando a mãe dela foi destro-

çada em questão de semanas por um câncer no intestino reto.
No velório, Teresa disse que não podia ficar sozinha naquele apartamento gigantesco e, agora, vazio. Ele se mudou um mês após o enterro e o casamento ocorreu em seguida. Ela engravidou logo. A essa altura, embora já tivesse obtido o diploma em Artes Visuais, não se interessava mais por fotografia.

O bebê foi registrado com o mesmo nome do pai. Sequer pensaram muito a respeito. Sentados diante da televisão, a poucas semanas do parto, ela comentou que achava o nome dele muito bonito, que uma das primeiras coisas que achou bonitas nele, ao abordá-lo naquela fila de cinema, tinha sido o nome.

– Ele vai ter o seu nome – decidiu. – Arthur.
Ele não discutiu. Nunca discutia.

5.

Após colocar os folhetos sobre a mesa, Arthur deixou a cozinha e o apartamento, um fugitivo. Lembrou-se de quando abandonou Rita. Nem de longe a mesma sensação. Antes, era alívio. Agora, como se sufocasse. Foi só quando entrou no carro e fechou a porta, antes de dar a partida, que algo lhe ocorreu: se tivesse continuado com Rita, não teria sido pai e, não sendo pai, não teria perdido nada. De imediato, sentiu-se péssimo por pensar numa coisa dessas e, ali sozinho, as duas mãos no volante, tentou com todas as forças afastar essa ideia da cabeça. Era isso, então. Só podia ser. A razão pela qual vinha acordando com Rita na cabeça, dentro de si. Encostou a cabeça no volante e fechou os olhos para constatar, com horror, que esse pensamento o reconfortava. A ideia de uma vida paralela desprovida de dor e de perda. Então, era olhar para o lado e ver Teresa. Não sei mais o que fazer com você. Por nós dois. Enterrada junto com o filho. Movimentando-se dopada e fantasmagórica pela casa, quando muito. Pensou que talvez fosse o caso de sair do carro e voltar ao apartamento, irromper no quarto, sacudi-la, gritar com ela, berrar, implorar, bater nela, bater em si mesmo, onde é que você está, porra? *Onde é que você foi parar?* Enterrada noutro lugar, as mãos tapando o rosto. O celular vibrando num bolso do paletó fez com que ele endireitasse o corpo e respirasse fundo. Há mais coisas acontecendo, pensou.

Ou: tem alguma coisa acontecendo em algum lugar, fora, bem longe daqui. Não reconheceu o número, mas, tantos anos depois, de imediato soube de quem era a voz do outro lado.

– Está ocupado? – Não estava. – Soube o que aconteceu. Já faz um tempo, está certo, mas só me contaram ontem, por acaso. Eu não sabia, Arthur. Eu sinto muito, muito mesmo. De verdade.

Esperou um pouco, procurou pela palavra certa. O que dizer? Qual seria a palavra certa?

– Obrigado.
– Como está o seu dia?
– Confuso.
– Confuso?
– Uma bagunça. Essa merda toda com o senador.
– Ah, sim. Tenho acompanhado. Mais ou menos, pelos jornais. Mas, olha... Eu estou de férias. Quer almoçar comigo? Aqui em casa? Ainda moro no mesmo lugar.

Arthur olhou para fora, pediria ajuda se houvesse alguém ali fora, ou entregaria o telefone à primeira pessoa que visse e arrancaria com o carro, fugiria dali como fugira do apartamento. Almoçar com Rita, no apartamento dela? Não sabia o que responder. Não sabia o que ela queria, o que seria certo ou errado.

E disse:
– Não sei.

Um sorriso do outro lado da linha:
– Na última vez em que você disse isso, as coisas não correram muito bem.

Ele também sorriu, depois pensou que as coisas tinham corrido bem, sim, pelo menos para ele, pelo menos por um tempo.

Não tinham?

– Ao meio-dia está bom?

Chegou pontualmente ao apartamento na Asa Sul. Contrariamente ao que pensara enquanto se encaminhava para lá, não sentiu nada ao estacionar o carro, caminhar até o elevador e depois pelo corredor e parar diante da porta, a mesma porta, o mesmo corredor, o mesmo prédio.

A porta estava entreaberta. Chamou por Rita.

– Entra. E fecha a porta, por favor.

Estava na cozinha, de avental. Não se lembrava de, antes, tê-la visto de avental. Envelhecera, claro. O rosto um tanto magro, rugas. Os mesmos cabelos de um loiro sujo, tão mais claros os de Teresa, e curtos. Mais curtos agora do que antes. Mais curtos até que os dele.

– Consegui seu número com alguém do gabinete. Muito fácil conseguir qualquer coisa naquele gabinete.

– Deve ser por isso que o homem lá sempre se reelege. – Ele sorriu.

– É. E deve ser por isso que agora ele está encrencado. – Ela sorriu de volta, depois se aproximou e o abraçou com força.

Arthur hesitou um pouco, mas acabou retribuindo o abraço. E se sentiu melhor por um segundo ou dois. Um vislumbre daquela vida paralela, sem perda nem dor. Quando se desvencilhou, ela lhe fez um carinho no rosto e lhe deu um beijo nos lábios, leve e rapidamente.

– A lasanha ainda não está pronta. Quer se sentar?

Foram para a sala. A mesa estava posta, dois pratos, duas taças, talheres, um balde com gelo e uma garrafa de Pinot Grigio. Eles se sentaram e ela serviu vinho para ambos. Beberam em silêncio por um tempo. Ela o observava, cabisbaixo.

– Então – ele disse. – Me conta alguma coisa.

Rita falou do trabalho, de conhecidos em comum, que planejava viajar na semana seguinte.
– Para onde?
– Buenos Aires.
Ele sorriu e balançou a cabeça, aprovando. Como se fosse necessário ele aprovar.
– Estou tentando convencer Teresa a viajar.
– Você tentando convencer alguém de alguma coisa? – Ela sorriu. – Uau. Nunca pensei que fosse ouvir uma coisa dessas.
Ele não sorriu dessa vez, pelo contrário. Balançou a cabeça de novo, agora desaprovando. Rita tomou um gole de vinho e esperou.
– Ela não está bem – ele disse, ainda balançando a cabeça.
– Eu imagino.
– Imagina? – Alguém perdido reconhecendo um conterrâneo em terra estrangeira.
– Não – ela retificou. – Na verdade, não consigo sequer imaginar uma coisa dessas.
Ele tomou um gole, depois outro. E um terceiro, esvaziando a taça. Não sentia gosto de nada. Estar ali era certo ou errado? O que havia de errado? O que havia de certo? Olhava na direção da porta. Planejava fugir dali também? Outra vez? Tornar a vida uma sucessão de fugas.
– Pensei que uma viagem talvez fosse ajudar. Mas eu não sei.
Rita procurou por alguma coisa que pudesse dizer. Não encontrou nada. Então, lembrou-se da lasanha e correu até a cozinha. Voltou em seguida, aliviada.
– Pensei que tivesse queimado.
– Ainda não?
– Não. – Ela riu, sentando-se. – *Ainda* não.
– Não me lembro de te ver cozinhando.

– Porque nunca viu. Isso veio depois.

Depois de mim, ele pensou. Antes ou depois do pequeno Arthur? Agora, sempre pensava no tempo dessa forma. Antes e depois dele. Do menino. Quando alguém se referia a alguma coisa no passado, ele sempre pensava no filho, com quantos anos estava, o que fazia, já estava na escola? Pensou em perguntar quando, exatamente, ela começara a cozinhar. Para estabelecer um lugar para aquela informação na linha do tempo. Algo do tipo: Rita começou a cozinhar no mesmo mês em que Arthur deu os primeiros passos, ou teve bronquite, ou ganhou sua primeira camisa da seleção brasileira. Essas coisas mudariam no decorrer do tempo? A maneira como pensava nele em relação aos outros e estabelecia essas tais linhas do tempo absurdas? Um monte de coisas mudaria no decorrer do tempo, claro. Exceto, talvez, o que machucava mais. Isso não mudaria nunca. Ali para sempre.

– No que está pensando? – ela perguntou.

– Nada. Besteira.

Serviu-se de mais vinho e falou sobre o senador. Ignorando o fato de que Rita acompanhava tudo pelos jornais, resumiu a confusão e o que provavelmente resultaria dela: nada.

– Esse tipo de coisa já me incomodou mais – disse, ao final.

– Não é com você.

Ajeitou-se na cadeira, pensativo. Não era, de fato. Falara por falar. Ela foi à cozinha, voltou com a lasanha e os serviu. Comeram em silêncio por um bom tempo, até ele perguntar:

– O que você quis dizer com...?

– Com o quê?

– Não ser comigo.

Ela pousou os talheres no prato e se recostou na cadeira, levando a taça consigo. Um gole pequeno, amargando.
– Ora, você não está... sujo, está?
– Envolvido?
– Sim, diretamente envolvido. Está?
– Não. Nem direta, nem indiretamente. De forma alguma. Não estou.
– Foi o que eu quis dizer. Não é com você. Por mais que trabalhe no gabinete dele e tudo. Não é com você.
Ele também pousou os talheres no prato, mas não tocou na taça.
– Nunca gostei muito do homem. Mas também nunca vi ou ouvi nada.
– Ele sabia que você não era confiável. Que você não se envolveria. Eles sentem o cheiro ou coisa parecida. Eles sabem. Por isso te deixaram em paz. Todos eles. O senador e, agora, esses que o estão comendo vivo. Que não são nem um pouco melhores.
Arthur sorriu.
– Que foi?
– Você sempre foi boa com pronomes.
– Mais ou menos.
– "Esses que *o* estão comendo vivo."
Ela riu.
– Quer mais lasanha?
– Por que não?
Meia hora depois, estavam na sala, em um mesmo sofá de três lugares. Rita ocupava dois deles, recostada no braço do sofá, os pés quase tocando as pernas de Arthur. Continuavam tomando vinho. Ela tinha ligado o som a uma altura razoável. Ouviam Messiaen.

— Não me lembro da última vez em que parei para ouvir música – disse Arthur, olhando fixamente para a taça de vinho que segurava sobre o colo. Percebeu que Rita sorria e perguntou: — O que foi?
— Quando eu o conheci, você estava mais ou menos assim.
— Assim como?
— Olhando para baixo. Para dentro do copo que segurava.
Ele esboçou um sorriso, como se acenasse: também me lembro. Então, perguntou:
— O que isso lhe diz?
Ela pensou um pouco.
— Nada.
A garrafa de vinho sobre a mesa de centro. A poucos goles do fim. Arthur ensaiou dizer alguma coisa, mas desistiu. Ela ficou esperando. Então, depois de respirar fundo, os olhos ainda fixos no fundo da taça, disse finalmente:
— Às vezes, penso que, se não tivesse ido embora, não tivesse te deixado, nada daquilo teria acontecido.
— É uma coisa meio... qualquer pessoa pensaria isso, não? Qualquer pessoa que estivesse passando pelo que você está passando.
— Eu me sinto mal quando penso.
— Por quê?
— Sei lá. Acho nojento pensar esse tipo de coisa. Me sinto como se estivesse traindo a Teresa. Como se quisesse, sei lá... como se... como se fugisse.
— É absolutamente normal, Arthur.
— Foi o que eu quis dizer. O normal é uma merda.
Tomou um gole. Respirou fundo. O reflexo dos olhos no vinho. Os olhos no fundo da taça olhando para ele. Olhando fixo para ele.

– Eu me sinto mal quando penso nisso por causa dela – disse depois de um tempo. – Por causa da Teresa. Não parece justo com ela.

– Você acha que ela não pensa a mesma coisa de vez em quando? Se não o tivesse conhecido. Como seria, como teria sido.

Arthur realmente não sabia, nunca tinha lhe ocorrido. Ela pensa o que eu penso? Não parecia com ela, Teresa, pensar uma coisa dessas. Mas o que ele sabia? Muito pouco. Muito pouco sobre si, menos ainda sobre qualquer outra pessoa. Mas, pelo menos, tinha consciência do quão pouco sabia.

– Quando me contaram – disse Rita –, pensei mais ou menos a mesma coisa. Se você não tivesse ido embora. Tivesse ficado. Aqui, comigo. Foi uma espécie de reflexo. Qualquer pessoa pensaria a mesma coisa. Sobretudo em circunstâncias como essas.

Arthur debruçou-se, esticando o braço direito, e colocou a taça sobre a mesa de centro. Em seguida, tocou os joelhos com a testa e assim permaneceu, encaracolado, respirando profundamente.

Depois de também deixar a taça sobre a mesa, Rita se aproximou, ocupando o assento vizinho. Acariciou-lhe a nuca e as costas com movimentos pequenos, interrompidos, a mão parecendo soluçar.

Ficaram nisso por vários minutos. Então, ela o abraçou, semideitando-se sobre as costas dele.

– Você quer trepar?

Ele não respondeu. Eu quero?

– Vai se sentir melhor se trepar?

Ele pensou que não, mas.

– Acho que você vai se sentir melhor. Vem.

Pensou que não, mas foi para o quarto com ela assim mesmo.

Rita fechou as cortinas, puxou a colcha até o chão e começou a se despir. Arthur continuou parado ao pé da cama, as mãos quase juntas à frente do corpo, segurando um chapéu imaginário.

– Eu não tenho muito tempo – disse.

Ela terminou de tirar a roupa e se deitou de bruços na cama, olhando para ele. Estava séria quando disse:

– Eu, você e todo mundo.

6.

O senador e a esposa os receberam à entrada, sorridentes. Era um homem baixo, envelhecido e acinzentado, o tipo de pessoa que aparenta desconforto em qualquer roupa e passa a impressão, nem sempre equivocada, de não cheirar muito bem. Apesar disso, fizera uma carreira política impressionante, disputando e vencendo quatro eleições. A esposa, uma sulista criada ali mesmo, no Distrito Federal, era o que os colunistas sociais brasilienses descreviam como "naturalmente elegante". Os dois juntos pareciam uma tia sofisticada e seu sobrinho caipira, recém-chegado do interior. Ela era bem mais alta do que ele.

Os poucos convidados estavam reunidos em uma enorme sala de estar acarpetada, cujas paredes, cobertas por fotografias do senador junto a vários outros políticos brasileiros e estrangeiros, davam a impressão de se mover um pouco mais a cada minuto, dispostas a esmagar os presentes e, assim, restituir alguma paz àquele ambiente tão conturbado nos últimos dias. O clima, impossível não perceber de imediato, era dos mais pesados, todos falando em voz baixa como se, na sala vizinha, houvesse um caixão contendo a vítima de uma tragédia, morta após sofrimentos inenarráveis.

Arthur procurou ser simpático com todos, especialmente com o aniversariante, um sujeito tão assombrosamente parecido com o senador que mais parecia seu filho em vez de genro, pequeno, acinzentado, caipiresco, e não demorou a perceber o que já previra: as conversas giravam em torno de todos os assuntos imagináveis, exceto política. Não se falava a respeito, mas era o que se respirava, era o que tornava o ar ali dentro tão denso ou, melhor dizendo, gorduroso.

A certa altura, a entediada dona da casa se dispôs a mostrar o lugar para a entediada e ainda meio dopada esposa do assessor. Muito embora Arthur trabalhasse com o senador há quase cinco anos, era a primeira vez que Teresa ia àquela mansão no Lago Sul. As duas mulheres saíram em peregrinação pelos cômodos, começando pela cozinha lotada de empregados. Aquele era um costume que Teresa jamais compreenderia: mostrar a casa para as visitas. O que pode haver em uma casa? São todas vazias, no fim das contas.

– Está muito escuro para mostrar o quintal – explicou a anfitriã, limitando-se à área com uma enorme churrasqueira. – O presidente vinha aqui de vez em quando. Queria mostrar os fundos da casa, mas, como eu disse, está escuro demais. E a água da piscina está imunda.

Passaram pela biblioteca, por outra sala de estar, menor do que aquela em que estavam os convidados, e pela suíte principal. No andar superior, dentro de um quarto, amontoadas sobre um tapete monstruosamente grosso, algo como o cadáver de um *sasquatch*, oito crianças com idades variando entre 6 e 11 anos jogavam videogame diante de um aparelho de televisão que ocupava quase toda a parede oposta.

– Netos, sobrinhos, filhos dos vizinhos – disse a mulher. – Não dá para fugir deles, não é mesmo?

Teresa pediu desculpas e disse que precisava ir ao banheiro.

– Use o da suíte no final do corredor. É o mais reservado. Ninguém vai lá, nem os empregados. Eu mesma acho que nunca fui.

Assim que colocou os pés ali dentro, Teresa ficou em dúvida se estava, de fato, em um banheiro ou na sala de estar da mansão de um milionário excêntrico. A presença do vaso sanitário em um canto poluía o ambiente incrivelmente amplo, fazendo as vezes de um *ready made* embaraçoso. Havia uma poltrona junto à parede, no lado oposto ao da pia e a uma distância relativamente segura da privada, e algumas réplicas de Renoir e Cézanne. Teresa sentou-se na poltrona e repetiu, a voz rasgada ou parecendo rasgar algo, talvez a própria garganta, as palavras ditas pela mulher momentos antes:

– Não dá para fugir deles, não é mesmo?

E sorriu, absurda, como se enfim abraçasse uma espécie de demência terminal que a levasse para bem longe de si ou, pelo menos, daquela poltrona, daquele banheiro, daquela casa, das pessoas lá fora, das lembranças, da saudade, de tudo o que calhasse de estar ao redor ou *sobre* ela.

– Nunca estive aqui. Nunca passei por isso. Eu não existo.

Existiam, contudo, a mesa posta, o senador e sua família, os convidados e, claro, Arthur. Ela achou por bem dar um tempo ali, por mais que a mulher do senador provavelmente a estivesse esperando no corredor. Levantou-se da poltrona, foi até o vaso sanitário e sentou sobre a tampa. Na parede oposta, a reprodução de uma tela de Cézanne em que dois homens jogavam cartas. Ambos usavam chapéus, um deles tinha um cachimbo dependurado na boca. A mesa lhe pareceu estreita demais, e todo o resto, desproporcional. A imagem de dois homens jogando cartas dentro de um pesadelo que não se apresentava como tal, um sonho que não percebemos se tratar de um sonho até o momento em que despertamos e pensamos: mas era tudo tão real. Pensou em si mesma ali, sentada sobre a tampa de privada daquele banheiro absurdo mirando uma

reprodução de Cézanne. Onde está a realidade nisso? Eu quero acordar.
– Eu não existo.
Não haveria como, ela pensou. Lavou as mãos, embora não tivesse feito nada. Quanto tempo fiquei aqui dentro? Abriu a porta e olhou para o corredor vazio. A mulher provavelmente tinha se cansado de esperar. Ouviu a algazarra em um daqueles quartos, das crianças com o videogame. Seguiu firme até o outro extremo do corredor, mas não sabia como voltar à sala de estar. As vozes, distantes, não ajudavam em nada, podiam estar em qualquer canto da casa. Olhou para trás, talvez seja o melhor, não? Voltar para o banheiro. E ficar lá. E nunca mais sair.
Um menino descalço, vestido com um moletom azul escuro, estava parado à entrada do quarto. Olhava para ela. Quantos anos você tem? Quatro, 5? Teresa encolheu os ombros, esboçou um sorriso e disse que estava perdida. O menino caminhou até ela, pegou-a pela mão e a conduziu pela escada e dali por uma série de cômodos vazios.
(O que pode haver numa casa? São todas vazias, no fim das contas.)
Pararam noutro corredor, ao fim do qual eles ouviam muito claramente o som das conversas e da música ambiente, um subjazz desbotado. Ele apontou para o lugar de onde vinham aqueles sons, uma porta entreaberta mais à frente. Em seguida, soltou a mão dela e voltou correndo pelo mesmo caminho.
– Obrigada – sussurrou depois que ele já tinha desaparecido.
Tão logo Teresa assomou à porta, a esposa do senador disse que o jantar estava servido e que todos deviam acompanhá-la. À mesa, minutos depois, comentou com Teresa sobre uma viagem a Israel que fizera no ano anterior.

– Eu não sabia nada sobre Israel – disse. – Quero dizer, sabia o que sai nos jornais, mas, ora, os jornais não são confiáveis e, de resto, só falam das tragédias, guerras, essas coisas. É um país muito bonito. Além de todo o turismo bíblico que você pode fazer, tem o Mediterrâneo e o Mar Morto. Eilat é uma cidade animadíssima – fez uma pausa, como se procurasse por uma palavra ou expressão específica. Não encontrou. – Não existe nada parecido com o Mar Morto. Tel Aviv não me interessou muito, é como qualquer outra cidade grande. Mas Jerusalém, não sei o que é, é especial.

– Especial como? – Teresa perguntou.

– Não sei explicar. Alguma energia, não sei.

– Não acredito nessas coisas – disse o senador, sentado à cabeceira. – Mas também gostei muito de Jerusalém. É acolhedora.

– Não sei se é acolhedora – retrucou a mulher. – Os israelenses são meio grossos. Um pouco como os parisienses.

– Eu quis dizer que a cidade é bonita – o senador insistiu.

– E por que não disse? – devolveu a mulher.

A esposa do aniversariante, filha do senador, metida em uma variação horrenda de um vestido dourado de dama de honra, riu alto e todos olharam para ela. Teresa teve a impressão de que aquele era exatamente o tipo de conversa que eles tinham todas as noites, à mesa do jantar.

Seguiu-se um silêncio constrangido que se prolongou por quase um minuto, até o momento em que a campainha longínqua de um aparelho telefônico se fez ouvir e todos se imobilizaram, garfos repentinamente parados no ar, a meio caminho dos pratos ou das bocas.

Um dos empregados adentrou a sala de jantar e cochichou algo para o senador, que pediu desculpas, levantou-se e saiu.

A esposa tomou um gole de vinho, esperou um pouco, a taça suspensa diante dos lábios, tomou outro gole e falou como se estivesse sozinha à mesa:

— Ele devia mandar tudo isso à merda.

Todos olharam para ela.

— Mandar à merda e renunciar.

A filha, um brinquedinho acionado eletronicamente, riu alto outra vez, no que foi inesperadamente acompanhada por quase todos os presentes, incluindo os empregados, estes com alguma discrição.

A esposa do senador e Teresa foram as únicas a permanecer impassíveis. Para Teresa, ela disse em voz baixa, enquanto os demais ainda riam:

— Não foi uma piada.

7.

– A mulher dele me pareceu terrivelmente triste – disse Teresa no carro, quando voltavam para casa.

– Triste é aquela filha deles – Arthur retrucou.

Ela não estava pensando na filha do homem, mas na mulher. Transpirava desespero. Desesperada exatamente porque não havia o que fazer. Para onde fugir. Talvez odiasse a filha tanto quanto odiava o marido. Olhava para ambos, e também para o genro, e na sua cara estava escrito: olha só onde viemos parar.

– Quantas vezes ele se levantou para atender o telefone? – Arthur perguntou.

– Não contei.

– Está mais enrascado do que pensei.

– Todo mundo está.

Arthur fingiu não tê-la ouvido, os olhos lançados à frente.

– Acho que ele vai renunciar. Até a mulher dele quer isso, você ouviu. Todo mundo quer.

Ainda chovia. A esplanada estava quase deserta. Olhando para os prédios dos ministérios, escuros àquela hora, ela voltou a pensar naquele apocalipse higiênico, os edifícios intactos e vazios. Ninguém mais, fomos todos embora. As paredes tendo apenas umas às outras para fitar pela eternidade afora. Não faríamos falta, pensou em dizer a ele, mas, em vez disso, sugeriu:

— A gente não podia parar em algum lugar? Beber alguma coisa? Não quero ir pra casa agora.

Olhou para ela, surpreso. Vinte e quatro horas antes, estava tão dopada que não conseguia distinguir o dia da noite. Dormindo no chão do quarto do menino, devorando fatias de pizza, largada na cama, prestes a sair do ar outra vez, e depois saindo.

— Você comeu bem pouco no jantar — ele comentou.

— Você também.

— Eu estava prestando atenção em você.

— Não tomei nada hoje à tarde. Tomei antes, no final da manhã. Queria dormir um pouco. Um pouco mais, quero dizer. Se não dormisse, acho que não ia conseguir.

— Não ia conseguir o quê?

— Ir ao jantar.

— Obrigado por isso, aliás.

— Por nada.

Foram a uma cervejaria chamada Stadt Bier, próxima à Imprensa Nacional. Uma mulher jovem, os cabelos tingidos de castanho-claro, cantava em um pequeno palco, acompanhada por dois músicos que pareciam se divertir horrores. O lugar era uma espécie de galpão, um ambiente estudadamente rústico, com barris de chope gigantescos ocupando boa parte do espaço.

— Aqui é bem alemão — Teresa comentou, sem saber muito bem o que queria dizer; nunca fora à Alemanha. — Tenta ser, pelo menos.

Arthur não soube se Teresa elogiava ou reclamava do lugar. Ela percebeu a confusão dele e riu. O coração dele se acelerou. Ficou a observá-la, feliz com o riso dela. Quando ela começou a parar, sentiu vontade de virá-la de costas e procurar por algum dispositivo que lhe permitisse dar mais corda, para que ela continuasse rindo sem parar.

Uma garçonete foi até a mesa. Eles pediram dois chopes escuros. Quando ela se afastou, Arthur disse:

— Não lembro quando foi a última vez em que te vi rindo desse jeito.

Ela encolheu os ombros, fingiu não se importar. Na verdade, procurava se lembrar quando tinha sido.

— Eu me lembro — disse, pouco depois.

Ele cogitou perguntar quando tinha sido, e então lhe ocorreu que era algo relacionado ao menino. Melhor não perguntar, então. Não pronunciar o nome do filho. Nada pior do que isso, pensou. Querer pronunciar o nome do filho e não poder. O nome do filho, o meu próprio nome.

A garçonete voltou com as bebidas. Não, eles não queriam mais nada. Caso mudassem de ideia ou quisessem mais chope, ela sorriu e não terminou a frase, depois se afastou, foi atender outra mesa. Arthur e Teresa ficaram em silêncio, ouvindo a música. Uma melodia tranquila, que parecia estacionar sobre as cabeças de todos e se recusar a seguir adiante ou voltar para o lugar de onde saíra, sem começo nem fim.

— Essa canção — disse Teresa. — A letra dela, sobre o que é?

Arthur se concentrou. Não estava prestando atenção até ali, a música como parte do ruído ambiente. Por que Teresa não fazia isso? Não conseguia se concentrar, talvez. Difícil entender, pensar a respeito. A letra, sobre o que é? Ouviu mais um pouco, a estrofe derradeira. Depois, embora balançasse a cabeça em aparente concordância com o que ouvia, disse não ter certeza.

— É claro que tem — Teresa insistiu. — Me diz logo, poxa. Do que é que fala?

Um gole de chope e os olhos baixos, capitulando:
– Perda.
Perda. Ainda era possível perder alguma coisa, ele pensou. Fechou os olhos por um instante e pensou no que acontecera horas antes. Rita levando-o para o quarto, fechando as cortinas, puxando a colcha até o chão e se despindo, depois deitada na cama, olhando para ele, esperando por ele, querendo fazer alguma coisa por ele, mas também (e sobretudo) por si. Rita estendeu a mão, mas Arthur não se moveu. A voz dela tremia quando disse:
– Pensei que estivesse sem tempo.
Ele respirou fundo e murmurou um pedido de desculpas antes de dar meia-volta, deixar o quarto e o apartamento. Rita não o chamou, não foi atrás dele. Mais tarde, ligou para ela do gabinete.
– Não estou com raiva – ela foi logo dizendo, inesperadamente bem-humorada. – Não sinto nada. Palavra.
– A gente almoça outro dia – ele sugeriu. – Se você quiser.
– Claro. Quando eu voltar. Quando você voltar. Fique bem.
– Queria estar como você.
– Como assim?
– Não sentindo nada.
Ela abriu um sorriso:
– Você não acreditou nessa, acreditou?
– No que é que você está pensando? – Teresa perguntou, realmente interessada. – Está sorrindo.
– Estou? – Ele a encarou.
– Estava. Não está mais.
– A Rita me ligou hoje.
– A falecida?
– A própria.

Teresa deixou de demonstrar interesse. Tomou um gole de chope, sempre olhando para Arthur.
– O que ela queria?
– Externar os pêsames.
– Só agora?
– Ela só ficou sabendo por esses dias, parece.
– Sei.
– Almocei com ela.
– Continua velha?
– Não precisa falar assim.
Teresa olhou para o palco. Não parecia enciumada, mas, sim, alguém interpretando uma pessoa enciumada. O palco estava vazio agora. Os músicos faziam uma pausa. O palco vazio lembrava o quarto vazio em casa. A obviedade disso. A obviedade das ligações que tecia, isso levando àquilo, tudo extremamente cansativo. Os instrumentos deixados no palco, em desuso, os móveis em desuso no quarto, deixados por ele quando. Todas as coisas acumulando poeira.
– Desculpe – disse.
– Tudo bem.
Um gole de chope, o que ele quer me dizer, meu Deus?, o que ele quer?, antes de perguntar:
– Você quer me contar alguma coisa?
Cabisbaixo, como de hábito olhando para o copo:
– Ela queria trepar. Eu dei o fora.
Teresa ficou um bom tempo olhando para Arthur. Como se o visse pela primeira vez em muito tempo. Como se o reconhecesse. Então, jogando a cabeça para trás, gargalhou o mais alto que pôde, tão alto que as pessoas ao redor se viraram para fitá-la, entre assustadas e curiosas, e o que viram foi uma mulher ainda jovem, trajando um vestido de festa inadequado para

aquele ambiente informal, rindo desbragadamente enquanto era observada com espanto pelo seu acompanhante, um homem também jovem, também vestido com uma formalidade excessiva, mas relaxado, quase tranquilo diante daquela mulher que, por um instante que fosse, ele também se permitia reconhecer.

8.

Tirou os sapatos tão logo entrou no carro. Agora, contraía os dedos dos pés enquanto observava os prédios pelos quais passavam, todos com as luzes acesas, mas sem qualquer figura humana à vista. A mesma ideia outra vez. Uma boa ideia? A chuva recomeçou, Arthur subiu os vidros. Então, as luzes e as sombras borradas dos prédios se misturaram. O mundo ao redor escorrendo pelos vidros.

– Posso ligar o som? – ela perguntou.

Era Brahms, um concerto para piano e orquestra. Colocou os pés sobre o painel do carro e voltou a olhar através da janela. A chuva vinha em ondas, ora mais fortes, ora mais fracas. Não distinguia quase nada lá fora, e tampouco distinguia coisa alguma ali dentro. Um mesmo borrão. Aconchegante, talvez. Às vezes. Sim, às vezes. Ou, mesmo que só por um momento, por um ou dois momentos, aconchegante outra vez. Sorriu de novo.

Ficaram na cervejaria até pouco depois de o show terminar. A audiência era pequena. Meio de semana. A cantora passou por eles e sorriu, agradecida. Teresa sentiu vontade de abordá-la, perguntar sobre o que era aquela canção. Talvez Arthur estivesse enganado. A canção ficou em sua cabeça por um bom tempo. Perda, dissera Arthur. Ela não queria aceitar, apesar do desconforto dele. Isso é realmente necessário?, seus olhos diziam. Claro, ele poderia ter inventado outra coisa, qualquer outra coisa, mas não o fez. Você quer saber? Você quer *mesmo* saber? Aí está.

Em casa, Arthur foi direto para o quarto e ela, para a cozinha.

– Não vou demorar – disse, antes que ele perguntasse.

Ainda estava na mesa da cozinha. O amontoado de folhetos coloridos repletos de desinformações. Teresa parou novamente à porta, como fizera pela manhã. Ainda em seu vestido de festa, mas descalça; segurava os sapatos com a ponta dos dedos. No momento em que parou à porta, ela os soltou displicentemente. Depois, acendeu a luz, sentou-se à mesa e pegou um dos folhetos.

O folheto que tinha em mãos, não o pegara ao acaso. Observava cada imagem com atenção. Tentou se lembrar do que a esposa do senador dissera sobre o lugar, mas não conseguiu. Pelas fotos, o que seria? Um paraíso creme-cromático, esbranquiçado? Deus passou por aqui. Jesus caminhando por aquela terra. Ou por sobre as águas do Mar da Galileia. Como terá sido? Se é que foi. Não importa. Fechando o folheto, pensou em todas aquelas notícias sobre os conflitos, os horrores, os atentados. Devia ter perguntado à esposa do senador se as coisas andavam tranquilas agora. Mesmo que não, que diferença ia fazer? A bolha de turistas na qual se meteriam, quase invulnerável. Estar sem estar. Fantasmas armados com câmeras, atravessando paredes e pessoas. Vou esquecer a minha câmera, pensou, ou enterrá-la em alguma praia do Mediterrâneo. Melhor que isso: enterrá-la no Negev.

O que há para se ver no deserto?

Cansada, colocou o folheto sobre os demais e bocejou. Ficou olhando a pequena pilha, o balcão desorganizado de uma agência de viagens. Um relâmpago acendeu tudo ao redor, as coisas brilharam por um instante e depois se apagaram. Ela, então, levantou-se, apagou a luz e, no escuro, rumou para o quarto tateando as paredes. Esqueceu os sapatos no chão da cozinha.

Arthur estava sentado na cama, tirando o relógio de pulso. O abajur aceso sobre o criado-mudo. A luz era fraca, amarelada. Ela se despiu rapidamente, o vestido escorregando até o chão, circundou a cama e parou na frente dele. Não sorriu. Respirou fundo e, impassível, pôs as mãos sobre os ombros dele e colocou o seio esquerdo em sua boca.

Mais tarde, no escuro, o vento e a chuva castigando as janelas, Teresa pediu a Arthur que lhe contasse uma história. Estavam deitados de costas, nus, descobertos; olhavam para o teto. Ela sentia o esperma escorrendo desde si até o lençol. Apreciava a sensação, quase tão boa quanto senti-lo descarregando. Aliás, era quando gozava também. Com o jorro dele, sentindo-se preenchida. Algo vivo, dele para ela. Sem desvios. Nada a ver com o sopro fantasmagórico no qual pensara horas antes. Que injustiça pensar em uma coisa dessas.

– Que tipo de história? – ele perguntou.
– Não sei. Uma história.
– Uma história de ninar?
– Pode ser. Ou alguma coisa tirada de um filme. Você está sempre vendo filmes.
– Você via muitos, também.
– Eu sei.
– Via filmes, fotografava, ia a exposições.
– Eu sei, eu sei.
– Por que não vai mais?
– Não sei. Acho que, sei lá, acho que enjoei – esperou que ele insistisse, mas isso não aconteceu. – Vai contar a história?

Arthur pensou um pouco, depois se virou para ela e desandou a falar sobre um monge, e esse monge vivia num mosteiro, no meio do nada. Todos os dias, logo cedo, ele enchia um balde com água e subia a colina que ficava atrás do mosteiro. O monge era muito gordo, e a subida era íngreme. Ele subia com dificuldade, carregando o balde ora com a mão esquerda, ora com a mão direita. Parava diversas vezes no caminho, colocava o balde no chão e recuperava o fôlego. Às vezes, olhava para baixo, a terra monótona e desolada a perder de vista. Não havia construções, árvores ou sequer ruínas na planície diante do mosteiro. O chão era muito acidentado. Os pés do monge tinham bolhas que, às vezes, estouravam. Mesmo assim, ele prosseguia. Quando, por fim, atingia o topo, colocava o balde novamente no chão e agradecia a Deus. No topo, não havia nada além de uma árvore seca. A árvore era torta, virada para o outro lado, como se desse as costas para o mosteiro e para quem viesse de lá. O monge se aproximava e despejava a água, com cuidado, ao pé da árvore. Em seguida, fazia uma oração. No mosteiro, sempre havia alguém pronto para dizer: "Por que você se ocupa disso? É inútil." Ou: "A árvore está morta. Conforme-se. Cuide do que está vivo." Ele apenas sorria. Todos os dias, durante anos e anos, o monge subia a colina com o balde cheio de água a fim de regar a árvore seca. Mais cedo ou mais tarde, pensava, se Deus assim permitir, ela vai florescer. Certo dia, um dos monges o encontrou caído na colina, a meio caminho do topo. Estava morto, o balde tombado junto ao corpo. A água escorrera toda. Então, o monge que encontrou o corpo subiu correndo até o topo da colina, histérico, agitando os braços em direção ao céu. Ele estava crente que ia se deparar com a árvore explodindo de vida.

Nesse momento, Arthur olhou para o lado: Teresa dormia pesadamente.

9.

A enorme mesa de madeira nobre estava vazia, exceto pelo aparelho telefônico, alguns papéis espalhados e um exemplar da Constituição que pendia de um extremo, prestes a desabar no chão. As estantes tinham sido esvaziadas. As cortinas e persianas, retiradas das janelas.

– Não vou fazer discurso nenhum – disse o homem sentado à mesa. Como se falasse sozinho. Havia muito tempo que ele parecia falar sozinho.

Arthur estava de pé no meio do gabinete. Mantinha as duas mãos para trás.

– É tudo teatro – ouviu.

O senador olhava com nojo para o telefone sobre a mesa, como se fitasse um bicho qualquer, morto.

– Não parava de tocar – disse.

– Bom – suspirou Arthur –, acho que agora parou.

Como se dissesse: acabou.

Como se dissesse: já era.

Como se dissesse: conforme-se.

Após o jantar da noite anterior, a esposa lhe disse que não aguentava mais, que aquilo tudo era uma piada, que ele já estava politicamente morto, que na manhã seguinte mandaria buscar os móveis, cortinas e persianas que instalara naquele gabinete anos antes, quando da primeira eleição dele:

— Dois jogos de sofás, três mesas de centro, cinco cadeiras, um abajur, persianas, cortinas, aquela estante na sala de espera e dois tapetes Kamy.
— Você não percebe? — ele ainda implorava.
— Não.
— Eu não posso recuar.
— Recuar? Você já está *morto*. Um cadáver putrefato empesteando o Senado Federal, a própria caveira de burro desenterrada vagando por aquele prédio imbecil. Vão te colocar numa carroça com outros defuntos iguais a você e despachar para o entorno. É para onde você quer ir, *estúpido*? Para Águas Lindas de Goiás?

Não, ele não queria ir para Águas Lindas de Goiás. O que ele queria, e isso lhe ocorreu naquele momento em que a mulher gritava e implorava para que ele desistisse, o que ele queria era ser deixado em paz. Mas não o deixariam em paz naquele maldito gabinete. Arrombariam a porta e o arrastariam para fora, mais cedo ou mais tarde. A maldita *opinião pública*. A maldita *imagem da Casa junto ao povo*. A maldita hipocrisia. Ou nem isso: faria o mesmo se fosse outro em seu lugar. Já tinha feito, aliás. Quantas vezes mesmo? O problema era que, agora, ele era a bola da vez, como diziam. E não uma bola da vez qualquer. Acaso insistisse, acaso não saísse de cena até o final do dia seguinte, quando o processo de cassação seria instaurado, poderia levar consigo duas ou três cabeças coroadas. E uma coisa dessas não seria aceitável. Pior: não seria *correto*. Ele tinha que fazer a coisa certa. Eles sempre o apoiaram antes. Era a vez dele agora. A bola da vez.

Então, era isso. Estava acabado.

Assentiu com a cabeça, fez um sinal com uma das mãos para que ela se calasse, já chega, eu entendi. Em seguida, levantou-se da cama onde se sentara para ouvir a gritaria dela e saiu do quarto.

Atravessou o corredor escuro, passou pela sala de jantar, onde recebera os convidados naquela mesma noite.

Trancou-se no escritório.

À mesa, acendeu apenas a lâmpada de uma luminária pequena, recostou-se na cadeira, destrancou e abriu a primeira gaveta. Dentro, um BlackBerry e, escondida no fundo, uma Glock 17, 9mm, semiautomática.

Imaginou-se adentrando o plenário e descarregando a arma nos distintos colegas senadores, um após o outro. O mais divertido seria acertar as costas dos que tentassem fugir, dos que não atingisse logo de cara, tão logo entrasse no recinto, aqueles que, percebendo do que se tratava, correriam em direção à saída, tentando se proteger atrás uns dos outros, atrás das cadeiras, quase se arrastando, gritando, os tiros os acertando nas costas, nos ombros, no ouvido, na nuca. Levaria dois magazines carregados, além do que estivesse na pistola, rezando para que a sessão estivesse lotada, com sorte no meio de alguma votação importante, e entraria atirando, quatro ou cinco morreriam sem entender o que se passava, os outros ele caçaria pelo plenário enquanto tivesse munição, ou enquanto não fosse abatido.

Com isso em mente, pegou o celular e ligou para o líder do partido, um jovem senador carioca, e informou que iria sozinho para a degola.

– Você vai ficar bem – o líder tentou aliviar. – Você volta daqui a pouco. Essa merda toda não vai dar em nada. E o mais importante, que é proteger os seus camaradas, sua *família*, proteger o partido, você está fazendo. Ninguém vai esquecer isso. Você sabe que...

Desligou.

Não conseguia ouvir aquela conversa.
Não queria.

Imaginou-se atirando no líder, a bala atingindo o maxilar de lado (ele tentando fugir do plenário com os outros), pele rasgada e sangue e fragmentos de dentes ao redor de seu rosto e ele indo ao chão para o tiro de misericórdia, não, dois tiros: no pescoço, que sufocasse um pouco, e entre os olhos.

Eu me retiro da vida pública com a consciência tranquila e a certeza de ter feito o melhor pelo meu Estado, pelo meu País e pelo meu Partido.

É isso, filho de uma vaca. Adeus.

Passou a noite em claro, sentado à mesa da cozinha, bebericando leite e folheando revistas de fofocas de celebridades que alguém deixara ali, empilhadas. Por volta das cinco, a mulher foi falar com ele. Parou do outro lado da mesa, ajeitando o roupão com displicência, o cordão vivia desamarrando, e disse:

– Quero voltar para Canoas. Nunca mais pisar em Brasília.

Ele não disse nada. O que poderia dizer? Ela não estava perguntando, não pedia a opinião dele. Permaneceu por um tempo ali, parada, as mãos nos bolsos do roupão, como se procurasse alguma coisa para dizer. Ele teve a impressão de que ela fosse exigir o divórcio. Mas:

– Não suporto te ver passar por tudo isso. É por isso que a gente vai embora. Porque não vale a pena. Nada aqui nessa cidade cretina vale a pena. Você compreende isso?

Antes que ele pudesse dizer qualquer coisa, a mulher já tinha dado meia-volta e desaparecido no corredor, ajeitando o roupão pela enésima vez. Sentiu vontade de ir atrás dela, dizer que compreendia.

Não se mexeu. Voltou a pensar na matança.

Por que não?

Atiraria na nuca do primeiro, não importava quem fosse, e na cabeça do segundo e do terceiro, estariam próximos, o pânico ainda não teria se instalado. O quarto ele pegaria de frente, alguém que tivesse se virado para ver o que acontecia, um tiro nos intestinos, que agonizasse na própria merda (não é o que fazemos todos?). Tudo isso em dois, três segundos. Então, em meio à correria, atiraria a esmo, ombros, peitos, pernas, braços, não faria diferença, a névoa vermelha, o cheiro, um tiro na boca da acriana, um tiro nos bagos do alagoano, por detrás, um tiro no estômago do gaúcho, um tiro na mão esquerda do paulista, a coisa estourando ao meio e dois ou três dedos voando, como naquele filme, sim, como no filme, atiraria enquanto tivesse munição, enquanto tivesse vontade, enquanto Deus e Jesus e Maria e José e a porra do Espírito Santo permitissem.

Sorrindo, bebeu um gole de leite. Sentia-se calmo. Na revista à sua frente, o astro televisivo e a estrela da música popular estavam se separando.

Rumou para o gabinete às sete da manhã. Uma vez lá, telefonou para um jornalista de confiança. Ele já sabia de tudo. Então, ligou para Arthur:

– Não precisa vir hoje, se não quiser.

– Já estou a caminho. Preciso resolver uma coisa, mas depois vou direto para o gabinete. O senhor está bem?

Pensou: estou bem? Ora, que diferença faz?

– Como é que você soube?

– Pelo rádio. Não deu tempo de sair na mídia impressa.

– Eu devia ter ligado ontem, depois de decidir. Pegou você de surpresa. Me desculpe.

– Não tem problema. O senhor não precisa se preocupar comigo.

– Não estou preocupado com você.

Arthur foi primeiro à agência de viagens. Quando afinal chegou ao gabinete, passava das 11. Os móveis e as cortinas já tinham sido levados. Os telefones já não tocavam. O homem estava sozinho. Tinha liberado todo mundo. Deixou a pasta sobre a mesa da secretária e bateu à porta. Não obteve resposta. Entrou e viu o pequeno ser amarrotado escondido atrás da mesa; às costas dele, a janela escancarada: dia claro lá fora, céu aberto, bem diferente da véspera.

– O senhor, então, não vai à tribuna?

O homem suspirou, tentou afrouxar a gravata que já tinha afrouxado.

– A merda é que faz parte do ritual, não?

Arthur encolheu os ombros. Também não estava preocupado com ele.

– Você está com o seu computador aí?

– Na minha pasta.

– Me ajuda a redigir um discurso? Qualquer coisa curta, que não pareça um pedido de desculpas.

– Claro – disse Arthur, e foi buscar o computador.

A segunda parte de *Terra de casas vazias* é intitulada **Miastenia**. Continuamos em Brasília, agora na companhia de Aureliano e Camila. A pedido de Camila, Aureliano parou de fumar.

1.

Aureliano queria fumar. Os olhos e a boca secos, o desconforto crescendo. Não fumava havia tanto tempo. Acender um mísero cigarro àquela altura talvez não fosse assim tão horrendo, um crime ou coisa parecida, quatro ou cinco longas tragadas que o fizessem fechar os olhos e se esquecer de todo o resto por alguns segundos. Sentia-se um lixo, e o sono também não colaborava – o mundo inteiro e as coisas dentro dele pareciam vinte vezes mais pesados, incluindo o ar frio e seco que respirava descompassadamente, feito um asmático. O cigarro aceso dependurado num canto da boca o manteria desperto, atento ao que quer que fosse, nesse trabalho a gente nunca sabe com o que vai topar, impossível prever, tudo pode desandar a qualquer momento, basta um segundo de distração e já era, adeus.

No entanto, ele não se mexeu.

As pessoas e as coisas lá fora e também o que ele estava prestes a fazer, tudo lhe parecia de uma irrealidade medonha. Era uma sensação familiar e nem um pouco agradável que o fez encarar o porta-luvas mais uma vez: bastaria abri-lo e alcançar o maço de Calvert que sabia estar ali dentro, mas.

Não, merda. Não.

Ao olhar para o lado, para Isaías, notou que o parceiro, ainda segurando o volante com as duas mãos, como se estivesse indeciso entre ficar ou ir embora (e eles tivessem a opção de ir embora), Isaías fitava a movimentação adiante como se também duvidasse da sua palpabilidade. Era isso, então. Eles faziam companhia um para o outro no limbo, naquele estranho estado de suspensão em que se meteram, numa concordância silenciosa de que o melhor, por enquanto, era permanecer ali, quietos, concentrados feito dois nadadores antes de uma final olímpica, do mergulho após o qual nada seria como antes, ganhassem ou perdessem.

Um cigarro, então, seria perfeito. Não seria? Talvez fosse mesmo o caso de ambos fumarem um cigarro antes de abrir suas respectivas portas, antes de sair do carro e permitir que a irrealidade os invadisse e contaminasse, nesse trabalho nunca se sabe, não há garantia, não há rede de proteção, você flutua no vazio e reza para não se esborrachar, mas.

Ele não se mexeu.

Aureliano não estendeu a mão, não abriu o porta-luvas, não alcançou o maldito maço de cigarros, não se mexeu.

Isaías tinha parado o carro a poucos metros do portão dessa casa na QE 26 do Guará II, lá no fim da rua, e a rua não tinha saída. Havia outras duas viaturas estacionadas por ali, mais próximas da casa, inclusive, e vizinhos, curiosos, cachorros e até mesmo crianças, além de quatro policiais militares sonolentos, uma constelação inteira de miragens, de figuras mal-ajambradas que se moviam pesadas, em fardas ou pijamas, pela noite afora, com os braços cruzados ou as mãos nos bolsos, egressas de um pesadelo qualquer.

Eram duas da manhã e fazia muito frio.

Quando enfim percebeu que era quase certo que *não* acenderia um maldito cigarro, que não teria *coragem* para fazer isso, ocorreu a Aureliano que a imobilidade em que se encontravam não fazia o menor sentido, que não sabia o que estavam esperando, por que não desciam logo do carro e iam ver o que tinha acontecido, analisar a cena, checar as informações recebidas previamente pelo telefone e pelo rádio, conversar com as possíveis testemunhas e com os PMs que chegaram primeiro ao local, adentrar logo aquela irrealidade justamente para que pudessem sair dela o mais rápido possível, o mais rápido e da melhor maneira possível. A ideia era sempre transitar com cuidado pela irrealidade, entrar e sair rapidamente e chegar ileso ao final, fosse quando fosse esse final e onde e de que forma ele ocorresse.

Pensar em todas essas coisas fez com que se sentisse ainda mais cansado.

Ele respirou fundo e afagou o joelho esquerdo, o joelho que arrebentara anos antes, jogando basquete no colégio, ele o afagou como se acariciasse a cabeça de um cachorro obediente enquanto evitava olhar para o porta-luvas. Olhou para Isaías outra vez. O parceiro estava com aquela cara, a expressão de alguém muito experiente pressentindo que a noite não seria fácil, que as coisas sairiam dos trilhos mais cedo ou mais tarde e que não haveria nada que eles pudessem fazer além de, talvez inutilmente, tentar manter alguma distância. Seria uma daquelas jornadas em que a irrealidade os invadiria com toda a força, tomando o lugar das suas vísceras e dos seus ossos, de tal forma que um cigarro cairia muito, muito bem, mas, porra.

Ele tinha prometido.

Dois meses antes, Aureliano prometera a Camila que ia parar, não importando o que acontecesse, mas *ela* o levara a isso, *ela* o manipulara, ela praticamente o coagira, o tipo de coisa que não se deveria fazer, obrigá-lo a se comprometer daquela maneira, e agora tudo o que ele queria, não, a coisa de que ele mais *precisava* era estender a mão direita, abrir o porta-luvas, alcançar o maço de Calvert, abri-lo, pegar um cigarro, acendê-lo, tragar e não pensar em mais nada, tecer uma cortina de fumaça entre ele e a ameaçadora irrealidade circundante, uma cortina que o protegesse ou, pelo menos, camuflasse.

Então, finalmente, como se enxergasse a angústia do parceiro, fumar ou não fumar, quebrar ou não a maldita promessa, Isaías soltou algo muito parecido com um relincho, deu um soco no volante com a mão direita, enquanto, com a esquerda, abria a porta bruscamente, e grunhiu:

– Deus é fiel, porra.

2.

O primeiro deles estava sentado no sofá da sala, diante da televisão. Tinha sido degolado, o corte profundo de um lado a outro do pescoço – a cabeça quase separada do corpo. Nu, encharcado com o próprio sangue, cujo cheiro se misturava ao de álcool, a barba por fazer. Tinha aqueles olhos vidrados, o ápice da expressão de horror. O rosto estava muito machucado, só o mataram depois de espancá-lo criteriosamente: nariz e alguns dentes quebrados, rasgos em ambos os supercílios, os olhos inchados.

– A cada dia que passa, entendo menos essa merda – Isaías resmungou enquanto olhava para o corte no pescoço, como se falasse para alguém que estivesse lá dentro.

Aureliano balançou a cabeça. Aquilo era só o que eles viam. Nem mais, nem menos. Alguém degolado, ponto. Nada para desentender ou entender. Isaías sabia disso, claro, mas precisava dizer alguma coisa. O silêncio numa cena daquelas seria insuportável.

Um PM entrou na sala. Aureliano o encarou tentando se lembrar do primeiro nome dele, mas não conseguiu. Vocês ficam todos muito parecidos dentro dessas fardas.

– Ah. Vocês dois – disse o PM.

– Eu mesmo contei – Isaías retrucou.

– E os caras da perícia? – o soldado perguntou.

– A gente diz que você mandou um abraço.

– Mas, tipo, eles estão vindo, né?
– Querido, eles estão sempre vindo. Sempre, sempre. E, enquanto eles vêm, a gente trabalha um pouquinho. Legal, né?
O PM fez uma careta e disse que o outro corpo estava no quarto.
– Que bom. E é claro que você e seus amiguinhos contaminaram a cena inteira, né?
– Não – retrucou, indignado. Sempre a mesma merda. – Claro que não, porra.
– Claro que não, porra – Isaías repetiu, com um muxoxo.
– O outro corpo – Aureliano interveio – é de uma mulher?
A infelicidade de abrir a boca pela primeira vez. Isaías olhou para ele e forçou um meio relincho que o fez se arrepender imediatamente de ter perguntado aquilo, embora não compreendesse muito bem qual o problema da pergunta. Tratou de ir logo até o quarto.

A luz avermelhada do abajur conferia ao ambiente uma atmosfera uterina, morna. Fossem outras as circunstâncias, o lugar seria aconchegante. A mulher estava estendida na cama, coberta por um lençol branco. Não havia sangue. Ele se abaixou como se fosse cochichar um segredo à defunta. Os cabelos loiros anelados e mal tingidos cobriam parte do rosto. Cheiro de xampu barato. Os olhos dela estavam arregalados, a mesma expressão de horror. Os sinais de estrangulamento eram evidentes. Aureliano notou o PM junto à porta.

– Acende a luz, por favor? – pediu.

O lençol era quase transparente. Ele o puxou com cuidado. Ela estava nua, e Aureliano já sabia disso. Havia marcas de mordidas nos seios, na barriga, nas coxas. Arranhões, também. Ele se abaixou outra vez, agora junto ao ventre da morta. Esperma seco sobre a barriga e os pelos pubianos, e entre as coxas.

Viu duas unhas quebradas na mão esquerda e uma na mão direita. Um pequeno corte no lábio superior, de um soco.

— Ela brigou — disse, voltando a cobri-la. Encheu o peito de ar, parecia voltar à superfície depois de um bom tempo mergulhando. — Tentou, pelo menos. Os vizinhos não ouviram nada?

— A vizinha dos fundos disse que ouviu barulho de discussão. Som de luta também. Mas só chamou a gente quando veio aqui ver se estava tudo em ordem e deu com o corpo na sala. Disse também que não ligou antes porque eles viviam brigando, se tivesse que ligar toda vez que eles batessem boca não ia fazer outra coisa da vida. Palavras dela.

— Ela não viu ou ouviu mais nada?

— Disse que o irmão da mulher esteve aqui. Viu ele saindo com o carro, não soube identificar qual, não faz muito tempo, não. Pouco antes de encontrar o corpo. Outro vizinho disse que o carro dele é um Tipo 1.6, azul-escuro.

— Esse outro vizinho também viu o cara hoje?

— Não. Hoje, não.

— E a vizinha? Viu o cara chegando?

— Não. Só saindo.

— Onde é que ela está?

— Na casa dela, aí nos fundos. Quer falar com ela?

— Daqui a pouco.

— Vou lá fora ver se algum outro vizinho tem o que contar. E se os caras da perícia já chegaram.

— Vai lá.

As portas do guarda-roupa estavam escancaradas, tudo revirado ali dentro. Aureliano saiu do quarto, não sem antes desligar as luzes do abajur e do teto. Isaías estava no banheiro, mijando, a porta aberta.

— Que tal a mulher? — perguntou. — Os caras vão demorar um bocado pra chegar, parece. O legista é aquele gordo preguiçoso.

Aureliano tinha parado no corredor. Olhava na direção da sala. De onde estava, via apenas as pernas brancas do homem, os pés descalços. Pareciam os pés de alguém vivo. Mas por que não pareceriam?

— Ela foi estuprada e depois estrangulada. Mas não rolou no quarto, não. A cama está arrumada.

— Ah, deve ter sido no chão da sala mesmo. Na frente do sujeito.

— Pensei a mesma coisa. Eles reviraram o quarto, o guarda-roupa.

— A casa inteira. Os armários da cozinha também.

— Alguém perdeu alguma coisa e veio buscar.

— Sempre tem. É só o que tem.

— Tem o quê?

— Gente perdendo coisa e depois indo buscar.

Isaías relinchou outra vez enquanto fechava a braguilha. Deu a descarga. Aureliano apalpava os próprios bolsos. Mas que merda estou fazendo? Eu não carrego mais cigarro. Eu não fumo mais. Eu prometi. Isaías abriu a torneira da pia e enxaguou as mãos, depois se abaixou e bebeu um pouco de água e só então fechou a torneira, bufando.

— Quer falar com a vizinha agora? — Aureliano perguntou quando o parceiro saiu do banheiro e parou no corredor, também fitando as pernas brancas do cadáver na sala.

— Por que não? Caralho.

3.

Ela pintava as unhas de vermelho, sentada no sofá, mal acomodada numa camisola comprada dez quilos antes. Sempre arrumava o que fazer quando não conseguia dormir. Com o marido em casa, tratava de acordá-lo para foder. Sem o marido, ligava a televisão e pintava as unhas, enrolava pães de queijo para assar na manhã seguinte ou costurava alguma calça, qualquer coisa que a mantivesse ocupada, preenchendo a noite.

Era normal o marido não estar em casa àquela hora, uma da manhã. O trabalho dele, as coisas que ele tinha que fazer. O que ela ganhava como salgadeira não seria suficiente para sustentar a casa. O que ele ganhava com não-era-da-conta-dela era mais do que suficiente para sustentar a casa e outras coisas mais, como, por exemplo, passar algumas semanas na praia, todos os anos, Recife, Alcobaça, Aracaju, Torres. A escolha era dela, mas ainda não tinha decidido para onde ir naquele ano. Ainda é junho, não tem pressa, dizia quando ele perguntava por perguntar, não estava realmente interessado, tanto fazia ir para o norte ou para o sul, desde que houvesse mar, areia, sol, cerveja.

Meia hora antes, ao se sentar no sofá com os apetrechos todos, tinha pensado em desenhar pequenas flores nas unhas, mas depois mudou de ideia e optou pelo vermelho mais chamativo e brilhoso que encontrou. Agora, enquanto fazia o serviço, ocorreu-lhe que ele estava demorando mais do que o normal. No mínimo, o cunhado bêbado dando trabalho. A irmã dele insistira tanto, o sujeito desempregado havia meses e bebendo cada vez mais, ele não podia negar, embora dissesse o tempo todo, não confio nele, não dá pra confiar nele, o cara é impossível, vai acabar fodendo com todo mundo.

Faltavam 15 minutos para as duas quando ela ouviu o carro parando junto ao meio-fio. Por que não guarda logo na garagem? Ainda vai sair, será? Batendo a porta do carro, o portão lateral sendo aberto e fechado e os passos pelo corredor estreito entre a parede da casa e o muro do vizinho. O que ele foi fazer nos fundos, meu Senhor? Ela continuou pintando as unhas do pé esquerdo, estava quase no fim. Na televisão, um filme muito velho com pessoas muito jovens, o volume baixo; ela pegou o controle e aumentou um pouco. Não que estivesse prestando atenção. Terminou de se pintar e deitou no sofá. Sentia frio nas pernas e nos braços, mas a preguiça de ir até o quarto buscar um cobertor era muito grande. Estendeu as pernas e colocou os pés sobre o braço do sofá, que as unhas secassem logo. Ajeitou o travesseiro. Acabou cochilando.

O relógio de parede, pregado logo acima da estante, informava que eram três e meia da manhã quando ela acordou sobressaltada com o barulho da campainha. Pela janela, enxergou uma viatura da Polícia Civil e dois sujeitos junto ao portão. Um deles, o que estava mais à frente, o dedo enfiado na campainha, era gordo e não parecia nada feliz por estar ali, em pleno Núcleo Bandeirante, tocando *aquela* campainha, *àquela* hora da madrugada. Ela pensou em correr até os fundos e avisar o marido, mas já a tinham visto, sair correndo para os fundos da casa não seria lá muito inteligente. Abriu a porta e disse:

– O portãozinho está destrancado.

Eles vasculharam a casa inteira, armas em punho. Ela permaneceu sentada no sofá, os olhos fixos na televisão. Quando terminaram a busca, Isaías parou na frente dela, entre ela e a televisão, e perguntou:

– Qual é o seu nome?

Ela respondeu olhando não para ele, mas para Aureliano, que, encostado na parede, logo atrás de Isaías, parecia mais simpático:

– Marta.

– Asmodeu. Você é a mulher dele?

– Você sabia que Asmodeu é nome de demônio? – ela perguntou, um tremor se insinuando na voz.

– Asmodeu é o nome de um sujeito enrolado pra caralho – devolveu Isaías. – Não vou perguntar de novo onde é que ele está.

Pela primeira vez, ela desviou o olhar de Aureliano e encarou Isaías. Agora, adivinhando o que viria a seguir, sua voz tremeu terrivelmente:

– Você não me perguntou onde é que ele está.

A mão esquerda de Isaías chegou ao rosto dela meio fechada, como se ele não tivesse decidido a tempo se daria um soco ou um tapa. Ela começou a soluçar. Sangue escorreu pelo canto direito da boca.

– Filho de uma puta – resmungou.

Isaías fez menção de bater outra vez, mas a voz de Aureliano se interpôs:

– Marta, presta atenção no que eu vou te dizer agora. Olha pra mim. Presta atenção. Aconteceu uma coisa muito ruim.

– Todo dia acontece coisa ruim – ela gemeu. – Não sabia?

Chorava abertamente agora. Não se atrevia a olhar para Isaías outra vez. Aureliano se aproximou, tomando o lugar do parceiro, agachando-se diante dela.

— Eu sei disso – ele recomeçou, calmo. – Merda, todo mundo sabe disso. Mas o que eu estou tentando te dizer é que o seu marido pode ou não ter feito uma coisa muito ruim. Tendo ou não feito isso, ele está com problemas. Problemas muito sérios. Muito graves.

— Ele está fodido – Isaías resmungou. Estava de pé junto à janela e olhava para fora, o ar de quem já não espera nada. – Caralho, nunca vi alguém tão fodido em toda a minha vida. E olha que o que eu mais vejo por aí é gente fodida ou se fodendo. Mas, puta que pariu, o Asmodeu, esse está fodido e meio, minha querida. Fodido e meio.

Marta segurou o choro e se encolheu. Pela primeira vez desde que eles chegaram, sentiu uma vergonha despropositada, dadas as circunstâncias, por estar vestindo apenas uma camisola.

— Eu não sei dele – disse. – Juro. Eu nunca sei dele, nem das coisas que ele faz ou deixa de fazer.

— Tem um pouco de sangue no chão da área de serviço – disse Aureliano. Os olhos dela se arregalaram. Ela não sabia. Não sabe de porra nenhuma. – E tem uma camisa suja dentro do tanque. Suja de sangue.

Um carro capotava na televisão atrás de Aureliano. Som de explosão, a música aumentando dramaticamente. Sem se levantar, ele esticou o braço e desligou o aparelho. Os olhos de Marta agora zanzavam perdidos pela sala, buscando um ponto de referência, um lugar para se apoiar.

— Eu... eu ouvi ele chegando mais cedo. Não falei com ele. Não vi ele. Eu ouvi o carro e depois ele passando pros fundos, por fora da casa. Pelo corredor ali fora. Não ouvi ele saindo porque acabei cochilando aqui no sofá. Só acordei quando vocês chegaram. Só acordei com a campainha.

Aureliano procurou pelos olhos dela, mas foi Marta quem encontrou os dele. Por algum motivo, ela sentiu vontade de sorrir, mas não o fez, a pele do rosto e os lábios travados numa expressão de desespero.

– Você disse que não sabe dele, das coisas que ele faz. Eu acredito em você. Mas existe algum lugar pra onde ele possa ter ido? Você sabe de algum lugar assim? A casa de algum parente, por exemplo? Ou de algum sócio ou coisa parecida?

Ela respirou fundo, aos poucos retomando o controle. Olhou para o chão, pensativa. Pigarreou, limpou as lágrimas com as costas das mãos. Sua voz já não tremia quando falou:

– Se eu disser que não sei, você vai acreditar em mim?

– Não – disse Aureliano.

– Se eu disser que não sei, ele... ele vai bater em mim outra vez?

Aureliano respirou fundo, denotando impaciência pela primeira vez desde que começara a falar com ela. Colocou-se de pé.

– Não – disse. – Eu vou.

4.

Eles tiveram alguma dificuldade para encontrar o boteco no Setor O, escondido entre uma mercearia e uma loja de ferragens, três mesas e nenhuma cadeira sobre a calçada, a porta semiabaixada. O carro de Asmodeu estacionado junto ao meio-fio, os vidros abertos. Aureliano e Isaías desceram da viatura, armas em punho, olhando preocupados ao redor.

– Chamar mais alguém? – Aureliano sugeriu.

– E você acha que eles vêm?

Isaías se aproximou do Tipo. À luz amarelada do poste, conseguiu enxergar um quase imperceptível rastro de sangue do carro até o bar.

– Ele está lá dentro.

Então, alguém levantou a porta, um sujeito magricela, de bermuda e chinelos, vestido com uma camisa do Gama. Escuro dentro do bar, era impossível enxergar o que quer que fosse dali da calçada. O sujeito se aproximou muito tranquilamente.

– Asmodeu – disse Isaías.

– Lá dentro. Nada bom, nada bom.

– Você é o dono do boteco? – Isaías perguntou, colocando a arma na cintura.

– Entra lá, chefia. Ele quer falar com vocês. Na paz.

Entraram.

O lugar parecia um boteco de beira de estrada, do tipo que se encontra encravado numa encruzilhada qualquer, em meio à poeira. O balcão era um tampo de madeira bem grossa e escura, a fiação estava toda visível e as mesas e cadeiras, dobradas em um canto, eram de metal. Havia uma mesa de sinuca próxima ao balcão, encostada numa parede, coberta por um lençol vermelho-escuro.

Asmodeu estava sentado à única mesa não dobrada, colocada bem no meio do bar com três cadeiras, numa das quais ele se acomodara, à luz de uma mísera lâmpada de 60 watts dependurada sobre o balcão. Era um homem mirrado, os cabelos grisalhos cortados à escovinha, magro, de pele escura e olhos claros. Sua pistola, uma Taurus 380 cujo aço inoxidável parecia ser, ele próprio, uma fonte de luz, brilhava sobre a mesa, descansando ao lado de uma garrafa de Ballantine's que chegava ao fim.

– E a minha senhora? – ele perguntou tão logo os dois policiais pararam à sua frente. – Assustada?

Aureliano fez que sim com a cabeça. Asmodeu tentou abrir um sorriso, mas uma expressão de dor tomou conta de seu rosto. Disse aos dois, quase sem fôlego:

– Senta aí logo.

Eles obedeceram. Aureliano notou a poça de sangue que crescia no chão, sob a cadeira do homem. Os olhos vermelhos de Asmodeu, sua voz arrastada e o copo engordurado que ele segurava junto ao corpo sugeriam que tinha sido ele quem bebera todo aquele uísque. Talvez o torcedor do Gama lá fora tivesse ajudado, se é que ele ainda estava lá fora. Aureliano pensou que não deviam ter deixado o sujeito sozinho, que ele certamente teria o que contar, mas Isaías não dissera nada, eles simplesmente guardaram as armas e entraram no boteco, instantaneamente esquecidos de quem os tinha recebido. A arma sobre a mesa tampouco lhes pareceu ameaçadora. O sujeito não faria nada, estava no fim. Que terminasse logo, então. Ofegava e tossia, sem forças. Respirou fundo, entrecortadamente, duas, três vezes antes de conseguir falar.

– Meu cunhado não tratava a minha irmã direito – disse.

– Ninguém tratou a minha irmã direito nessa história, aliás. Viu o que fizeram com ela?

– Vi – disse Isaías. – Mas por que você não conta pra gente o que aconteceu?

Asmodeu tossiu mais um pouco, fracamente. Tentava rir.

– Vocês não sabem? – perguntou.

– A gente imagina.

– Aquele merda roubou quem não devia. – Sua voz ia e voltava, uma caixa de som mal conectada. – Tentou, pelo menos. Não sei o que ele queria de verdade. Minha irmã não sabia. Ninguém sabia. Acho que nem ele sabia. O que ele estava pensando, sabe qual é? O sujeito era muito louco. E muito burro. Não sei o que ele ia fazer.

– Ele não te falou?

– Mais ou menos. Por telefone, achando graça. E só depois. Eu não ia deixar ele fazer uma merda dessas. O idiota só tinha que fazer uma entrega. Pegar um pacote aqui, entregar ali. Até eu, do jeito que estou agora, dava conta. Entre o aqui e o ali, a joça do pacote sumiu. Ele disse que foi roubado. Até apontou os ladrões. Gente do outro lado do muro. Mas gente do outro lado do muro tem a vida lá dela. Se meter em confusão por causa da merda de um pacote?

– O que tinha no pacote?

– As Tábuas da Lei. Que diferença faz? O pacote não era dele. Quando fiquei sabendo, já tinha rolado. Tentei conversar com os caras, mas a roda, sabe qual é?, a coisa segue girando, não importa o quê. Eles já tinham mandado gente atrás. Enquanto eu falava com eles. Forçaram a mulher na frente do

infeliz. A minha irmã. Pra ele falar do pacote, o que tinha feito. Era o que eles queriam. A merda do pacote de volta. Eu nunca ia fazer uma coisa dessas com a irmã de ninguém.
— A vizinha te viu saindo.
— Eu cheguei tarde. Já tinham feito tudo. Levei minha irmã pra cama, cobri ela.
— E essa bala na barriga?
Asmodeu virou o resto de uísque, depois colocou o copo sobre a mesa, pegou a garrafa e se serviu de mais um pouco. A poça debaixo da cadeira aumentava.
— Vocês querem um trago? Tem outra garrafa ali detrás do balcão. É original.
Isaías negou com a cabeça. Asmodeu olhou então para Aureliano.
— Asmodeu é nome de demônio — disse.
— Sua mulher falou alguma coisa nesse sentido — atalhou Isaías.
— Minha mãe era meio louca. — Ele finalmente conseguiu abrir um sorriso e balançou a cabeça, alguém que se lembrasse de uma piada suja. Tossiu um pouco e depois levou o copo à boca, dois longos goles antes de voltar a colocá-lo sobre a mesa, vazio.
— Preciso de um favor seu — disse para Aureliano.
— Que favor?
— Você sabe.
Aureliano balançou a cabeça. Não, nem pensar. Sem chance. Não podia fazer isso.
— Eu já fiz a visita — disse Asmodeu. — Nem importa mais.
— Quantos eram? — Isaías perguntou. Ele realmente queria saber. Imaginava o acontecido, uma cena de filme de ação. Dos bons. — Cinco? Seis?

Com esforço, Asmodeu abriu outro sorriso, tão escuro e carregado quanto o anterior:
– Não contei. Juro. Não deu tempo. Nunca dá.
Isaías sorriu de volta, agradecido.
– Me faz esse favor? – Asmodeu pediu novamente, agora para Isaías. – Essa porra dói muito.
– A gente pode te levar prum hospital.
Asmodeu balançou a cabeça. Morrer num hospital. Morrer a caminho de um hospital. Não, melhor morrer ali.
– Eu me fodi, você sabe.
– Aguenta aí, então. Não demora.
– Eu sei. Mas é que dói pra caralho.
Isaías encolheu os ombros. Não era problema dele. Fez um sinal com a cabeça para Aureliano, eles se levantaram e deixaram o boteco. Asmodeu tossia às costas deles, mais e mais distante.

O sujeito que os recebera, Aureliano pediria um cigarro se ainda o encontrasse ali fora, mas ele tinha dado o fora com o carro de Asmodeu.

Eles entraram na viatura e, assim como acontecera mais cedo, no Guará, ficaram ali quietos por um tempo, um ouvindo a respiração do outro. Seria a qualquer momento. O sujeito estava pronto. Ou talvez esperasse, faltava tão pouco. A poça crescendo sob a cadeira.

Não.

Esperou porra nenhuma.

Um soco abafado: o tiro dentro do bar. Não se assustaram. Esperavam por isso. Contavam com isso. O tiro ainda ecoava quando Aureliano estendeu a mão direita e abriu o porta-luvas. Antes que alcançasse o maço de cigarros, sentiu o celular vibrando num dos bolsos do casaco.

5.

Aureliano não entendeu metade do que os médicos lhe disseram. Eles foram muito educados e falaram um de cada vez, pausada e didaticamente, mas, pouco depois, repassando a coisa toda na cabeça, os rostos e as vozes deles se misturavam e era como se falassem ao mesmo tempo e tudo o que ele conseguia depreender podia ser resumido em uma única frase: *só vai piorar*.

Ficou parado no meio do corredor por um bom tempo, como se um dos médicos fosse voltar para lhe explicar de novo e de novo e de novo, até que ele entendesse, ou para lhe dizer que, na verdade, tudo era muito simples e o problema era ele, que se recusava a ouvir, a entender, a aceitar que havia essa doença e que essa doença se instalara nela e que eles, médicos, fariam o possível, mas, a princípio, não havia muita coisa que eles pudessem fazer. A possibilidade de uma cirurgia, coisa que precisavam analisar com cuidado, é preciso ter calma. E, mesmo que fosse operada e se salvasse, Camila talvez não *melhorasse*, não ficasse *boa*. Ele precisava se acostumar com a ideia de que, acaso ela sobrevivesse àquela situação, àquele momento, àquela internação, haveria dias bons, dias ruins e dias impossíveis, e o mais provável é que a doença jamais a deixasse. Ela é que, a certa altura, no paroxismo de um desses dias impossíveis, deixaria a doença, isto é, deixaria de ser em favor da doença, ou a doença passaria a ser em detrimento dela, em seu lugar; Aureliano acordaria certa manhã, olharia para o lado e não veria Camila, mas a doença.

Deu alguns passos na direção da entrada do quarto onde a colocaram, no oitavo andar do Hospital de Base, o "andar da neurologia", como dissera uma enfermeira quando chegaram, mas não assomou à porta. Antes, encostou-se na parede do corredor e colocou as mãos nos bolsos da calça.

Ainda não estava pronto.

Ainda não conseguiria entrar e vê-la, falar com ela, precisava ficar um pouco ali, as mãos enfiadas nos bolsos, fechadas ali dentro com tanta força que logo adormeceriam. Cravou as unhas nas palmas, com força, depois diminuiu um pouco a pressão. Não é possível que morrer seja tão complicado, pensou. Não, essa porra não pode ser tão complicada, tão incerta, tão *demorada*. Era como se ela já não estivesse ali, mas tampouco tivesse chegado *lá*, e isso é bem diferente de não estar em lugar algum, ou de já ter ido embora para valer. Estava presa nos entremeios, impedida de seguir adiante e impedida também de voltar. Então, ele se perguntava, o que a gente tem que fazer é sentar aqui e esperar? É isso? *Só* isso? Sentar e esperar enquanto vocês aí fazem o possível? E fazem o possível apesar daquele grande, daquele enorme *mas* que vocês mesmos fizeram a gentileza de ressaltar? Aureliano sentiu esse *mas* descer por sua garganta, rasgar tudo ali dentro e se instalar na boca do estômago. O filho da puta pulsava, parecia mais vivo que a própria Camila. Então é assim? A morte de alguém que a gente ama é uma coisa que se sente primeiro no estômago? Essa joça pulsando no estômago, não na cabeça, claro, por que haveria de ser na cabeça? Não, é uma ideia terrível demais, a cabeça não aguentaria. Tirou as mãos dos bolsos e olhou para as marcas que fizera nas palmas. Minhas unhas estão grandes. Morrer não devia ser tão complicado, de jeito nenhum. O filho de Arthur, por exemplo, desaparecido debaixo de um carro. Preciso cortar as minhas unhas. Há o choque, e isso é tudo. Descansar um pouco para seguir em frente. Estar e dali a pouco não estar mais, era assim que devia ser, mas (ele balançou a cabeça): não, não, não.

Cortar as unhas, dormir um pouco. Sim, por favor.

Uma enfermeira veio caminhando pelo corredor e o encarou impassivelmente por um segundo. Não chegou a parar, a dizer nada. Passou por ele. Estou aqui esperando, ele sentiu vontade de dizer enquanto observava as costas dela se distanciando no corredor, uma figura branca diminuta dentro daquele monstro branco gigantesco que o tinha engolido, que engolira Camila, estou aqui esperando, e isso é tudo, não posso fazer mais nada. Você pode rezar, sua mãe lhe diria acaso estivesse ali. Era o que ela sempre dizia, as pessoas, quando colocadas diante de uma situação difícil, elas se dividem entre as que respiram fundo, mantêm a calma e rezam e aquelas que arrancam os próprios olhos ou, pior, os olhos dos outros, de quem estiver ao alcance. Aureliano imaginou-se arrancando os próprios olhos com os dedos (Minhas unhas estão grandes.), forçando os globos para fora, usando os dedos e a chave de casa, venham aqui ver o que eu vejo, a chave maior, da porta da sala, puxando-os sem hesitação, venham aqui fora, a dor excruciante, intolerável, os olhos arrancados na palma da mão, o que eu vejo, não vejo nada. Ainda encostado na parede, a dois ou três passos da entrada do quarto, ele abriu um sorriso, minha mãe, rezar, arrancar os olhos, e sentiu-se um pouco melhor. Pensou em Marta, a mulher de Asmodeu. Bateria mesmo nela se fosse preciso? Nunca fizera isso, bater em uma mulher.

Pensou em Marta no velório do marido, os dois filhos da puta que invadiram a minha casa e me bateram e fizeram perguntas e me obrigaram a falar. Isaías deu na cara dela com gosto. Isaías está velho e gordo e cansado. O que eu vou fazer quando estiver velho e gordo e cansado? Arrancar os olhos dos outros, depois os meus? Velho e gordo e cansado e sozinho?
Não.
Não tem muita coisa que se possa fazer.
Quando afinal entrou no quarto, Camila o encarou com aqueles olhos fundos, adoecidos, como se o fizesse distantemente de uma janela no canto mais escuro da cabeça. Sem querer, ele desviou os olhos dos dela e parou junto ao leito com os braços cruzados, cabisbaixo, uma criança prestes a sofrer uma repreensão. Ela disse que os médicos tinham passado por ali depois que ele descera para tomar o café da manhã em uma lanchonete dos arredores (não suportava a ideia de comer no hospital) e conversado com ela a respeito de tudo.

– Eu sei. Encontrei com eles no corredor.

– Você falou com eles?

– Eles falaram comigo. Tentaram me explicar do que é que se trata.

– Eles são bem atenciosos.

– É. Acho que sim.

– Porque tem muito médico estúpido por aí. Esses dois, não. Eles puxaram essas cadeiras e se sentaram, conversaram comigo na maior calma. Quer dizer, eles estavam realmente preocupados em me fazer entender.

– E fizeram?

– Claro. Fizeram, sim.

– Ótimo. – Ele tentou sorrir. – Porque mais tarde, quando eu voltar, você vai ter que me explicar tudinho.

– Não é complicado – ela disse.
– Mas é grave.
– É. Bem grave.
– Então, é complicado, sim.
Ela não disse mais nada. Manter um diálogo, por mais curto que fosse, tornara-se difícil. Ofegando, olhou para fora. Os prédios do Setor Comercial Sul pareciam deslizar em direção ao Eixinho: estava zonza. De agora em diante, estaria sempre ou quase sempre zonza, prestes a vomitar.
– Você quer um copo d'água? – ele perguntou.
Agora, a voz dele lhe dava ânsia de vômito. Qualquer ruído lhe dava ânsia de vômito. Mesmo balançar a cabeça (não queria um copo d'água) lhe dava ânsia de vômito. Mover a mão em direção ao copo que lhe fosse estendido, alcançá-lo, segurá-lo, trazê-lo à boca, abrir a boca, o contato do copo com os lábios e depois a água lhe preenchendo a boca e descendo pela garganta, os olhos meio fechados enquanto engolisse, fechar os olhos e depois abri-los, tudo lhe daria ânsia de vômito, a coisa, o processo todo, ele não percebia isso? Não queria explicar, embora pudesse fazê-lo com uma mísera frase: Estou zonza. Ou melhor ainda: Enjoada.
– Não vi você chegando – ela disse, apesar do enjoo.
– Era bem tarde. Você estava dormindo, acho. Entrei sem fazer barulho, me sentei aqui e cochilei um pouco.
– É. Quando eu acordei, você estava cochilando. Não passou em casa antes de vir para cá?
– Não. Vim direto.
– Onde é que você estava?
– Você não quer saber. – Ele sorriu.
– Entorno? Sobradinho?

– Setor O.

– Nossa. Alguma coisa muito feia?

– Tudo é sempre muito feio. – Ele sorriu de novo. – O crime, na verdade, foi no Guará, ali perto de casa, na 26. Mas a gente só foi pegar o cara no Setor O.

– Prenderam?

Aureliano não respondeu. Olhou para ela, esparramada no leito. Era uma mulher grandalhona de 29 anos, de coxas grossas e ancas largas, quase sem barriga, seios pequenos e os cabelos pretos muito lisos. O rosto fino, embora bem proporcionado, quase bonito, e os olhinhos redondos emprestavam-lhe uma tristeza girafídea que nunca esvanecia e tampouco se agravava: era sempre aquela nuvenzinha, um certo embaçamento leve, algo preguiçoso, como se um espirro ou um bocejo estivesse prestes a irromper, sempre, e ela não tivesse forças para completar nem uma coisa, nem outra.

– O cara já estava morto quando a gente chegou lá – ele disse, afinal. – Era um boteco vagabundo, bem pé-sujo mesmo.

– Que horror. Ele tinha família?

– Mulher. Não tinha filhos, acho.

– Coitada.

A imagem de antes voltou à sua cabeça, a mulher no velório culpando os policiais, xingando, rogando pragas, inconsolável. Filhos da puta, assassinos. Asmodeu é nome de demônio. Que espécie de mãe dá um nome desses ao filho? Camila gemeu um pouco, tentando se ajeitar na cama. Você não vai ficar confortável em posição alguma. Nunca mais.

Não demorou para que o desconforto de Camila fizesse com que Aureliano se cansasse de olhar para ela; sentou-se em uma das cadeiras que estavam junto à cama, as pernas afastadas, a mão direita sobre o joelho direito, a esquerda sobre o esquerdo. Não conseguia olhar para ela por muito tempo, mas que outra coisa havia para se ver ali? O quarto era um caixote branco dentro de um caixote branco maior, e esse caixote branco maior era quase infinito se imaginado dali de dentro, de um dos inúmeros caixotes menores. Cada parede branca, impassível, parecia refletir a parede defronte, e elas se repetiam monotonamente no decorrer daquele útero albino repleto de corredores que ligavam os caixotes menores sem, contudo, a imprevisibilidade de um labirinto ou de uma casa de espelhos – afinal de contas, as pessoas presas às camas estavam ali para ser encontradas.

Aureliano fitou o naco de parede entre a cama na qual estava Camila e a janela. Comparou o branco da parede com o dos joelhos da mulher, expostos. Não era mais propriamente branco, o dos joelhos dela, do corpo inteiro dela, mas algo esmaecido, desiluminado ou em processo de apagamento. A doença adoecia também o branco daquele corpo, corrompia de maneira sutil a sua brancura, aos poucos, mas inexoravelmente. As paredes, não: em seu branco-coisa, impassível, as paredes permaneceriam de pé por muito mais tempo. O branco da parede pareceu a Aureliano muito mais palpável que o do corpo de Camila, de suas pernas ali esticadas. O branco de uma parede contraposto ao branco de um fantasma, ou quase. É por isso que fantasmas conseguem atravessar paredes, ele pensou, e morrer também é isso, um apagamento, perder a cor aos poucos, o corpo esfarelando até que consiga atravessar uma parede, o teto, até que consiga *atravessar*. Fechou os olhos e se viu tentando desesperadamente segurar as pernas de Camila para que ela não fosse, não *atravessasse*, mas suas mãos não agarravam nada, ela já não tinha cor, não tinha corpo, as mãos dele riscavam o vazio. Sentiu raiva. Nas paredes eu confio. No branco delas. Sólido, concreto. Camila flutuava, seu branco esmaecido, esvaziado, confundindo-se com o branco tangível do teto. Atravessando. Indo embora.

— No que você está pensando?

Abriu os olhos. Ela o encarava, assustada. A mão direita veio até o seu rosto e o acariciou fracamente. Quase não sentiu o toque. Ela já começara a desaparecer, a intangibilizar-se. Onde é que você está? Entre aqui e lá, ou nem lá, nem aqui. No intervalo doloroso. Em algum lugar nenhum.

— Ainda não acabou. — Ele a ouviu dizer. — Você precisa se acalmar. Eu preciso que você se acalme. Ainda não acabou.

Aureliano concordou com a cabeça. Camila estava certa. Camila sempre estava certa. Sorriu. Ela sorriu também, depois voltou a fechar os olhos. Zonza. Sorrir lhe dava ânsia de vômito. Manteve a mão junto ao rosto dele, mas sem tocá-lo. A mão suspensa no ar, mas não como se procurasse por ele; sabia que estava ali, que não sairia, que permaneceria ao seu alcance. Ele respirou fundo. Nisso, uma música orquestral extremamente triste vinda de um programa que passava na televisão chegou aos seus ouvidos. O volume não estava muito alto, mas fez com que Camila abrisse novamente os olhos e procurasse identificar o que ouvia. Não demorou muito para conseguir, uns poucos segundos, e abriu outro sorriso dolorido assim que o fez.

— Que foi? — Aureliano perguntou. — Conhece esse troço?

Sim, conhecia. O tipo de coisa que ouvia, às vezes, enquanto corrigia provas ou tirava a sesta após o almoço de domingo, deitada no sofá da sala. Sozinha. Continuava sorrindo quando disse:

– É o *Réquiem* de Mozart.

– *Réquiem*?

Ficou olhando para ela até que o sorriso, aquela sombra arroxeada carregada de ironia, desaparecesse. Então, com a voz embargada, perguntou se ela não queria que ele desligasse a televisão.

– Tanto faz – ela respondeu.

Aureliano não se mexeu. Quando estava com Camila, ele nunca sabia direito quando se mexer. Mesmo agora, casados há cinco anos, há sete anos juntos se contasse o período de namoro, e mesmo ali, naquele lugar e naquela situação, ou sobretudo ali, ele não sabia muito bem o que fazer.

– Tanto faz – repetiu, mas não era o que queria dizer. Ele não sabia o que queria dizer, se queria mesmo dizer alguma coisa, se havia o quê.

Eles se conheceram graças à esposa de Isaías, também professora, você precisa conhecer essa minha colega, Aureliano, tão tranquila, tão centrada, você vai gostar muito dela, eu tenho certeza, vocês dois são sozinhos, não?, solitários, estão aí para se encontrar e ficar juntos, eu acredito nisso, tudo vai dar certo.

Sim. Tudo ia dar certo.

Ele gostou muito dela e vice-versa, por mais diferentes que fossem, e as coisas simplesmente aconteceram. É o que as coisas fazem, ele pensou. Não é? Elas acontecem e, de repente, você está caído em algum lugar, nocauteado, sem saber quando foi que tudo começou a acontecer, qual movimento fez com que tudo começasse, se é que há um movimento desses, deve haver, não é possível, tem que haver, mas a pergunta é basicamente a mesma, a pergunta pavorosa que todo mundo acaba fazendo mais cedo ou mais tarde, e essa pergunta é: *Como, caralho, eu vim parar aqui?*

A sua imobilidade, aquilo de não saber, nunca, quando e como se mexer, talvez adviesse mais da estupefação que ele experimentava cotidianamente ao olhar para Camila e não entender, sinceramente não entender o que uma mulher como ela, professora, letrada, com mestrado em algo que ele nem sabia direito o que era, estava fazendo com ele, policial civil, desligado de tudo aquilo, livros, estudo, música, e ele chegou a perguntar para ela algumas vezes, algo que (aprendera) um homem não deve fazer em hipótese alguma, que diabo você viu em mim?, e Camila achava graça, abria um sorriso tonto, virava os olhos, mas não respondia, exceto por uma única vez, estava um pouco alta, era Natal, ceavam sozinhos em casa, vieram a pergunta e em seguida a resposta:

– O que eu vi? Seu coração. – Depois riu, mas não como se debochasse ou não tivesse falado a sério, e, sim, um riso que traía certa cumplicidade, de quem compreendia muito bem o desconforto de Aureliano, aquilo estava um pouco nela, também, e não havia nada que pudessem fazer.

Não tem muita coisa que a gente possa fazer (ele voltou a pensar), a respeito de nada. Nunca.

– Tenho que ir agora – ele disse, levantando-se da cadeira.

– Eu sei.

– Passar em casa, tomar um banho, depois trabalhar.

– Tenta dormir um pouco.

– Não dá tempo. Qualquer coisa, liga.

Ele a beijou na testa e a ouviu pedindo que tomasse cuidado (tome cuidado você, ele pensou, mas não disse) quando já passava pela porta e ganhava o corredor. Assim que as portas do elevador se fecharam, balançou a cabeça de um lado para o outro, com violência, tentando expulsar algo qualquer dali de dentro, fazer espaço, e tentou imaginar o que o esperava em mais aquele dia de trabalho, sem sucesso – o que quer que fosse, era sempre pior do que ele imaginava.

É o que as coisas fazem: elas acontecem.

6.

Aconteceu que jogaram o corpo em um matagal, de bruços, braços e pernas abertos, uma estrela-do-mar deixada bem longe da água.

Violentada e estrangulada.

O terreno baldio, enorme, ficava entre duas casas de muros altos. Ele próprio não era cercado, podia-se ir de um quarteirão a outro atravessando o lote. A vítima fora desovada ali e o assassino podia ter vindo tanto por uma rua quanto pela outra. Muito lixo, entulhos e mato por toda parte, seria complicado encontrar pegadas numa ou noutra direção. Vestida apenas com uma camiseta curta, branca, e mais nada, descalça, sem saia ou bermuda ou calcinha. Encontrada por acaso, alguém atravessando o terreno baldio logo cedo para ir à padaria e entrevendo uma nesga de pele ou de roupa naquele canto, no meio do mato.

Aureliano não gostava daquela parte do Guará II, o casario desorganizado, os terrenos baldios, a iluminação desigual, achava tudo fora de ordem, confuso, e agora isso: um corpo de menina jogado no meio do mato e as pessoas de braços cruzados, algumas assustadas, a maioria apenas curiosa, tentando ver o que podia de onde estava, da rua, a filha de alguém, olha o que fizeram com ela.

Isaías conversou com o sujeito que encontrara o corpo, morava em uma das casas vizinhas mas não vira ou ouvira nada de estranho durante a noite, uma nesga de carne e de repente era a filha de alguém, daquela senhora, qual é mesmo o nome dela? que coisa horrível, alguém fazer uma coisa dessas bem aqui e eu juro, queria ter visto ou ouvido alguma coisa, que tipo de animal, me diz?

Depois que Isaías terminou de falar com o sujeito, Aureliano se levantou e disse que ela tinha sido violentada e morta noutro lugar e desovada ali.

– Deve ter sido alguém da vizinhança – disse. – Carregou e jogou o corpo, não deve ter andado muito.

– Alguém que ela conhecia?

– Não é sempre assim?

– É. Quase sempre. Eu acho.

– Quem são os pais?

– A mãe dela mora na casa da esquina, subindo a rua. Acho que ela não tem pai, não. Caralho.

– Vou falar com a mãe.

Deixou o terreno baldio e passou por entre as pessoas que se aglomeravam no asfalto, pescoços esticados à procura de alguma coisa, qualquer coisa, caminhou direto até a casa apontada por Isaías. A casa ainda não fora pintada, o reboco acinzentando a paisagem um pouco mais. Não era grande, alpendre, sala, cozinha, banheiro e dois quartos mal distribuídos; dentro, ainda não tinha sido sequer rebocada, os tijolos à vista, frios e velhos, as paredes erguidas há um bom tempo e a construção interrompida. Boa parte das casas ali era assim. Interminada.

A velha estava jogada numa cadeira, na sala, algumas vizinhas ao redor. Não chorava, aqueles olhos vidrados em um canto qualquer. Os olhos de quem ainda não acredita ou compreende direito. Aureliano se identificou e perguntou se podia conversar um pouco com ela.

— Em particular — frisou. — Mas pode ser outra hora.

A velha não disse palavra. Levantou-se, fez um sinal para que ele a acompanhasse e, pouco depois, para que se sentasse à mesa da cozinha. As vizinhas ficaram na sala, conversando em voz baixa. Quase sussurrando. Talvez se esforçando para ouvir a conversa deles.

— O senhor aceita um café?

Agradeceu enquanto ela o servia em uma caneca vermelha com um enorme coração branco desenhado de um lado. Era uma mulher muito pequena e magra, dava a impressão de ficar um pouco menor a cada segundo, dobrada pela dor. Aureliano pensou em Camila. A dor implode o corpo. Estou rodeado por fantasmas. A imagem de um pedaço de isopor próximo do fogo. Ela estava vestida com uma camiseta onde se via o logo da Fundação Educacional, talvez fosse faxineira ou merendeira em alguma escola próxima dali, talvez na escola em que Camila lecionava, no Guará I. Talvez elas se conhecessem.

— Acabaram de passar — disse a velha. — Não sei quem foi.

Ele tomou um gole, disse que estava bom, forte.

— Treze anos — disse a velha. E depois de respirar fundo, fechando e abrindo os olhos: — O que o senhor quer saber de mim?

— Dela. Tinha namorado?

A velha balançou a cabeça: não.

— Mas, se tivesse, eu não ia saber.

— A senhora e ela não eram próximas?

— Eu tive ela com certa idade. Não foi planejado. Tem quem pense que ela é minha neta em vez de filha. Era.

— Onde é que está o pai?

A velha encolheu os ombros:

— Como é que eu vou saber?
— Ela alguma vez reclamou de alguém? Algum colega de escola ou vizinho que estivesse incomodando? Qualquer pessoa?
— Ela nunca me falou nada, não, senhor. Desculpa.
— Quem era a melhor amiga dela?
— Na rua de cima. O sobrado.

Aureliano contornou um Monza preto que alguém estacionara sobre a calçada e já se preparava para bater palmas quando notou a figura sentada no meio-fio, alguns metros abaixo. Soube de imediato. Aproximou-se da garota. Ela mexia os dedos dos pés descalços e tinha os olhos inchados de tanto chorar. Pequena também. Isopor junto ao fogo. Ele não precisou dizer nada. Sentou-se ao lado dela e fitou a rua vazia. Estavam todos do outro lado do quarteirão, o mais próximo possível do matagal, do corpo. Pescoços esticados. Curiosos. Querendo *ver*. Aureliano ficou ali junto dela e não disse nada por um bom tempo. Ela chorava um pouco, parava, xingava, tremia, chorava mais um pouco. O rosto era redondo e as lágrimas escorriam por toda a extensão das bochechas, dois filetes se encontrando no queixo para formar uma única e grossa gota que então caía direto no asfalto, passando por entre seus joelhos magros. Um suicida caindo por um abismo estreito. Aureliano não conseguia desviar os olhos do queixo dela. O queixo gotejava. Foi ela quem falou primeiro:

— Você viu os joelhos dela? Prestou atenção neles, nos joelhos dela?

Ele balançou a cabeça, tinha prestado atenção, claro que tinha.

— Não foi a primeira vez — ela continuou, a voz aparecendo e sumindo como se algo fosse ligado e desligado na garganta dela. Aureliano pensou em Asmodeu morrendo. Na voz dele. Caixa de som com mau contato. – Os joelhos dela, eles. Contam tudo. Aqueles arranhões e marcas. Como se ela tivesse sido, sei lá. Queimada. Eu vi. As marcas, perguntei. Mas ela. Ela não disse. Nada. Tinha alguém machucando, mas ela. Ela. Nada.

Calou-se. O choro voltando com força. Soluços muito altos, tremendo inteira. Desmontando a olhos vistos. Implosão.

Camila naquela cama de hospital, desmontada a olhos vistos.

Quis estar lá com ela, sentado junto à cama, dizendo qualquer coisa que lhe ocorresse. Oferecendo-se para pegar um copo d'água. Os olhos fechados de Camila. Guardando os olhos fechados de Camila. Guardando os seus próprios olhos no bolso da camisa, depois de arrancá-los. Estaria em silêncio junto à cama, quieto e inútil, mas próximo dela, o melhor que poderia fazer, a única coisa que poderia fazer naquele momento.

Morrer não devia ser tão complicado.

Tão demorado.

Olhou para a garota.

Ela se dobrava de dor, quase tocando o asfalto com a testa, ia e voltava, chorando.

É sempre complicado, de um jeito ou de outro.

Também não lhe ocorria nada para dizer à garota. Melhor assim. O que poderia dizer? A melhor amiga violentada e estrangulada e depois desovada na porra de um matagal. Os joelhos dela. Foi a primeira coisa que viu, não? As queimaduras ali, do atrito com o tapete. Alguém forçando o corpo dela, empurrando e arremetendo com toda a força. *Por que você está fazendo isso comigo?* Dor nas extremidades, dor em seu meio.

Que foi que eu te fiz? Dor em toda parte. O corpo inteiro, uma enorme bola de dor. *Por favor, para.* Queimando. Não havia nada que pudesse dizer, evidente que não.

Olhou para os lados.

A rua vazia. O sonho de um deserto, o meio do nada. Estavam sozinhos ali e não havia mais nada. Uma certa paz a despeito de todo o maldito sofrimento. Da gratuidade da coisa toda.

Das queimaduras.

Ele esperou.

Esperou o choro arrefecer, a respiração ficar menos entrecortada. E então falou pela primeira vez desde que se sentara ali, junto dela:

– Qual é o seu nome?

Ela disse algo ininteligível.

– Desculpa, eu não entendi.

Ela limpou a garganta, tossiu um pouco, e só então conseguiu repetir:

– Maria.

– Maria – ele repetiu e ela balançou a cabeça. – Você tem o mesmo nome que a sua amiga.

– Tenho. – Ainda balançando a cabeça, a voz ameaçando embargar outra vez. – Tenho. Tinha.

Tentou limpar os olhos com as costas das mãos. As lágrimas, contudo, não paravam. Porra, ele pensou. Quantos anos você tem? Eu te ofereceria um cigarro, se pudesse. Se tivesse. Se pudesse.

– Vocês eram como irmãs – disse. – Amigas a vida inteira. Desde pequenas. Desde sempre.

Ela não conseguiu mais falar. Enorme bola de dor. Balançou a cabeça. Sim. Mais lágrimas. Sim. As melhores amigas. Elas eram como irmãs. Ela deve ter dito alguma coisa. Qualquer coisa.
– Você precisa me contar, Maria. Precisa me contar quem você acha que fez isso.

7.

Camila passou mal durante a maior parte do dia. Tentaram fazer com que comesse, mas ela não conseguia engolir ou vomitava logo depois. O som de um monstro nascendo de sua garganta, disforme e amarelado. Aureliano nunca a vira tão mal. Assustou-se, as mãos inquietas metidas nos bolsos enquanto a observava da porta do quarto, hesitando entrar, hesitando sair correndo dali (não é uma opção, pensou, não é uma opção, jamais seria uma opção).

– Me diz uma coisa – abordou uma enfermeira que passava pelo corredor. – Ela vai morrer?

A mulher se assustou com a objetividade dele, franqueza exigindo franqueza, não me venha com conversa fiada, nem pense em me enrolar, mas respondeu sem demora e com insolência:

– Todo mundo morre.

Ele não se perturbou, ou estava tão perturbado com o que acabara de ver que insistiu:

– Eu sei. Mas ela vai morrer agora? Por esses dias? Aqui neste lugar? É o que eu estou perguntando. Você sabe que é isso que eu estou perguntando.

A enfermeira estava visivelmente desconfortável. Carregava uma pequena bandeja cheia de medicamentos e seringas. Não sabia o que dizer para ele. Sempre tão pequenos e assustados, mas quase nunca tão objetivos.

— O que você quer ouvir? — ela perguntou.

— O que eu quero ouvir? Como assim? Eu quero ouvir a verdade, ué. Quero saber se a minha mulher está pra morrer ou o quê. Se ela tem alguma chance ou... ou o quê.

A enfermeira olhou para dentro do quarto, para Camila deitada no leito, como se precisasse olhar um pouco para ela antes de dizer algo, qualquer coisa. Como se precisasse da autorização dela.

— Eu não sei o que você quer — ela disse, agora sem a menor sombra daquela insolência.

— Eu já disse o que eu quero.

Aureliano começava a se irritar. Uma pergunta tão simples. Qual é o problema com essa gente? Tão acostumados a sair pela tangente, a não dizer as coisas. A esconder, camuflar, usar eufemismos. Omitir, mentir. Porra.

— Você precisa ter fé — ela sugeriu, louca para encerrar a conversa, sumir da frente dele e se esconder no quarto vizinho, com outros doentes e familiares menos diretos.

— Fé? Fé em quê?

— Em Deus.

— Eu não tenho isso. Eu só quero saber se a minha mulher vai morrer ou não. Para estar preparado, se for o caso. Não ser pego de surpresa. É tudo o que eu quero. Saber. Não ser pego de surpresa. A senhora tem experiência. A senhora já viu isso antes, vê isso todo dia, o tempo todo. A senhora *sabe*. A senhora *pode* me dizer. Eu não tenho medo de saber. Não mesmo. Nem um pouco. Eu tenho medo é de *não* saber. Compreende? É isso que me apavora, não saber. Sabendo, eu lido com a coisa. Não sabendo, eu lido com o quê? Olha, eu também vejo gente morta todo dia. É o que eu faço pra viver. É a porcaria do meu trabalho. Parte dele, pelo menos. Não tenho

medo disso. Mas eu preciso *saber*, você entende? Eu *preciso* saber.
– Eu entendo.
– Então. Ela vai morrer?
A enfermeira o encarou longamente. A barba por fazer, as olheiras, a roupa amarrotada, a barra da calça suja de lama. Você não está bem, meu rapaz. Eu, você, todo mundo, mas:
– Ela não está nada bem – disse, afinal.
– Ela está piorando – ele concordou. – Mas ela vai *morrer*?
– Ela não está nada bem – repetiu a enfermeira, e o deixou sozinho no meio do corredor.
Covarde, ele pensou. Filha da puta. Covarde filha da puta. Filha da puta, covarde de merda. Que se foda. Vai se foder. Vai tomar no cu. Porra. No cu. Que se foda, que se. Porra.
Precisou respirar fundo para adentrar o quarto. Aproximou-se da cama, ainda irritado com a enfermeira.
– Que foi? – Camila perguntou, abrindo os olhos com certa dificuldade.
– Nada.
Olhou para fora. Estava sempre olhando para fora. Camila também. Como se a qualquer momento fossem pular pela janela. Como se pular pela janela fosse o único objetivo a ser alcançado, como se ambos estivessem ali para isso, para, em determinado momento, abrir a janela, subir no parapeito e saltar, saltar e cair, cair. Os dois juntos, caindo de mãos dadas. Caindo e caindo. Até o chão, e além.
– Essas filhas da puta não dizem nada, nunca – ele bufou.
– Acho que elas não sabem direito o que acontece – ela contemporizou. – Deve ser isso. Sei lá.
– Deviam dizer isso, então. "Eu não sei." Mas ficam enrolando, querendo enrolar a gente, acho um saco. Falando so-

bre ter fé. A fé que se foda. Elas que enfiem a fé no cu. Quem quer saber de fé, porra? Ainda mais numa hora dessas? Eu não quero. Você não quer, quer? Não quer. A fé que se foda.

Camila tentou rir, mas não conseguiu. Com esforço, alcançou um sorriso fraco para repetir:

– A fé que se foda.

Aureliano também sorriu, cansado, e:

– É, que se foda.

– É – ela concordou. – E os médicos também. Todo mundo. Ele respirou fundo.

– Eu só queria saber se.

Interrompeu a frase no meio. Um maldito choque. Impossível dizer aquilo. Impossível dizer para Camila. Não, não para Camila. Ela, não. Não. Impossível.

– O quê? – ela perguntou.

– Nada. – A voz bem pequena. – Deixa pra lá.

Acariciou o alto da cabeça dela com a ponta dos dedos, como se procurasse por um calo ou coisa parecida. Como se ela fosse um animalzinho, um bicho de estimação. Um bichinho de estimação adoecido. Você não vai morrer, vai? Você não pode morrer. Precisa ficar aqui comigo. Preciso ficar aqui com você. Ou: aqui, não. Em casa. Nós dois juntos. Lá em casa. Nossa casa. Você não pode morrer, de jeito nenhum. Nem pensar. Nem pense nisso. Sem chance. Sem essa.

– Eu não estou nada bem – ela gemeu.

– Foi o que me disseram.

Você não pode morrer. Ele puxou a cadeira de plástico que estava por ali e se sentou bem ao lado da cama. Não morre. Esticou as pernas. Por favor, não.

– Queria que você me falasse do seu dia – ela pediu. – Eu sei que você não gosta. Sei que, às vezes, você nem consegue.

Eu sei. Eu entendo. Mas, sei lá, eu estou *morrendo* aqui. Ia ser bom te ouvir um pouco. Eu sempre gostei de te ouvir. Ia ser muito bom. Um pouco que fosse. Só um pouco.
– Você não está morrendo.
– Estou, sim.
– Não está, não.
– Eu me sinto como se estivesse.
– Mas não está.
– Tá bom.
– Não diz mais isso.
– Tá bom. Não digo mais isso.
– Não diz mais.
– Tá bom. Tá bom. Não digo mais.
– Nunca mais.
– Nunca mais. Tá bom.
– Nunca.
– Então me conta alguma coisa.
– Te contar alguma coisa?
– É. Alguma coisa. Qualquer coisa. Hoje, por exemplo.
– Hoje?
– Hoje. O que você fez hoje? O que aconteceu?
– Quer que eu te distraia falando sobre... *isso* que eu faço? Camila sorriu. Sim, ela queria. Não queria?
Aureliano respirou fundo outra vez e fechou os olhos por um momento, parecia fazer um esforço para se lembrar, mas nem era preciso, a coisa continuava lá, intacta, desnecessário qualquer esforço para se lembrar, para ver a coisa toda novamente. As coisas sempre continuariam lá, inteiras, inteirinhas, por mais que ele não quisesse e tentasse se livrar delas, e falando é que não se livraria delas, disso ele tinha certeza, pelo contrário, falar era um jeito de fixá-las ainda mais, ordená-las,

emprestar-lhes alguma lógica. Uma história, começo, meio e fim. A solidão do contador de histórias. Abriu os olhos e, olhando para os próprios pés, falou sobre o corpo da menina no terreno baldio, o nome dela, Maria, no meio do mato e dos entulhos, como se ainda tivesse o corpo ali, diante de si, estendido no chão, falou sobre o estado em que foi encontrado, o que tinham feito com ela, e falou sobre as pessoas ao redor, curiosas, sobre a mãe, a amiga, e sobre o que aconteceu depois, a amiga dela falou um nome, o nome de um sujeito do bairro, um desocupado, um desses caras de 20 e tantos anos que nunca trabalhou na vida e vive com a mãe, às custas da mãe, e passa o dia jogando sinuca e bebendo cachaça em algum boteco, e mexendo com as meninas, você sabe do que eu falo, conhece o tipo, um desses merdas, um desses cretinos que, mais dia, menos dia, resolvem faturar algum e começam a vender porcaria pra molecada, um pé de chinelo, um nada. A amiga da vítima descreveu o cara, branquelo, cabeludo, com uma cicatriz no queixo, e disse que a gente talvez encontrasse ele na casa da mãe dele ou na de um amigo, outro desocupado. Ela explicou como chegar lá, dois quarteirões acima, as casas ficavam na mesma rua, cada uma num extremo. Chamei Isaías e fomos atrás do sujeito. A mãe dele estava sentada no alpendre, olhando para o tempo. Não sei dele, foi logo dizendo, com raiva, raiva do filho, de si, de tudo. Isaías conversou com ela, disse que precisava ajudar a gente, ajudar o filho dela, iam acabar com ele depois do que tinha feito com a menina, iam acabar com ele se pegassem antes da gente. Ela repetiu que não sabia dele, mas falou de um parente em Formosa e também do vizinho, parceiro do filho. Era o mesmo cara que a amiga da vítima tinha citado. A gente agradeceu e voltou à cena do crime. A perícia tinha terminado, o corpo não estava mais lá. Isaías chamou dois dos PMs que ainda estavam por ali, explicou a situação e fomos os quatro até a casa do tal parceiro. Era um sobrado com a pintura toda descascada, um lado inteiro dele ainda só no reboco, a uns três quarteirões do terreno baldio onde jogaram o corpo da menina. No andar de cima, faltava uma parede e dava para ver um monte de areia e uns sacos de cimento empilhados num canto. As janelas do andar de cima não tinham vidro. Tinha uma moto na garagem e mais areia e cimento, uns cavaletes de madeira, entulhos, latas de tinta, um lixo só. Era difícil acreditar que alguém morava ali, a casa mais parecia abandonada, uma dessas construções que o pessoal começa e depois não consegue terminar, o dinheiro acaba, algo do tipo. A gente foi entrando e ouviu música vindo da sala.

– Que música? – Camila perguntou.

Aureliano sorriu:

– Você sempre faz essas perguntas.

– Eu sei – o rascunho de um sorriso, um risco feito a lápis numa folha de papel.

– Não sei que diabo de música era. Pagode, essas porcarias. Os PMs deram a volta, foram até a porta dos fundos. Eu e o Isaías fomos pela frente e batemos na porta, com força, muita força, ele bateu, Isaías bateu, pensei que a porta, uma bosta de uma porta dessas de veneziana, sabe?, pensei que a porta fosse desabar com os três socos que o Isaías deu, um atrás do outro, BAM-BAM-BAM, e no mesmo instante desligaram o som lá dentro e alguém gritou QUEM É? e eu gritei de volta POLÍCIA, ABRE A PORTA. Então, teve um desses momentos de silêncio, acho que não durou mais do que uns três segundos, nunca dura, mas sempre parece mais, parece durar um ou dois minutos inteiros, nunca termina, porque você não sabe o que vai acontecer, e tudo pode acontecer, qualquer coisa pode acontecer, pode ser que os caras venham mansinhos, abram a porta e se entreguem, mas pode ser também que eles engrossem, atirem, tentem fugir, essas merdas, e merda é um troço que acontece todo dia, em todo lugar, de tudo que é jeito, você sabe, eu sei, todo mundo sabe.

Aureliano fez uma pausa, parecia agora tão cansado quanto Camila, tão doente quanto ela. Levantou-se, pegou um copo, encheu de água, bebeu um pouco, esperou, bebeu mais um pouco. Depois, ainda segurando o copo agora com água pela metade, sentou-se outra vez.

– Eles abriram a porta. Dois sujeitos sem camisa, só de bermuda, aquele cheiro de cerveja vindo lá de dentro, de cerveja e cigarro e maconha, os dois sujeitos, eles saíram e foram se deitando no chão, a gente nem precisou pedir. Os PMs vieram dos fundos e riram da cena toda, os vagabundos já tão acostumados, né? Perguntei pelo sujeito que a gente procurava. Um deles disse que ele tinha passado por ali de manhãzinha, parecendo bêbado, pediu uns trocados e deu o fora, dizendo que ia se enfiar num busão e sumir por uns tempos. E pra onde ele falou que ia?, Isaías perguntou. Os dois não sabiam. Eu acreditei neles.

– Por quê?

– Eles tinham se mijado.

– E o que vocês fizeram com eles?

– Nada. Quer dizer, os PMs deram uns sopapos nos dois e coisa e tal. Eu sugeri que a gente devia dar uma volta, passar na Rodoviária do Plano, era um tiro no escuro, o cara podia ter vazado há muito tempo, mas era o que a gente podia fazer

e o Isaías concordou. A gente chegou lá e deu uma olhada nos boxes onde param os ônibus que vão para outras cidades, para Formosa, Vianópolis, Caldas Novas, conversou com o pessoal nos guichês, ouviu a mesma coisa de todos eles, gente demais, não dá pra prestar atenção, não vi nada, não vi ninguém. Resolvemos circular um pouco, nunca se sabe, e, caralho, foi muita sorte, até agora eu custo a acreditar que a gente teve tanta sorte.
— Sorte?
— O sujeito tinha bebido umas e outras, estava meio grogue, sentado num canto, perto das escadas, assim todo encolhido mesmo, parecia um mendigo. Foi o Isaías quem viu primeiro, os cabelos loiros sujos dele, pode ser o cara, disse. A gente se aproximou, cercando, ele levantou a cabeça meio que sem entender nada. Quando eu vi a cicatriz no queixo, dei voz de prisão.
— Ele confessou?
Aureliano bebeu mais um pouco de água.
— Não?
— Confessou, sim.
— Que foi?
— Foi tudo meio...
— Meio o quê?
— O delegado já estava sabendo de tudo, claro. Quando a gente chegou, antes mesmo de autuar o sujeito e pegar o depoimento dele, antes de qualquer coisa, o doutor chamou o carcereiro. Trancafiaram o cara numa cela com outro pobre diabo. O delegado foi até o xadrez e falou pra esse outro preso, esse merda aí estuprou e matou uma menina de 13 anos. O que foi que você fez?
— Meu Deus.

– O cara contou que dirigia embriagado, foi pego numa blitz. O doutor abriu um sorriso desse tamanho. Então, faz o seguinte: enche esse tarado filho da puta de porrada, mas com vontade mesmo, que eu te solto agorinha mesmo. Mas tem que bater pra valer, eu vou ficar aqui olhando. Ele mal podia acreditar, arregalou os olhos, achou que o delegado estava de sacanagem. Sério mesmo, doutor? Quer jantar em casa hoje ou não quer? Daí o sujeito nem pensou duas vezes, ficou uns 15 minutos chutando e esmurrando o outro, que mal se mexia, não reagiu, nada, o delegado filmando tudo com o celular.
– Mas tinha sido ele mesmo?
– O quê?
– Que pegou a menina.
– Foi, foi. Ele contou tudinho. Não dava pra inventar o que ele contou, não. E o pior é que, mesmo depois de tudo, depois de ser preso, depois da surra que levou do outro preso, ele não estava nem aí. Descreveu a coisa toda em detalhes, como quem conta vantagem. Pensei que o delegado fosse arranjar outro preso pra surrar o cretino de novo, ou voar ele mesmo pra cima do cara, sei lá.
– O que ele disse?
– Disse que foi a menina. Foi ela que veio. Foi ela que ficou vindo atrás, *querendo*. Precisava ver. Me diz, o que mais eu podia fazer? Ficou dizendo essas coisas com a maior cara de pau.
– A culpa foi dela, então? Que animal.
– Ele disse que eles fizeram uma vez, duas, um monte de vezes. A menina querendo, segundo ele. Procurando, *querendo*.
– Pelamordedeus.
– Eu sei – ele suspirou, depois ficou calado por quase um minuto, balançando a cabeça de vez em quando. – Eu sei.

— Continua — ela pediu.
— Não tem muito mais. Ele disse que foi a menina que procurou, que eles fizeram um monte de vezes. Então, ontem, foi ele que procurou, viu a menina passando na rua, abordou. Só que, segundo ele, ela não quis, disse que não queria mais. Ele disse que tinha bebido muito. Ficou com raiva. Pegou ela. Levou pra casa. A mãe dele tinha saído, estava no culto, na joça da igreja. Então, ele estuprou a menina ali mesmo, na sala, no tapete. Ela chorava. Ele ficou com mais raiva ainda porque ela chorava. Disse que não se lembrava do resto. De estrangular, desovar o corpo. Disso ele não lembrava, era como se fosse outra pessoa. Foi o que ele disse, parece que foi outra pessoa. Outra pessoa o escambau. Foi ele, sozinho. Ele e mais ninguém. E, deixa eu te dizer, duvido que ele tenha se esquecido, também. Esqueceu porra nenhuma. Aposto que se lembra de tudo. Ele se lembra de tudo e não dá a mínima. Não acho certo o que o delegado fez, aquilo de mandar o outro preso descer a porrada no cara, mas.
— Mas o quê?
Aureliano não completou a frase. Olhou para fora. Tinha escurecido enquanto contava a história. Todas as luzes acesas pela cidade afora, para onde Camila também olhou em seguida. Ela sentia vontade de chorar, uma raiva surda, sufocante. Balançou a cabeça, sentiu náuseas. Fechou os olhos. Ela e mais ninguém. Ela, sozinha. Aureliano amassou o copo descartável e a assustou com o barulho.
— Desculpa.
Ela tentou sorrir, mas antes que conseguisse, e ambos sabiam que não conseguiria, ele se levantou, foi até o banheiro e jogou um pouco de água no rosto. Não devia ter falado nisso,

contado essa história de merda, pensou. Como sou imbecil. Imbecil de merda. Caralho. Quando voltou a se sentar junto à cama, ela, com dificuldade, ofegando, disse:

— Às vezes, eu não sei, acho que você devia ter arrumado outra coisa para fazer. Outra profissão, sei lá. Porque eu vejo o quanto você fica... não é como o Isaías. Ele não dá a mínima. *Parece* que não dá a mínima, pelo menos.

— Vem com o tempo, isso. Não dar a mínima. Ou aprender a disfarçar, segurar a onda. Eu acho que vem. Espero que sim.

— Mas isso não é ruim? Não se importar mais?

— Não sei se é bom ou ruim. Sei que é necessário, entende? Não tem como fazer o trabalho se não desenvolver isso com o tempo. Porque essas coisas só vão se acumulando, né? As coisas, elas não param de acontecer. E não é que a gente deixe de se importar e tudo. É outra coisa. Tem a ver com outra coisa.

— Com o quê?

Aureliano coçou a cabeça, mas não precisou pensar muito.

— Manter distância. Tem a ver com isso. Não dá pra se aproximar demais. Não dá pra ficar se envolvendo. Quer dizer, a gente se envolve, é impossível não se envolver, sendo doente, talvez, só faltando um parafuso na porcaria da cabeça pra ver essas coisas e não sentir nada, mas o melhor é se envolver só até certo ponto. Não rola mergulhar no troço, sofrer junto, ficar pensando demais nisso, até porque atrapalha, é muito fácil perder o foco, não se fixar no que realmente interessa, nos fatos, na investigação mesmo, o que aconteceu, como aconteceu, quem fez o que com quem e por que motivo. Tudo depende disso, da distância que você consegue manter. Tudo é distância. Além do mais, é como eu disse, essas coisas não param de acontecer, nunca vão parar de acontecer. É uma desgraça, mas sempre vai ter um corpo de menina jogado num matagal. É uma desgraça, mas é o que é. É o que acontece. O que é que eu posso fazer? Eu tenho que ir lá e dar conta dessa merda, falar com as pessoas, correr atrás. Com sorte, descobrir quem foi, e, com mais sorte ainda, pegar o sujeito. A gente teve muita sorte hoje. Sorte demais, fico besta só de pensar.

Ele se calou, muito sério, esforçando-se para acreditar no que acabara de dizer. Fazia algum sentido, mas e daí? Fazer sentido não significava nada, e ele não acreditava em si mesmo. Queria acreditar, mas não conseguia. Talvez, se ficasse repetindo aquilo ou, pelo contrário, se calasse a boca e nunca mais falasse a respeito, por mais que ela pedisse, se é que ela voltaria a pedir.

– A gente nunca tinha conversado tanto sobre isso – ela comentou. – Sobre o que você faz.

– Eu achava que você não queria saber. Às vezes – ele sorriu –, eu mesmo não quero saber.

– Não é que eu não quisesse saber, e eu não estou falando dos casos em si, dessas coisas horríveis que você vê. Estou falando do trabalho, ou melhor, do que significa fazer esse trabalho, das implicações, do que passa pela sua cabeça.

– Eu sei. Eu tinha entendido. Acho que é porque eu mesmo não penso muito a respeito. Eu vou lá e tento fazer o que dá pra fazer. É outra coisa que aprendi com o Isaías.

– O quê?

– Fazer o possível.

Ela ofegava muito. A conversa, a história, tudo a deixara exausta. Aureliano pensou que o melhor era dar um tempo, deixar que ela descansasse, mas Camila queria falar mais:

– Você se vê fazendo isso daqui a 15 anos?

Pensou um pouco. Pensou em Isaías. Sim, por que não?

– Daqui a 15 anos, eu não sei, posso estar errado, mas algo me diz que vai ser bem mais fácil.

– Ou bem mais difícil.

Encolheu os ombros. Como poderia saber? Talvez nem estivesse na rua dali a 15 anos. Isaías estava porque gostava, ou dizia gostar. Onde é que estaria, então? E, o mais importante, onde é que *ela* estaria?

– Outro dia – disse, tentando pensar noutra coisa –, quase acendi um cigarro.

– Você prometeu.

– Eu sei. Eu não disse que acendi. Eu disse que *quase* acendi.

– Que dia foi?

– No dia em que você veio pra cá. Naquela noite. Anteontem.

– Você estava no Setor O.

– Não, foi antes. No Guará, ainda.

– Ah, sim. Você falou qualquer coisa sobre a 26.

– Isso. A gente chegou lá na 26, mas o Isaías não desceu logo do carro. Até agora não sei o que ele ficou esperando. Talvez só estivesse cansado, ou com preguiça. Não gostei de ficar ali, mas também não consegui sair do carro e ir na frente, deixar ele pra trás. Fiquei quieto, esperando ele se mexer. Um monte de coisa passa pela minha cabeça quando eu paro. Não é legal isso, pelo menos não durante o serviço.

– Parar?

– É. Parar. Não é bom parar.

– O que foi que passou pela sua cabeça?

– Sei lá. Um milhão de coisas. Fiquei pensando no que eu e ele íamos encarar dali a pouco, por exemplo. E que seria muito bom fumar um cigarro antes. Muito bom mesmo.
– Mas você não fumou.
– Não. Eu não peguei o maço, não peguei um cigarro, não acendi. Não fumei.
– Que bom. Fico feliz.

8.

Aureliano cochilava na cadeira, junto ao leito de Camila, quando o celular vibrou no bolso da calça. Eram quase nove horas da manhã. Ele se levantou e foi até o corredor para atender.

– Você está no hospital? – Isaías perguntou.
– O que foi?
– Te acordei?
– Isaías. Porra.

O riso abafado, o mesmo de sempre. Aureliano se despediu de Camila e foi ao encontro do parceiro. Ele o esperava a poucas quadras do hospital, no Setor Hoteleiro Sul.

O corpo do travesti estava dentro de um Omega cinza, deitado em posição fetal no banco de trás. Os pés suspensos, cadarços das botas desamarrados. Tinham deixado o carro no estacionamento de um hotel de terceira. O vidro de uma das portas traseiras estava 2 centímetros abaixado. A derradeira preocupação com o conforto da vítima, Aureliano pensou, quando já era tarde demais.

– Um gari encontrou isso aí hoje cedo – disse Isaías, coçando a barriga. Abriu a boca, ameaçou bocejar, mas desistiu. – Achei bem apropriado.

– O que você tem contra travecos?
– Nada, querido. Pensando em adotar um, inclusive.

Aureliano não achou muita graça, mas forçou um sorriso. A vítima tinha uma série de perfurações na barriga e duas ou três no pescoço. O carro, eles logo descobriram, fora roubado na noite anterior.

– Que maravilha – disse Isaías. – Agora, a gente tem tudo pra ficar andando em círculo até a porra do juízo final.

– Provável. Só que eu preciso comer alguma coisa antes.

Aureliano não estava com fome, mas aquele seria o momento de parar um pouco, não depois, quando a coisa começasse de verdade, encher os pulmões de ar antes do mergulho, colocar os pensamentos em ordem, acordar por completo, pensar sobre o que tinha visto. Perfurações demais. Crime passional. O mais provável. Você para e olha e procura por isso, pelo mais provável. Um ponto de partida. Um lugar onde se apoiar. Só depois é que mergulha.

Isaías resmungou que eles podiam comer por ali mesmo, no Setor Comercial. Entraram na primeira lanchonete que viram e se quedaram de pé, junto ao balcão. Na TV, uma matéria sobre bullying nas escolas. Pais e professores preocupados. Isaías pediu um café e um misto-quente. Aureliano, apenas café.

– Você não disse que ia comer?

– Pois é. Força de expressão. Só queria dar um tempo, tomar um café. Acabar de acordar.

– Você precisa comer, porra, ainda mais entrando e saindo daquele hospital como tem feito. Não pode bobear.

Aureliano continuou apenas com o café. Não sentia gosto de nada. O paladar desaparecera por completo desde. Desde quando? Tentou se lembrar de quando saboreara alguma coisa pela última vez. Antes de Camila ser internada. O que tinha sido? Uma pizza, domingo à noite. Há quase uma semana. Quando eles nem imaginavam o que estava para acontecer, e

como poderiam? Algum desconforto, e só. Nada que prenunciasse. Seria o momento de respirar fundo, se soubessem. Fechar os olhos e respirar fundo e esperar pelo pior. Feito agora. Ele fechou os olhos e respirou fundo, o copo americano cheio de café na mão esquerda. O pior.
– Esse mundo está indo para o buraco, você sabe – Isaías ponderou, a boca cheia.
– Nunca saiu dele. Do buraco.
– Hein?
– Sempre foi isso. Um buraco.
– Esse tipo de coisa se tornou regra, deixou de ser exceção.
– Então. Sempre foi assim.
– Você está dizendo que o mundo está onde sempre esteve?
– Ninguém apagou a luz.
– Porque ninguém chegou a acender?
– Sim, senhor.
– Já ouvi essa conversa fiada antes.
– Não é conversa fiada.
– O Evangelho Segundo Aureliano.
– Apocalipse.
– No seu caso, o apocalipse *é* o evangelho. A mesma bosta.
– A mesma merda.
– Que seja.
– Gostoso o misto?
– Faltou presunto. Sobrou queijo.
– É a vida, parceiro.
Aureliano esperou que Isaías pedisse outro. Ele sempre resmungava, estivessem onde estivessem, comesse o que comesse, resmungava que não estava bom ou que faltava alguma coisa, e depois pedia mais. Dizia que era para se certificar, confirmar a opinião inicial, aquela primeira impressão ruim,

saber se era aquilo mesmo. Separados por vinte anos, Isaías estava a uns poucos da aposentadoria. Diferentemente de Aureliano, este (como diziam) a uma vida da aposentadoria. Uma vida é muito tempo. Ou não. Às vezes sim, às vezes não. Seria muito tempo acaso ele se importasse, mas ele não se importava mais. De repente, ali encostado no balcão da padaria, ouvindo o parceiro mastigar, depois de passar outra noite no hospital com a esposa gravemente enferma, Aureliano descobriu que não se importava mais. Exceto por Camila. Pensou no corpo do travesti dentro do Omega e no corpo da menina no matagal e nos corpos naquela casa no Guará e não sentiu nada. Carne, sangue, ossos. Toda essa gente morta, trucidada. Estava feito. Estava lá. Eles foram aqui e acolá e *viram*. Carne e sangue e ossos e sangue, muito sangue, sangue em tudo que era lugar, sangue dentro e fora dele, dele e dos outros, daquela gente morta, trucidada, a única coisa em comum entre eles: sangue.

Olhou para o lado.

A enorme barriga de Isaías contra o balcão da padaria, feito uma boca semiaberta. Como é que ele consegue dirigir? Às vezes, dizia não conseguir mais foder direito. Um ou outro malabarismo para encaixar o troço. A esposa também, gorda. Menos gorda do que ele. Não tiveram filhos, Isaías sempre citando Machado de Assis para explicar a razão disso. Deve ter ouvido a porcaria da frase na televisão. Ou pela boca da mulher. Pensou ali que gostava muito do parceiro. Um dos poucos amigos que tinha no mundo, talvez o único, a família distante, espalhada por aí. Apreciava o que aprendera com ele. Isaías tinha lhe ensinado quatro ou cinco coisas: ouça muito, fale pouco; se possível, não fale; as pessoas mentem o tempo todo; as pessoas em geral não sabem mentir; se for o caso, ameace; não estamos fazendo o bem, estamos fazendo o possível; não olhe nos olhos das vítimas; não leve as vítimas para casa; não durma com as vítimas; não sonhe com as vítimas; reduza as vítimas ao que elas de fato são: montes de carne defunta. Coisas mortas. No máximo, evidências apontando para o assassino. Testemunhas mudas da própria desgraça. Os que partiram. Isaías estava havia tempo demais naquilo para sentir compaixão. Para sentir qualquer coisa, e agora era a vez de Aureliano. A vez dele não sentir mais. A única coisa que Isaías sentia eram saudades de casa. E, agora, também Aureliano. Saudades de casa e saudades de Camila dentro de casa. Voltar inteiro para casa (depois de fazer o possível, claro), e Camila também, os dois voltando inteiros para casa, ele do trabalho, ela do hospital. Era pedir muito? Não se importar para não enlouquecer, ligar os pontinhos, falar com as pessoas certas, sair à caça, não morrer no processo. Não morrer era o mais importante. Não vale a pena morrer fazendo isso, Isaías lhe dissera tantas vezes. Simplesmente não vale a pena, parceiro. Voltar para casa, a única coisa que vale a pena. Voltar *inteiro* para casa.

Agora, precisavam falar com o dono do Omega, saber as circunstâncias do roubo. Com sorte, conseguir uma descrição do assaltante. Com mais sorte ainda, o assaltante seria o assassino do travesti. Caso encerrado, ou quase.

Assim que entraram no carro, Isaías começou a falar de fantasmas. Aureliano gostava dessa conversa, apreciava a imaginação do outro. Tanto que sequer colocou a chave na ignição. Ficou ali sentado ao volante com a chave no colo, ouvindo, um sorriso maroto na cara. Isaías acendeu um cigarro.

– Eles têm te visitado muito? – Aureliano perguntou.

– Toda noite, parceiro. Toda noite.

– E o que eles te dizem?

– Eles nunca dizem nada, os filhos da puta. Esse é o problema, eles só ficam lá, parados. Se abrissem a boca, talvez me contassem direitinho o que aconteceu com eles. Daí, os nossos problemas estariam acabados.
– Os nossos problemas estariam acabados. – Aureliano riu.
– Isso aí.
– Ficam ali parados, junto da minha cama. Mas é como se não me vissem. Nem olham para mim.
– Não olham pra você. Não falam com você.
– Isso. Isso.
– Que diabo. O que é que eles querem, então?
Isaías pensou um pouco. Passeou com a língua pela boca, uns últimos nacos dos mistos. Engoliu.
– Acho que eles só querem ficar um pouco por ali.
– Ficar um pouco por ali?
– Isso.
– Com você?
– Isso.
– E por que é que eles iam querer uma coisa dessas?
– Não sei.
– Nem a sua mulher quer ficar com você.
– Eu sei.
– Os seus filhos não querem ficar com você.
– Não tenho filhos, lembra?
– *Eu* não quero ficar com você.
– Vai se foder, Aureliano. Você me ama. Sou a coisa mais próxima que você já teve de um pai de verdade.
Aureliano sorriu. Não era mentira.
– E como é que eles estão? – perguntou em seguida.
– Minha mulher? Ou as porras dos filhos que eu não tive?

– Não, caralho. Os fantasmas. Como é que eles estão quando aparecem do lado da sua cama e não te veem nem falam com você?

– Do mesmo jeito que eu vi eles da primeira vez.

– Nas cenas dos crimes?

– É.

– Isso é feio, não?

– É. Um pouco.

– Um pouco?

– A gente vê essas porras todo santo dia, não?

– É, vê. Mas, caralho, à noite, também? Nos sonhos?

– Não sei direito se são sonhos.

– Como assim, seu maluco? Você acha mesmo que está *vendo* esses espíritos de merda?

– Essas coisas acontecem, meu querido.

– Claro que acontecem. – Sorriu Aureliano, e ligou o carro. – É só o que acontece.

A terceira parte de *Terra de casas vazias* é intitulada **Presente contínuo**. Ela se passa em meados de 1986. A pequena cidade de Silvânia, no Centro-Oeste do Brasil, é o cenário. Arthur vive ali com seus pais e recebe a visita de Aureliano.

1.
Ele ouve a mãe adentrar o quarto e sentar-se à beira da cama. Ouve o ranger da porta, o clique do interruptor, os passos até a cama, o som macio do corpo dela se deixando delicadamente sobre o colchão; ouve o estalar da madeira, o estrado a reconhecendo e gemendo boas-vindas.

Ouve quando ela acende um cigarro, o isqueiro sendo riscado uma, duas, três vezes, a pedra um tanto gasta ou o fluido já no fim ou ambas as coisas, ela acende o cigarro e é como se estivesse disposta a esperar por muito tempo (ele pensa), mas os sinos da igreja já começaram a repicar e a música (*Hoje é domingo / Dia do Senhor*) jorra a todo volume pelos alto-falantes da torre próxima, ganhando a cidade inteira ou boa parte dela.

Ouve o sino e a música, embora não seja domingo, mas sábado, alguém desatento, talvez o filho do sacristão, o disco errado para o dia errado. Hoje não é domingo!, ele tem vontade de gritar, e grita mentalmente para em seguida pensar que, sim, talvez seja domingo, talvez todos estejam certos e ele, errado, talvez todos estejam dentro e ele, fora do tempo.

(Domingo, dia do Senhor – e os outros dias, de quem são?)

A mãe traga e solta a fumaça e às vezes suspira, ele ouve e não consegue distinguir entre uma coisa e outra, talvez as faça simultaneamente, por que não?, expulsar a fumaça dos pulmões com um suspiro, uma habilidade menor para quem, mais cedo ou mais tarde, desenvolverá outras, maiores, melhores: estar em dois ou mais lugares ao mesmo tempo, falar em uma língua que ela inventará e só ele entenderá, uma língua deles dois, mãe e filho, íntima, fechada, uma língua ironicamente órfã.

Ouve quando ela arrasta o cinzeiro por sobre o criado-mudo e o traz para mais perto de si, apaga o cigarro com duas estocadas curtas e uma terceira, mais longa, e limpa a garganta para dizer:

– A gente tem que resolver isso, não?

Há uma pausa, embora ela saiba muito bem que ele não responderá.

– A gente tem que resolver isso de uma vez por todas, não tem?

Um pequeno monstro de circunspecção fechado em silêncio ali dentro do guarda-roupa.

– Não tem?

Ela respira fundo (ele ouve), talvez apoiando o cotovelo sobre uma das pernas e pousando o queixo sobre a mão, aberta ou fechada, a palma ou o punho, enquanto fita o assoalho de madeira como se ele estivesse ali, sob o piso, enterrado, e não dentro do guarda-roupa.

– Você não acha, Arthur? – O tom ao mesmo tempo professoral e gentil paradoxalmente contribuindo para que ele permaneça quieto, amaciado.

Ou, pelo contrário, paradoxo algum: no fundo, ela não quer que Arthur responda, não exige dele qualquer resposta, exceto, depois de um tempo, por favor, alguns minutos, sim?, deixe-nos aqui por um instante, deixe-nos estar por um momento, abrir as portas, olhar docilmente para ela e, arrependido, obedecer-lhe, saindo dali.

E ele sabe que é só uma questão de tempo, vai acontecer mais cedo ou mais tarde, é inevitável, mas não agora, neste momento, calcula ainda uns cinco minutos, os sinos deram um tempo e ela acendeu outro cigarro, o segundo desde que entrou no quarto e se sentou na cama.

É o pequeno jogo dos dois, o mesmo de sempre, e no fundo ela aprecia a coisa toda, alguns minutos para si, um momento em que pode simplesmente sentar e, sozinha, fumar um ou dois cigarros sem que mais nada aconteça, sem que ninguém venha incomodá-la, como se o mundo fora do quarto desaparecesse e só restassem ela e a cama na qual está sentada e os cigarros e o criado-mudo e o pequeno cinzeiro e Arthur e o guarda-roupa onde se enfiou e as paredes do quarto, aquele quarto com eles e aquelas coisas dentro e eles dentro das coisas, e só.

– Você sabe que a gente *não* tem todo o tempo do mundo.

Ele tenta imaginar como ela está vestida. Roupa escura, discreta, destacando a pele muito clara e muito fina.

– Não sabe?

A pele muito clara e muito fina, como se esticada ao máximo, como se prestes a se romper, e os cabelos castanho-escuros cacheados descendo até os ombros e adornando o rosto oval, escondendo partes dele, talvez um dos olhos.

– Não tenho a noite toda.

Uma tragada quase dolorida de tão longa, o cigarro não combina com ela, Arthur pensa, com o pai, sim, algo natural, inseparável dele, combina com o pai, mas não com ela, não com a mãe.

– Queria ter, mas não tenho.

Ele não consegue imaginar o pai sem um cigarro na boca, a fumaça ao redor camuflando coisas (o pai não tem olhos), a fumaça sempre ao redor e à frente do rosto, e depois subindo e subindo (para onde?).

– Ok, meu anjo, você tem dois minutos.

É isso. Arthur não vê mais sentido em permanecer ali e empurra as portas do guarda-roupa com as mãos, para em seguida pousar os pés dentro dos All Star pretos que descalçou antes de entrar e se fechar no móvel. As meias brancas fazem com que os pés deslizem para dentro dos calçados. Ele se abaixa feito alguém pronto para ser tornado cavaleiro por sua rainha (*Sir Arthur*) e começa a amarrar os cadarços.

– Seu primo chega amanhã.

– Ele não é meu primo.

– Você vai continuar com essa criancice toda quando o seu primo estiver aqui?

– Ele não é meu primo.

Não olha para a mãe enquanto amarra os cadarços. Não olhou para ela ao abrir as portas e finalmente deixar o guarda-roupa. Não consegue se lembrar quando foi a última vez em que olhou para ela. À mesa do almoço? Não, mais tarde um pouco, quando o pai gritou que fosse tomar banho, ele a viu sentada à mesa da cozinha. Folheava uma revista. Quer vê-la agora, olhar para ela, a pele muito clara e muito fina, mas não o faz, permanece cabisbaixo, olhos fixos nos cadarços.

– Olha só a bagunça que ficou lá dentro.

Quer manter a imagem que fizera dela mentalmente, quando lá dentro, no aconchego da escuridão.

– Você tem sorte de o seu pai não ver isso, sabia?

A pele muito clara e muito fina, esticada ao máximo, como se prestes a se romper.

– Muita sorte.

Os cabelos castanho-escuros cacheados escondendo um dos olhos, adornando o rosto oval.

– Arruma isso aí logo, vai.

Ele se põe de pé e reorganiza as roupas como pode, três pequenas pilhas mais ou menos uniformes. São roupas da mãe. Não teria coragem de enfiar-se no lado paterno, sobre as roupas do pai.

– Seu pai está esperando.

Fecha as portas do guarda-roupa e sai do quarto ainda sem olhar para ela, que apaga o segundo cigarro com as mesmas estocadinhas (ele ouve) e vem logo atrás dele.

De fato, o pai espera por eles lá fora, na calçada.

– Toda semana é a mesma merda – diz.

Não parece irritado ou nem mesmo incomodado, sequer olha para o filho ou para a mulher ao falar. O cigarro aceso na boca, as mãos nos bolsos. O pai não tem olhos. Tem os cabelos grisalhos, e Arthur tem a impressão de que a fumaça dos cigarros os embranquece um pouco mais a cada dia ou a cada cigarro que ele fuma. A mesma fumaça que lhe esconde os olhos embranquece os cabelos.

– Saco isso. – Joga o cigarro no chão e o apaga com o pé direito. O solado do sapato raspando o concreto é um som desagradável e parece ecoar o que ele acabou de dizer, *saco isso*.

Agora que a fumaça não esconde mais os olhos do pai, Arthur só consegue ver a nuca dele: pai e mãe vão à frente, braços dados, e ele os segue com as mãos nos bolsos da jaqueta jeans, embora não esteja frio.

A torre da igreja está logo à frente.

Os sinos voltaram a bater. Sem música agora, estão em cima da hora, talvez um pouco atrasados. Conhecidos passam por eles, indo ou vindo, e cumprimentam os pais e os pais sorriem, dizem qualquer coisa, a rua estreita cheia de pedestres e, de vez em quando, algum carro que avança lerdo, com cuidado, em meio às pessoas que, diferentemente dele e dos pais, insistem em caminhar pelo asfalto e não pela calçada. O pai sempre reclama disso quando dirige, mania que esse povo tem de andar no meio da rua, não sei como não morre gente atropelada todo dia nesse caralho de cidade de merda.

O solado raspando o concreto pela eternidade afora.

O pai não gosta da cidade, ele pensa.

O pai não gosta de nada.

A igreja não está cheia, raramente está. Arthur promete a si mesmo que, na semana seguinte, aguentará mais dois ou três minutos antes de sair do guarda-roupa. Aliás, o que a mãe faria se ele não saísse? Abriria a porta e o arrancaria de lá, puxaria para fora com um safanão? Ou iria embora e o deixaria sozinho ali dentro, sozinho para todo o sempre? Talvez ela comprasse um novo guarda-roupa só para não ter de incomodá-lo. E ele, conseguiria viver ali? Suportando as dores pelo corpo, a dormência nas pernas. Suportando a saudade. Aguentando firme. Talvez, com o passar do tempo, a mãe até mesmo se esquecesse dele. Tinha alguma coisa ali, atrás daquela porta, dentro daquele troço, mas acho que agora não tem mais. Eu não sei o que era, não consigo me lembrar.

Arthur sente um desconforto físico tão logo se acomoda, como se lhe pressionassem os lados da cabeça, a coisa toda encolhendo e encolhendo, paredes que se movem e esmagam o que quer que esteja no meio, e é ele no meio, dentro da própria cabeça: uma mísera pasta de carne e ossos esmigalhados; a cabeça encolhe e o esmaga ali dentro, encolhe até desaparecer. Então, tudo ao redor se desacelera e para e depois há a sensação de que o tempo anda para trás, rumo ao nada. Foi o pai quem

lhe disse, antes do tempo não havia nada. A pergunta de Arthur fora:
– Como era o tempo antes do tempo?
Ele gostaria que o pai fosse mais alto. Pensa que, se o pai fosse mais alto, veria melhor as pessoas e as coisas e, quem sabe, até gostasse de algo ou de alguém. Mas o pai não é muito alto e não gosta de nada, de ninguém. É o que todo mundo diz, pelo menos, incluindo a mãe, seu pai não gosta de nada.

O tio, irmão do pai, que morou com eles por algum tempo no ano anterior, ele gostava de muitas coisas, ou dizia gostar, inclusive dele, de Arthur, até o dia em que, bêbado, era Natal, o tio e o pai sempre bebendo (sim: o pai gostava de beber com o irmão), houve aquela confusão e o pai o surrou e depois ele fugiu, porta afora com a roupa do corpo, para nunca mais ser visto, socos e chutes na cara, o nariz, dentes quebrados, um olho inchado, o tio não reagiu, não tentou se defender, nada, como se concordasse com aquilo, apanhar do irmão é a coisa certa agora, flagrado sobre o menino, no chão do cômodo mais escuro do casarão, fora buscar mais vinho na despensa e não voltara, bêbado e resfolegando, calças arriadas, a boca muito vermelha do menino de olhos fechados e bermuda também arriada, joelhos raspando no chão, os olhos fechados de alguém enredado num pesadelo enquanto o suor escorria pela testa, um tio e seu sobrinho, o pai entrou, luzes acesas, socos, chutes, gritos, todo mundo gritava, ou quase todo mundo, porque a mãe chorava a um canto, abraçada a Arthur, que também gritava, e bem alto, mais alto que todo mundo.

Arthur nunca gritou tanto e tão alto em toda a vida.

De repente, ele pensa que seria bem melhor se o tio fosse como o pai e também não gostasse de nada. Por que o tio foi gostar de mim? Isso não foi uma coisa boa, e agora que se lembra disso a dor de cabeça aumenta enquanto as pessoas ao redor cantam sem parar. As mais velhas, pelo menos. Não são muitas, um pequeno amontoado de vozes desencontradas, roufenhas. Todas ou quase todas cabisbaixas, estão aqui desde cedo? Desde antes do tempo.

É uma espécie de castigo, certo?

A mãe chega a mexer os lábios, mas não porque canta. Ela reza com os olhos semicerrados e as mãos abertas sobre os joelhos, as palmas para cima à espera de alguma coisa, algo que seja gentilmente depositado nelas. Percebe que ele a fita e sorri, mas não interrompe a oração. Ele cogita sorrir de volta, mas, quase sem se dar conta, vira o rosto e olha para baixo, depois para a frente, na direção do altar.

O canto termina. Sua cabeça desapareceu.

Ele agora enxerga o mundo por uma nesga vertical, o espaço de uma porta entreaberta. Não é mais dor o que sente, mas uma espécie de desligamento, um apagar-se gradual, regular, o organismo em modo de espera, poupando energia, anestesiado diante de Deus. Sua cabeça está dormente agora. Pela nesga, ele vê o padre diante de todos, falando, e as coisas que o padre diz são em tudo diferentes das que ele ouve das freiras no colégio. O padre fala sobre coisas concretas, corriqueiras. O padre vive no mundo. As freiras vivem no colégio.

– Não vai demorar – a mãe cochicha para ele. – Esse padre aí não gosta de enrolar. O sermão dele é ligeiro.

Ela está certa. A missa transcorre rapidamente, e logo estão de volta à rua, três sombras silenciosas a caminho de casa. Há menos gente agora, e menos carros, também. Os mais jovens desceram até a praça, onde caminham em círculos, ao redor da fonte luminosa, embalados por alguma música *démodée*. Os mais velhos evaporaram, ou talvez ainda estejam sentados nos bancos da igreja, incapazes de se mover. Sempre os mesmos velhos balbuciando as mesmas canções e se encaminhando com dificuldade para a fila da eucaristia. Arthur imagina o padre os cobrindo antes de sair e apagar as luzes, ele os cobre com um enorme lençol branco e pede que não façam barulho e descansem, volto amanhã logo cedo.

– Minha cabeça – ele diz à mãe tão logo entram em casa e o pai desaparece no quarto.

– O que é que tem? Está doendo?

Balança a cabeça bem devagar, para cima e depois para baixo.

– Enche um copo d'água e me espera na cozinha. Bebe um pouco. Vou pegar o remédio.

A mãe também entra no quarto, fechando a porta. Ele ouve as vozes dos pais, mas não consegue entender o que dizem. Depois de tirar a jaqueta jeans e colocá-la sobre o braço de uma poltrona, faz o que a mãe pediu.

A cozinha e os banheiros são os únicos cômodos do casarão cujos pisos não são de madeira. Formas azuladas ornam cada um dos azulejos. Pequenos pedaços do céu entrevistos por entre as nuvens. Arthur enche um copo com água e coloca sobre a mesa, depois puxa uma cadeira e se senta. A cabeça já não dói tanto. Toma um gole pequeno. O pacote de bolachas sobre a mesa faz com que ele se lembre do dia em que, meses antes, tentou fugir de casa.

– Mãe, por que você chorou na igreja? – pergunta minutos depois, ainda sentado à mesa. – Depois de comungar.

Ela está de pé junto ao fogão, em guarda, esperando o leite ferver. Mantém os braços cruzados. Usa uma longa camisola branca com flores azuis estampadas. Antes que pense em alguma coisa para responder, ele diz:

– Você está descalça.

Demora um pouco para que ela, distraidamente, olhe para os próprios pés. Como se não soubesse. Como se precisasse se certificar.

– Não faz muito frio. – É a resposta.

Na sala, o pai ri bem alto de alguma sandice televisiva.

– Não faz muito frio – a mãe repete, ainda olhando para os pés. Meio segundo depois, antes que consiga evitar, o leite transborda.

Ela vocifera um palavrão.

2.

No momento em que Aureliano desce do ônibus, mochila nas costas, Arthur volta a se lembrar de quando tentou ir embora, meses antes, e pensa que devia ter rumado para ali, a rodoviária pequena, meia dúzia de boxes, bancos de cimento dispostos pela plataforma e uma área retangular destinada aos táxis e aos carros de quem precisa deixar ou buscar alguém. Entre os banheiros e os guichês das duas únicas empresas de ônibus que atendem a região, há uma lanchonete mal-apanhada, com tamboretes, mesas e cadeiras de material barato. O lugar fora uma praça anos antes. Quando Arthur nasceu já tinham construído a rodoviária. Uma foto da mãe com os cabelos longos, chegando à cintura, sentada num banco da praça que não existe mais, ou da qual só restou uma parte, a metade inferior; a mãe sorri para a lente e, mesmo que ninguém o tenha dito, Arthur sabe que foi o pai quem tirou a foto. Ela veste uma blusa listrada, branca e vermelha, sem mangas, e jeans, e posa refestelada num banco, as duas mãos atrás da cabeça como se prestes a suspender os cabelos, atirá-los para o alto, sorriso aberto não para a máquina, mas para aquele que segura a máquina, talvez já estivessem de casamento marcado, não fossem mais namorados e, sim, noivos. Arthur gosta de fuçar nos armários da casa, pegar as caixas onde guardam as fotografias antigas e observá-las uma por uma, os cabelos, as roupas, as calças bocas de sino, a ideia assombrosa de um tempo em que ele ainda não existia, de um tempo antes do tempo dele, de um tempo antes do tempo da rodoviária, construída no lugar de uma praça onde a mãe se sentou num banco e posou para uma fotografia tirada pelo pai quando não eram, ainda, "mãe" e "pai".

(O que eles eram, então?)

Arthur e o pai estão de pé na plataforma deserta. Aureliano desce e se aproxima, tímido, parando a certa distância, como se desconfiasse de algo ou precisasse dizer e ouvir alguma espécie de senha antes de se deixar receber por eles. De braços cruzados, o pai fita com alguma pena a figura que tem diante de si, diminuta e fazendo um esforço tremendo para parecer ainda menor, se possível desaparecer; o garoto prefere não estar ali. Na verdade, e nisso ele se irmana com Arthur (o pai considera com pesar), o recém-chegado passa a impressão de não querer estar em lugar nenhum. Alguém o vestiu com um jeans esverdeado e uma camisa xadrez. O grosso tênis preto lembra um kichute, talvez seja, o pai não se detém muito nele.

– Só trouxe essa mochila? – pergunta a seguir, ao que Aureliano balança a cabeça duas vezes, sim e sim. – Certo. O carro é aquele ali mesmo. Vamos? Sua tia está esperando.

Os três caminham até o único carro no pequeno estacionamento da rodoviária, um Passat GTS preto, 1983. Arthur observa o primo e pensa que finalmente entende o que a mãe quis dizer na noite anterior, depois de limpar o leite que transbordara no fogão, quando perguntou se ele era mesmo um parente ou o quê e ela o descreveu como "filho de um primo distante". De fato, Aureliano exala distância. É uma existência remota ou, pior, o filho de uma existência remota. Caminha pela plataforma com a mochila redonda presa às costas, as alças apertadas demais, tudo nele conforme a descrição feita pela mãe e o que ela sugere (distância). É um alívio quando finalmente ouvem a sua voz:

— Minha mãe me pediu pra ligar pra ela quando eu chegasse.

Já estão todos dentro do carro, o pai prestes a dar a partida, quando Aureliano abre a boca, sozinho no banco traseiro, os braços largados sobre o assento, junto às pernas, como se não tivessem vida. Não tirou a mochila ao entrar, ela continua presa às costas, extensão de seu corpo franzino, um casco no qual talvez possa se esconder quando as coisas voltarem a ficar feias. Fita a nuca do homem mais velho, fala com e para ela, torce para que responda.

— A gente liga quando chegar em casa. Eu não tenho ficha para ligar do orelhão. Você pode esperar a gente chegar em casa?

— Posso.

— Não vou esquecer — a nuca prossegue. — Sua tia está fazendo costela para o almoço. Você gosta de costela?

— Ela não é minha tia. Ela é prima do meu pai.

Arthur olha para o pai. Aureliano está certo. Vai dizer que não sabia disso? Minha mãe não te explicou? Ela não é tia dele. Ele é filho de um primo distante. O pai respira fundo e dá a partida no carro. Tudo aqui tem a ver com distância, Arthur pensa em seguida, o carro em movimento. A coisa simplesmente lhe ocorre. Tudo é distância.

Ou nem tudo: menos de três minutos e seis quarteirões depois, Aureliano olha com desinteresse para o casarão. Eles descem do carro parado junto ao meio-fio e Aureliano continua a observar a fachada por um tempo.

— Nossa casa é bem velha, mas não é mal-assombrada, não — diz Arthur. — Não precisa ter medo.

Ato contínuo, sem que consiga evitar, sem que saiba por quê, a imagem do tio lhe vem à cabeça. Ele sente um arrepio. *Disso* não consegue se distanciar. Do acontecimento, da lembrança dele. De eventualmente revivê-lo. Essas coisas todas que ficam armazenadas em sua sombra. Como se livrar da própria sombra? Ela estará onde ele estiver, às vezes mais fraca, às vezes mais forte, mas ali, junto dele para sempre. O engraçado é que, quanto mais forte é a luz, mais forte é a sombra, mais definida, mais clara, mais presente. Pensava nisso outro dia, caminhando pelo quintal, sob as mangueiras. A ideia de que toda lembrança fica armazenada na sombra, e a única esperança é de que a sombra fique tão pesada que não consiga mais acompanhá-lo e ele possa seguir sozinho, afinal. Desde então, quando sai à rua, observa os outros ou, melhor dizendo, as sombras dos outros. Ainda não encontrou ninguém cuja sombra tenha ficado para trás.

O pai tranca o carro. O alpendre é um corredor estreitado pelas samambaias dispostas à esquerda e à direita. Estão mal cuidadas, não viverão muito. A mãe surge na porta, sorrindo enquanto limpa as mãos no avental branco manchado de gordura. Ela se abaixa e beija Aureliano no rosto uma, duas, três vezes, e depois o abraça; ele se encolhe ainda mais.

– Você só trouxe essa mochila?

– Foi.

Observa com pena o garoto diante de si, o mesmo olhar que o pai lançou sobre ele na rodoviária. A cabeça afilada, os cabelos curtos demais, mal cortados, os olhos castanho-escuros fugidios. Tão parecido com Arthur, num certo sentido. O que fizeram com você? Os mesmos olhos, a mesma cor, pelo menos, porque maiores, redondos. A mesma tristeza. Os olhos de Arthur são dois riscos sem muita disposição para arregalar

e enxergar o que há. Os dois meninos causam a mesma impressão, de que a qualquer momento vão se desmanchar e escorrer pelo chão, incolores e inodoros e disformes. De que material são feitos? O que fizeram com vocês?
– Vem, acaba de chegar. O Arthur vai te levar até o quarto que arrumei pra você. O almoço está quase pronto.

O casarão escuro e frio com o assoalho de madeira que range a cada passo, as paredes enrugadas, os cômodos mal dispostos e mal planejados, ou grandes ou pequenos demais, com janelas enormes e nos lugares errados, de tal forma que a claridade, quando há, parece se perder pelos cantos, encolhida, murchando.

Aureliano segue Arthur até um dos quartos, coloca a mochila sobre a cama. O quarto é estreito, mal se vê o teto, as grossas vigas de madeira, e a janela é como as demais, um olho mortiço fitando um canto qualquer.

– Meu quarto é aqui do lado. E o quarto dos meus pais é no fim do corredor. Você não precisa ficar com medo.
– Eu não tenho medo.
– Não?
– Não.
– Por quê?

3.

– Como é que é a sua cidade? – pergunta Arthur.

Estão os quatro sentados à mesa para o almoço. Costela bovina desossada e cozida com mandioca, mais arroz branco, batatas em rodelas assadas com queijo ralado derretido, salada de alface e tomate, feijão com torresmo.

O cômodo é uma mistura de sala de jantar e biblioteca, ou seja: nem uma coisa nem outra. De um lado, há duas estantes com livros, a Barsa (incompleta), clássicos luso-brasileiros impressos em papel-jornal, alguns Sidney Sheldon e Harold Robbins e pilhas de revistas variadas; de outro, uma cristaleira com taças e copos, e outra com pratos pintados à mão, empoeirados, a aparência de nunca terem sido utilizados.

Arthur mantém o garfo suspenso por sobre o prato, enquanto espera que Aureliano responda. Estão um de frente para o outro. O pai e a mãe estão sentados às extremidades da mesa de seis lugares, cujo tampo de mármore branco, um branco gasto pelo tempo e pelo uso, foi coberto com uma grossa toalha azul, repleta de manchas. As duas cadeiras não ocupadas foram afastadas para um canto e sobre uma delas a mãe colocou o forro vermelho trocado pela toalha. Ela serviu primeiro Aureliano e depois Arthur e por fim o pai, a mesma quantidade para cada um deles, e ninguém disse nada, deu instrução alguma, menos isso e mais aquilo, como se não lhes fosse permitido opinar.

Até o momento em que Arthur falou com o outro, nada foi dito, mastigavam em silêncio e talvez continuassem assim se ele não tivesse levantado os olhos, repentinamente curioso quanto ao lugar de onde saiu o visitante, uma pessoa *distante* só pode ter saído de um lugar assim ou ao menos diferente, não? Logo, que raio de lugar é esse? Como é? Aureliano responde com uma pergunta, ou duas:
— Brasília? Você nunca foi lá?
Arthur trata de redirecionar a pergunta para os pais: por que nunca foi a Brasília?
— Você foi — responde a mãe. — Mas era bem pequeno, não vai se lembrar.
— O que eu fui fazer lá?
— Eu não podia deixar você aqui sozinho, podia?
Arthur sorri:
— Acho que não.
— Brasília tem umas ruas bem largas — diz Aureliano. — Tudo é muito quadrado e muito igual.
— Deve ser bem fácil se perder lá.
— Não, por causa dos números. Você vai pelos números dos lugares. Letras e números. Siglas, sabe? Você se acostuma. Meu pai nunca se perdeu lá. Nem a minha mãe. Nem eu.
— Silvânia também é muito igual — diz o pai, sorrindo para o prato. — Um monte de casas velhas cheias de gente velha dentro.
— Eu não vi quase ninguém da rodoviária até aqui.
— É que hoje é domingo. Os velhos ficam quietos dentro das casas deles.
— Eles não saem?
— Não, eles ficam lá. Quietos.
— Eles não saem de jeito nenhum?

— Eles vão à missa mais tarde. À noite.
— Vocês também?
— A gente foi ontem – diz Arthur. — Tem missa lá em Brasília?
— Tem missa em todo lugar – diz o pai.
— Tem – responde Aureliano. — Mas a gente quase nunca...
— Quase nunca o quê?
— Vai.
Aureliano espera por uma repreensão que não vem. Os adultos ali parecem não se importar.
— Por quê?
— Minha mãe diz que Deus está em todo lugar.
— Isso é verdade, mãe? Deus está em todo lugar?
Ela encolhe os ombros. Antes que ele possa insistir, Aureliano arremata com a coragem alimentada pela indiferença dos outros:
— E meu pai diz que Ele não está em lugar nenhum.
Arthur não pergunta se é verdade que Deus não está em lugar nenhum e a mãe agradece mentalmente (obrigada, Senhor) por isso. Terminam a refeição em silêncio. Não há sobremesa, a mãe se esqueceu de comprar ou fazer, pede desculpas e promete levá-los à sorveteria no dia seguinte ou quando eles quiserem. Os dois meninos lavam as mãos e escovam os dentes, Aureliano tira os calçados e troca o jeans por uma bermuda. Pés descalços para o quintal.

O quintal é enorme. Do alto da escada de pedra, mesmo dali, não é possível enxergá-lo inteiro. É dividido em dois por um muro de adobe, uma parte menor, próxima à casa, e outra bem maior, repleta de árvores, mangueiras, jabuticabeiras, goiabeiras, escura e ao mesmo tempo aconchegante, o chão coberto por folhas sobre as quais eles caminham até o tronco de uma enorme mangueira.

Arthur às vezes imagina que não há nada sob as folhas, que elas recobrem uma espécie de vazio e que é preciso caminhar com cuidado a fim de não cair. É uma coisa que também lhe aparece em sonhos. O vazio sob as folhas é vasto e negro como o céu de uma noite nublada, que não se permite ver. Se o mundo é redondo, o céu está acima e também abaixo. Podemos voar até ele ou cair, simplesmente. Ele está aqui e lá e ao redor. Impossível fugir. Sente um arrepio quando pensa nessas coisas, ainda que não pense nelas, exatamente, não com essa precisão, com todas as letras, é mais um pressentimento, uma ideia vaga. Acorda gritando quando sonha e, depois, não consegue explicar para a mãe, colocar em palavras o que sonhou, que pesadelo foi esse, engendrar uma narrativa minimamente compreensível para ela ou para qualquer outra pessoa, incluindo ele próprio. O máximo que consegue é choramingar um *não* quando ela, abraçando-o, diz a ele que se acalme, já passou, um sonho ruim, foi só isso, nada demais.

Eles ficam um bom tempo sentados no chão, as costas apoiadas no tronco da mangueira, e não dizem nada até que Aureliano:

– Meu pai foi embora.

Algo que a mãe comentou com Arthur na noite anterior, os dois sentados à mesa da cozinha depois de ela limpar o fogão e servir um copo de leite para ele, pediu que não perguntasse nada sobre os pais de Aureliano, uma situação complicada, algo muito difícil e muito doloroso para todo mundo, ele vai ficar com a gente por uns dias, até que as coisas se resolvam e também porque a mãe dele precisa de um tempo sozinha.

— Você vai me ajudar nisso, não vai?

Arthur não entendeu de imediato por que uma mãe precisaria de um tempo sozinha. Até onde ele sabe, mães não são feitas para ficar sozinhas, elas têm filhos e por isso são chamadas de *mães*, sozinhas não são nada, são mães única e exclusivamente porque têm filhos e, se quiserem continuar sendo chamadas de mães, precisam ter os filhos junto delas o tempo todo e para sempre, não é assim? Ele tentou imaginar uma situação em que sua mãe quisesse ficar um tempo sozinha, mas não conseguiu pensar em nenhuma. Então, pensou que tinha muita sorte e Aureliano, muito azar. Sentiu pena dele da mesma forma como sente agora ao ouvi-lo repetir:

— Meu pai foi embora.

— Eu sei — diz Arthur. — Minha mãe me contou.

Aureliano olha para ele com alguma surpresa, como se não esperasse que outra pessoa além dele, da mãe, das irmãs e do pai (Meu pai foi embora.) soubesse o que aconteceu, o que está acontecendo.

— O que foi que a sua mãe te falou?

— Isso. Que seu pai foi embora.

— Ela não falou por quê?

— Não.

— Foi porque minha mãe mandou.

— Sua mãe mandou o quê?

— Meu pai embora. — Ele não gosta da frase, de como ela soa, mas não consegue evitar repeti-la e pensar nela. Em seguida, acha melhor acrescentar: — Minhas irmãs ficaram chorando, mas eu não. Eu não chorei nada. Nadinha mesmo. Nem um pouco.

— Onde é que elas...

– Minhas irmãs? A Maria Fernanda foi pra casa da minha tia e a Marcela ficou com a minha mãe. A Marcela é bem pequena, chora o tempo todo. Chorou sem parar quando a minha mãe mandou o meu pai embora. A gente achou que ela não ia calar a boca nunca mais.

Arthur não imaginava que algo do tipo fosse possível, a mãe mandar o pai embora. Tinha visto a mãe correr com uma ou outra empregada, essa não trabalha direito, aquela vive quebrando as coisas, acho que a outra está nos roubando, mas jamais pensou que fosse possível a mãe despedir (seria essa a palavra?) o pai, tanto que:

– Por quê?

Precisa ouvir o motivo. Precisa estar preparado. O mundo cada vez mais estranho e escuro. Por que uma mãe faria uma coisa dessas com um pai? O que é que há com as pessoas? O que é que há com o mundo?

– Eles brigaram – Aureliano responde, a voz embargada. – E agora a minha mãe fica dizendo o tempo todo que quer voltar pra Goiânia. Eu não quero voltar pra Goiânia.

– Você não gosta de lá?

– Gosto mais de Brasília.

– Por quê?

– Não sei. Acho que é porque tem mais espaço.

Sim, Arthur pensa no que ouviu à mesa do almoço, as ruas largas, um lugar onde a pessoa não se perde. Ele também prefere Brasília, embora não se lembre de quando esteve lá. Goiânia não pode ser melhor. Foi a Goiânia com o pai semanas antes e o pai xingava tudo e todos. O pai também não gosta de Goiânia. Será que ele prefere Brasília? Devia ter perguntado à mesa do almoço. Se bem que. Não, ele não. O pai não gosta de nada.

— Meu pai e minha mãe também já brigaram – diz Arthur.
— Por causa do carro que meu pai trocou sem avisar. E por causa de uma viagem que ele tinha prometido e depois cancelado porque usou o dinheiro arrumando o carro que tinha trocado sem avisar. Eles até que brigam bastante. E sempre tem a ver com dinheiro. Seu pai e sua mãe também brigaram por causa disso? Dinheiro?
— Não. Não tem nada a ver.
— Por quê, então?
Aureliano olha fixo para o chão coberto de folhas. Os dedos dos pés fincados na terra macia, sob a folhagem. Não responde de imediato. Pensa qual é o melhor jeito de explicar a coisa. Algo que ele próprio não entendeu a princípio e que mesmo agora não compreende por inteiro. Talvez Arthur possa ajudá-lo:
— Você sabe o que é *foder*?
Arthur experimenta aquele estranhamento, saber ou achar que sabe o que é e não conseguir explicar. O mesmo quando pensa ou sonha com o vazio debaixo das folhas, no lugar do chão. Como colocar essas coisas em palavras? O pai vive dizendo aquilo, sobretudo no trânsito, *vá se foder*, sempre que vão a Goiânia ou mesmo ali, em Silvânia, mas não deve ser isso, não pode ser, por que a mãe de Aureliano expulsaria o pai de Aureliano por uma coisa dessas? Por causa de um palavrão? A mãe dele soltou um na noite anterior, quando o leite transbordou sobre o fogão. Ela disse: *porra*. Ele não sabe o que é *porra*, nem desconfia. Talvez palavrões não signifiquem nada. Talvez não passem disso, *palavrões*, palavras grandes. Talvez essas palavras sejam grandes demais até para ter um significado, qualquer que seja. *Porra*, *foder*. Não, não é isso. São bem curtas, na verdade. Pequenas. Deve ser outra coisa. Sempre é outra coisa. Algo que ele não alcança, por mais que se estique todo.

– E aí? Sabe ou não sabe?
– Mais ou menos – responde, afinal.
– Eu também não sei direito e perguntei pro Enoque.
– Que Enoque?
– O zelador do meu prédio.
– O que ele falou?
– Ele falou um monte de coisa. Falou dos cachorros na rua. Daí, eu lembrei que a minha mãe tinha chamado o meu pai de *cachorro*, também. Depois de gritar que ele estava *fodendo* a *porra* da secretária dele. Ela também usou outra palavra: *comendo*. *Comendo* e *fodendo*. Primeiro, eu achei que ele tinha, sei lá, ido almoçar com ela sem a minha mãe saber. Mas minha mãe berrou *comendo ela* em vez de *comendo com ela*. Eu não sou burro. Eu sei quando é outra coisa. Mesmo quando eu não sei direito que outra coisa é essa.

Fica calado por um instante, essa *outra coisa* parecendo prestes a ficar ao alcance dele. Sim, agora.

Não.

Continuou:

– Eu gostava da secretária dele. Ela me dava bombons toda vez que me via e trazia presentes no meu aniversário e no Natal. Minha mãe não gostava disso, e eu ficava com raiva da minha mãe, tinha medo que ela não me desse mais coisas porque a minha mãe não gostava. E depois a minha mãe gritou pro meu pai, *você fodeu com a minha vida*. E aí eu desisti de entender.

Eles ficam calados por mais um tempo, os pés de Aureliano quase enterrados no chão sob as folhas.

Como se tivessem vergonha da conversa.

Como se não quisessem saber daquela história toda.

Arthur respira fundo, sente muita pena do primo. Pensa em alguma coisa para dizer. Algo que o faça se sentir melhor. Que o faça desenterrar os pés. E diz:
– Foder é complicado.

4.

Na manhã seguinte, bem cedo, Aureliano sai sozinho para o quintal. Desce a escada de pedra com cuidado, como se ela fosse de madeira e não de pedra, estivesse dentro e não fora da casa e pudesse ranger e acordar os que dormem, ele desce, o som do vento contra as folhas e os galhos mais altos. Uma vez lá embaixo, na terra, corre até a mesma mangueira sob a qual sentou-se com Arthur na tarde do dia anterior.

Depois de conversar, passaram o resto da tarde correndo descalços por entre as árvores, trocando tiros com as armas de brinquedo, caçando ou fugindo de seres imaginários, as camisetas amarradas na cabeça, os rostos inteiramente cobertos exceto pelos olhos, correram de um lado para o outro, ao redor das árvores e elas, deles.

Os revólveres e metralhadoras de plástico ainda estão jogados por ali.

Que bom que não choveu, pensa e, ato contínuo, olha para cima: a densa folhagem não lhe permite entrever o céu, nada, apenas folhas e galhos entrecruzados. Ele, então, põe-se a caminhar em direção ao fundo. Quer ver onde o quintal acaba, o que há depois. Entulhos, restos de brinquedos, móveis quebrados, uma cadeira manca, o banco carcomido de um carro, copos de plástico. Enquanto caminha, olha de novo para o alto: a folhagem agora é menos densa, há mais espaço entre as árvores, estas são menores, o céu ali inteiro ou quase inteiro, azul e azul, sempre igual, e então ele vê uma única nuvem, pequena, navegando celeremente, você merecia um nome aí sozinha desse jeito. Fixa os olhos outra vez no que está à frente e é o fim, uma cerca de arame farpado e depois dela uma planície verde-clara sem mais árvores, e algumas casas mais ao longe, não sabe dizer quantas, a cidade terminando aqui e continuando acolá, uma pausa para tomar fôlego, um intervalo, um descanso que Aureliano não sabe dizer se é merecido ou não. Permanece por um bom tempo junto à cerca, à espera de alguma mudança repentina, o chão se abrindo e árvores tão grandes quanto as que estão às suas costas brotando do chão, tantas árvores que ele não consegue mais enxergar o céu por entre a folhagem, noite eterna ali embaixo, ou as casas do lado de lá indo abaixo feito peças de dominó, tão pequenas, menores que peças de dominó quando vistas dali, a distância, que pessoas vivem ali? de que tamanho?, ele não sabe, são poucas as coisas que sabe, de que tem consciência, poucas as coisas que poderia explicar. Foder, por exemplo.

Foder é complicado.

O pai expulso de casa, talvez agora viva em um casebre igual àqueles, no meio do nada, em algum lugar, ele tem de estar vivendo em algum lugar, não tem? Mas onde? Aquela putinha, a mãe gritava, as irmãs chorando num canto, você e ela se merecem. E eu, mãe? – Aureliano pensa que devia ter perguntado, não, *gritado*, mas não o fez, claro –, mereço o quê?

Cansado agora.

Sente um cansaço muito grande sempre que a cabeça desanda a trabalhar dessa forma. Dá meia-volta e, cabisbaixo, atravessa o quintal, agora sem olhar para cima à cata de nesgas de céu azul por entre os galhos mais altos das árvores.

Visto de fora, o casarão parece prestes a ruir. A tinta já descascou quase toda, as vigas expostas não sugerem firmeza, o telhado escurecido e desigual assemelha-se aos cabelos desgrenhados de alguém recém-desperto – o casarão como a cabeça de uma criatura que acabou de acordar de um pesadelo. A escada de pedras irregulares é outro detalhe despropositado, não tem nada a ver com o resto da construção, escorrendo colada a uma parede como se dependesse dela para se manter ali, para não ruir, também, para não se esfarelar.

Aureliano sobe os degraus de dois em dois, o mesmo vento de antes, de quando desceu, o mesmo som, agora às suas costas.

Estranha como, dentro, está mais frio, e tão escuro, acha o lugar escuro mesmo com todas as luzes acesas. Ainda é muito cedo. Por que foi acordar tão cedo? O que o fez acordar tão cedo?

Na cozinha, sobre a pia, a louça suja equilibra-se como pode. Ele tem sede, mas não encontra um copo limpo sequer. Sente cheiro de café passado há pouco, mas não vê ninguém, o lugar está vazio. Esta não é a minha casa, a casa da minha mãe, a casa que foi e que não é mais do meu pai.

Muito cedo, no silêncio.

Um ruído qualquer, então. Algo que range. Um bicho que range? Que espécie de animal *rangeria*? Um bicho ali dentro. Dentro da casa. Aureliano logo está no meio da sala, descalça os chinelos sobre o tapete e tenta ouvir. Alguém rangendo, sim. No modo como respira, mais forte, mais rápido – rascantemente. E mais perto, agora, enquanto Aureliano caminha pelo corredor sabendo que deveria ir na direção contrária, correr na direção contrária, fugir dali, daquele som, daquele rangido, não: ele prossegue até a porta entreaberta do quarto de Arthur e entrevê a boca muito vermelha do menino de olhos fechados, os olhos fechados de alguém enredado num pesadelo enquanto o suor escorre pela testa. Ele careteia e não tem mãos, não tem pernas, ou pelo menos é assim que Aureliano o entrevê, como parte, pedaço desorganizado de um corpo, e incompreende aquilo de modo tão brutal que se afasta. O que ele pode sonhar de tão ruim? O que pode haver de tão ruim? Faz o caminho inverso pelo corredor, longo, esticando-se, interminável, um passo, depois outro, vai acabar mais cedo ou mais tarde, tem que acabar, ou acaba o corredor ou acabam os passos, uma coisa ou outra, qualquer coisa, o que quer que seja. Algo precisa, tem que acabar. Ele mal se percebe calçando os chinelos que deixou no tapete da sala e depois se dirigindo novamente à cozinha (por alguma razão, o quintal agora lhe parece ameaçador, não seria seguro correr para lá, talvez por causa da cerca de arame farpado ao final e, depois, a planície, o deserto com as casas a distância, de brinquedo, irreais, vazias, uma miragem, não há nada depois, um deserto esverdeado culminando numa fileira de casas vazias), fitando a mesma louça suja, fixando-se nela com tanta força que não percebe, não vê a mulher, camisola e olheiras, sentada à mesa com uma enorme caneca de café sob o queixo.

– Quer um pouco de leite, meu anjo? – É o que ele ouve sem entender de imediato de onde vem aquela voz, a quem pertence? a quem se dirige? por que está ali? – Você acordou cedo demais.

Ele obedece, senta-se à mesa com ela, que lhe serve um pouco de leite, meio copo.

– O que foi? – pergunta ao vê-lo agarrar o copo com as duas mãos, trêmulo.

– Acho melhor acordar o Arthur. – Sua voz, quase não se ouve.

Olha por sobre a cabeça de Aureliano, a sala atrás dele e depois o corredor.

– Que foi?

O menino encolhe os ombros, não sabe o que dizer.

– Ele está tendo pesadelos de novo?

Aureliano faz que sim com a cabeça, depois leva o copo à boca e bebe um, dois goles de leite. O líquido é denso, diferente do leite que bebe em Brasília, mais concentrado, o gosto forte tomando conta de sua boca e depois do resto do corpo, preenchendo, ocupando tudo. Olha para o que restou no copo: mais branco, também. O céu, não, viu há pouco no quintal, por entre as folhas e galhos, o mesmo azul do céu de Brasília. Um azul que pede silêncio. Por que vocês não calam a boca aí embaixo? Por que vocês não se deixam e me deixam em paz?

– Aquele bêbado filho da puta – a mãe de Arthur diz repentinamente e depois fecha os olhos e balança a cabeça pesarosamente, como se estivesse sozinha, mais do que isso, como se estivesse sozinha e no pior dos lugares.

5.

A TV está ligada e Aureliano, sentado diante dela no tapete, tenta não olhar para os lados. Arthur se levantou enquanto eles ainda estavam à mesa, mas disse não estar com fome. A mãe avisou que o pai está fora, saiu logo cedo para resolver algumas coisas e não volta antes de anoitecer. Arthur recusou um copo de leite antes de desaparecer no quintal. Não estava com fome. Não queria coisa alguma. Deixou a mãe e o primo e saiu sem dizer mais nada. Aureliano terminou de comer e perguntou se podia assistir à televisão. Não queria voltar ao quintal.

– Claro. O que você quer ver?

Revê o episódio de *A caverna do dragão* em que Eric é transformado num macaco de cara azul. A mãe senta-se atrás dele, no sofá. Conta algumas coisas sobre o trabalho de professora, pouco importando se ele está ou não ouvindo. Diz que Arthur é um bom aluno e aposta que ele, Aureliano, também é.

– Você é um menino tranquilo. Aposto que não dá trabalho na escola. O que você quer ser? Advogado como seu pai e sua mãe?

– Não. Quero ser polícia.

– Mesmo? Nossa. Por quê?

Ele não sabe responder. Fala qualquer coisa sobre um filme que viu com o pai, um policial honesto no meio de um monte de policiais desonestos. É a primeira coisa que lhe vem à ca-

beça. Ela diz que é um trabalho perigoso e que precisa ser levado a sério. Um trabalho muito importante, de grande responsabilidade.
— Eu sei.
Mais tarde, almoçam sozinhos à mesa da cozinha, ela ainda de camisola. Foi até o alto da escada de pedra e chamou por Arthur, ele gritando de algum lugar por entre as árvores que não queria comer. Achou melhor não insistir. Fez um pouco de arroz, picou um tomate, passou um bife. Não trocam palavra, como se fizessem força para ouvir a televisão ligada na sala. Aureliano come o mais rápido que pode e volta para o tapete. O estômago pesa. Os olhos também. Arthur finalmente volta do quintal e se ajoelha ao lado dele.
— O que você está vendo?
— Não sei. Acabei de sentar aqui. Passando propaganda.
— Tava fazendo o quê?
— Na cozinha. Comendo.
Arthur olha na direção da cozinha como se ainda pudesse enxergar Aureliano comendo à mesa. A mãe lava a louça.
— Ainda não almocei.
— Eu sei.
— Nem tomei café.
— Eu sei. Eu vi.
— Não tô com fome. Não senti fome hoje.
— Eu também não. Comi porque a sua mãe, ela...
— Muito ruim comer sem fome.
— Também acho.
— Dá vontade de vomitar.
— É. Um pouco.
— Você vomitou?
— Não. Só senti vontade. Um pouco.

— Se quiser, pode vomitar. Vai ali no banheiro e vomita. Pode ir, se quiser.

— Já passou a vontade. Foi só um pouco.

— Você quer sair?

— Sair?

A mãe acena com a cabeça quando Arthur pergunta se pode ir com Aureliano à casa de Rodrigo, um aceno quase imperceptível, e os dois saem à rua, cada qual com um revólver de plástico na cintura, muito sérios desde a rua Coronel Vicente Miguel até a praça do Rosário. Quando chegam à praça, Arthur diz que a casa de Rodrigo é mal-assombrada.

— Por quem?

— Um amigo nosso que morreu lá no ano passado. A gente estava brincando e ele encostou num fio desencapado.

— Num fio?

— Ele morreu de choque. Ficou um cheiro de coisa queimada que de vez em quando a gente ainda sente. Você vai sentir também. Quando entrar lá. O cheiro aparece e some. Você pensa que ele foi embora, mas não foi. Ele volta e daí a gente se lembra do que aconteceu. Acho que é por isso que o cheiro volta. Pra não deixar a gente esquecer.

O casarão branco encravado à margem da praça. Nesta, a fonte, a mesma ao redor da qual circulam os jovens nos finais de semana, e árvores com bancos de pedra sob uma rampa e, mais abaixo, um espelho d'água lodoso, defronte ao prédio da prefeitura. Rodrigo, um moleque louro de ombros desproporcionalmente largos, está sentado no meio-fio com uma pequena besta de brinquedo no colo. Ele finge não notar a chegada de Arthur e Aureliano, e então Arthur pergunta:

— O que é que ela atira?

— Esse aí que é seu primo?

– É. O que ela atira?
– Qual é o seu nome?
– Aureliano.
– Bolinhas?
– Aureliano é nome de velho.
– Ah. Borrachinha.
– Era o nome do meu avô.
– Então. Nome de velho.

Assim que entram no casarão e param em uma espécie de sala de estar atulhada de móveis muito velhos e empoeirados, com cheiro de mofo, Rodrigo aponta para um cômodo vizinho escuro, janelas fechadas, e pergunta a Aureliano:

– O Arthur te contou o que aconteceu?

Aureliano balança a cabeça duas vezes, um intervalo pequeno entre uma e outra. Sim. Sim.

– Menos mal – diz Rodrigo. – O André era muito chato.
– Você não ficou triste, não achou ruim o que aconteceu? – pergunta Aureliano.
– Já falei. Ele era chato demais. Ninguém gostava dele.
– Eu gostava – diz Arthur.
– Você gosta de todo mundo. Você é uma besta.
– Você viu?...

Rodrigo abre um sorriso ante a pergunta de Aureliano.

– Vi o coitado, sim. Agarrado num pedaço de fio, estrebuchando. Não podia fazer nada. Depois a mãe dele veio me culpar. Culpar o meu pai. Aquela mulher é uma vaca.

Correm pelo quintal trocando tiros. É bem diferente do quintal da casa de Arthur. Há bem menos árvores. Parte dele é tomado por uma espécie de canil cercado por uma grossa tela de arame. Dentro, um casal de dobermans participa, aos latidos, da correria. Parecem antes entediados que interessados, latindo por latir, cumprindo o papel que se espera deles. Os garotos, então, pulam o muro, furtam goiabas do vizinho e voltam sem que ninguém os veja. Sentam-se no chão da área de serviço e se põem a comer. Os cachorros se calam.

– É verdade o que todo mundo está comentando? – Rodrigo pergunta a Arthur.

– O quê?

– Essa história toda com a sua mãe.

– Que história?

– Se você não sabe, não sou eu quem vai contar.

– Que saco, Rodrigo, fala logo!

– A cidade inteira anda falando que sua mãe é uma otária. Que seu pai viaja muito e que viram ele lá em Goiânia com outra, num restaurante. Achei que você sabia. Minhas tias vêm aqui em casa conversar fiado com a minha mãe e só falam nisso.

– Tudo isso é mentira. Meu pai vai pra Goiânia trabalhar e essa mulher aí com quem viram ele deve ser a minha tia.

Rodrigo abre um sorriso irônico e encolhe os ombros, encerrando o assunto, os olhos meio fechados, uma careta despropositada, como se de repente a goiaba que mastiga apodrecesse dentro de sua boca. Arthur continua sentado, olhando fixo para Rodrigo.

– Por que você fica falando essas coisas?

– Tá bom. – O sorrisinho continua lá. – Não falo mais. Não é da minha conta.

– Se não é da sua conta, por que começou a falar?

– Eu não comecei nada. Eu só comentei uma coisa que todo mundo está falando. Você sabe que a cidade fala demais.

– Eu sei que *você* fala demais.

– Esquece o que eu falei, então.

– Mas você não falou coisa com coisa.

— Então esquece o que eu *não* falei.

Arthur respira fundo, e por um momento Aureliano tem a nítida impressão de que ele vai vomitar ou irromper num choro convulsivo ou avançar sobre Rodrigo e espancá-lo. Nada acontece por quase um minuto. Então, Arthur coloca-se de pé e diz, sem levantar a voz:

— Você é que é uma besta, Rodrigo. E eu acho que você só falou aquelas coisas do André porque no fundo sabe que a mãe dele acertou. Aposto que foi você que falou pra ele se esconder lá no quartinho. Aposto que foi. Eu *sei* que foi. Você já me falou a mesma coisa. Você falou pra ele se esconder lá e ele acabou encostando naquele fio e morrendo e no fundo você sabe que a culpa foi sua. Você é que é uma besta, não sou eu, nem o André. O André só fez morrer. Isso não faz ninguém ser uma besta. Ele só fez morrer, e a culpa foi sua. Vam'bora, Aureliano.

Deixam Rodrigo ali sentado, os olhos agora vermelhos e arregalados, paralisado, incapaz de dizer ou fazer qualquer coisa, incapaz até mesmo de continuar mastigando o naco de goiaba que tem na boca. Quando já estão lá fora, na calçada, Arthur diz:

— Não liga pra ele.

— Ele fica o tempo todo sozinho naquele casarão?

— Mais ou menos. O pai e a mãe dele ficam mais na fazenda. E o irmão dele vive na rua. Não sei o que o irmão dele faz. Eles são ricos, acho. O pai dele tem essa fazenda enorme. Eu já fui lá. O pai dele era vereador. Não sei direito o que um vereador faz. Você sabe?

— Não. Brasília não tem vereador.

— Como assim?

— Não tem. Só sei disso. Não entendo nada dessas coisas.

Fazem outro caminho para voltar, subindo pela Mário Ferreira. Passam pela agência do Banco do Brasil no momento em que o pai de Arthur está saindo de lá. Ele para diante dos garotos, no meio da calçada.

– O que é que vocês dois estão aprontando?

Arthur encolhe os ombros. Não estão aprontando nada. O pai tira a carteira de um dos bolsos da calça, arranca dela alguns trocados e estende na direção de Arthur.

– Avisa a sua mãe que eu vou para Goiânia agora. Tenho que resolver umas coisas. Vou ter que dormir lá, na casa da sua tia.

– Qual tia?

– Quantas tias você tem em Goiânia?

– Uma.

– Então. Qualquer coisa, diz pra sua mãe ligar pra lá.

Arthur pega os trocados, conta e depois os guarda no bolso da bermuda enquanto o pai atravessa a rua, entra no Passat, dá a partida e acelera. Os dois garotos só retomam a caminhada quando já não conseguem ouvir o motor do carro. No momento em que contornam a praça da igreja, Aureliano comenta:

– Ele deve ficar bem triste sozinho naquele casarão mal-assombrado.

– Não sei – diz Arthur. – Minha casa é que nem a dele. Toda casa aqui é meio assim.

– Tá, mas ninguém morreu na sua casa, morreu?

Arthur pensa no tio. Não, ninguém morreu.

A casa está vazia quando entram, a porta destrancada. O escuro da espessura de um oceano, uma parede. Arthur corre, atravessa a sala, abre a porta lateral que dá para a escada de pedra, o quintal.

– Acho que a minha mãe foi comprar pão.

Pouco depois, estão sentados no tapete, diante da televisão ligada, quando começa a chover torrencialmente. Aureliano tem vontade de perguntar sobre o que ouviu naquela manhã, quem é o bêbado filho da puta e o que ele tinha a ver com os pesadelos de Arthur, tem vontade de perguntar mas não pergunta, pensa que Arthur não teria o que dizer, não teria como dizer, forçosamente calado a respeito, sufocar para não ser sufocado, e, mesmo assim, sufocado, um inseto preso em um copo, voando mais lenta e pesadamente até a aterrissagem final, exangue e depois morto: melhor não perguntar, não dizer nada: calar.

Permanecem sentados no tapete, a televisão ligada com o volume alto porque a chuva ensurdecedora parece prestes a destelhar a casa e arrancá-los dali.

– Qual é o seu episódio favorito? – Aureliano pergunta enquanto, na TV, Spectreman luta contra um réptil gigantesco e devasta Tóquio no processo.

– O que ele fica cego.

– Não vi esse.

– É o melhor.

– Sério?

– Sério. O melhor de todos, disparado.

– Como é que ele fica cego?

– Melhor não te contar. Você tem que ver. Se eu te falar o que acontece, estraga tudo.

6.
Quando a chuva para, não muito tempo depois, eles saem, atravessam o alpendre até a calçada. A mãe de Arthur ainda não chegou. Quase não há movimento ali fora, exceto pela enxurrada que ainda corre e um ou outro carro como que desgarrado de um rebanho maior, perdido. Ficam ali parados, não esperando por coisa alguma, mas postados de tal forma que, se um carro estacionasse e eles inadvertidamente entrassem nele e dessem o fora, não seria algo inteiramente estranho ou inesperado. Talvez desejem algo do tipo.

Não há muito o que ver, mas a vizinha defronte, uma solteirona de 50 e tantos anos, abre uma das janelas de seu casarão e coloca a cabeça para fora, a casa feito o vagão de um trem prestes a se colocar em movimento e ela precisasse se despedir de alguém ou simplesmente ver melhor a paisagem prestes a desaparecer, ser trocada por outra, depois outra, e outra, até que chegasse aonde quer que estivesse indo. Ela sorri para os dois garotos parados na calçada do outro lado da rua e pergunta pela mãe de Arthur:

– Está boa?

Há uma certa malícia no tom da pergunta. Sempre há. Sempre, naquela cidade. Mesmo quando se trata das coisas mais simples. Mesmo quando perguntam apenas pelas horas. Arthur encolhe os ombros, não sabe o que responder, não sabe como

está a mãe, a não conversa tida com Rodrigo ainda na cabeça, o que teria sido com a mãe? o que seria dela? deles todos?
– E seu pai? – a mulher insiste. – Viajando muito pra Goiânia?
Os ombros encolhidos outra vez. Arthur não quer saber de conversa. A mulher balança a cabeça de um lado para o outro, a expressão repentinamente fechada, raivosa, e logo em seguida desaparece casarão adentro, não sem antes resmungar:
– Moleque malcriado.
Ele agora tem muitas perguntas e ninguém a quem fazê-las. A mãe está *boa*? Por que o pai tem viajado tanto? Há muitas coisas acontecendo e ele não faz ideia do que sejam. Respira fundo, olha para baixo, depois para o lado: defronte à casa vizinha, na mesma calçada em que estão, um garoto acena para eles.
– Quem é? – Aureliano pergunta.
– O nome dele é Otávio. Mora nesse predinho aí do lado.
– Amigo seu?
– Mais ou menos.
Eles vão até o garoto. Está de banho tomado, os cabelos ainda molhados repartidos ao meio. Usa uma camiseta com o Homem-Aranha estampado.
– Meu cachorro morreu – diz tão logo se aproximam.
– Então – diz Arthur, balançando tristemente a cabeça –, minha mãe comentou.
– Como é que ele morreu? – Aureliano pergunta.
– Atropelado.
– Aqui na rua?
– Não – diz Arthur. – Foi na fazenda. Não foi?
O garoto balança a cabeça:
– Foi.
Um minuto de silêncio pelo bicho morto. Ou porque não sabem o que dizer em seguida. Otávio decide, então, entrar nos detalhes do acontecido:

— Ele ainda deu um grito depois que o carro passou por cima dele. Um grito assim bem alto, eu nunca tinha ouvido um barulho daqueles. E depois morreu. Lá no meio da estrada. Nem conseguiu se arrastar pra beira da estrada. Ficou lá no meio, gritou e depois morreu.

— O que ele estava fazendo no meio da estrada? — Arthur pergunta.

— Correndo.

— Você viu?

— Não, só ouvi. Ouvi e fui correndo e vi ele gritando e morrendo. Mas não vi ele sendo atropelado, não.

O asfalto molhado pelo qual os carros deslizam é escuro e Otávio olha para ele como se estivesse diante do ponto exato da estrada de terra onde o cachorro foi atropelado. Quase ouve o som das rodas no cascalho e depois passando sobre o cachorro e depois novamente no cascalho, a estrada parecendo mastigar o bicho, mastigar com toda a força.

— Mas eu não queria ter visto nada, não — Otávio lamenta depois de um tempo, voz chorosa, e Arthur e Aureliano compreendem exatamente o que ele quer dizer.

Naquela noite, recebem uma ligação da mãe de Aureliano. Ela conversa por um bom tempo com a mãe de Arthur, depois pede para falar com o filho. Conta que estão de mudança. Vão morar em Goiânia.

— Vou te buscar no final da semana que vem porque as aulas vão começar e eu já te matriculei numa escola muito boa lá em Goiânia. Você não vai perder nada.

— Eu não gosto de Goiânia.

— Eu sei, meu filho.

— Quero ficar em Brasília.

– Quando você crescer e for dono do seu próprio nariz, você volta para Brasília. Mas, por enquanto, vai ter que ficar comigo. Tudo bem?
Ele não responde. Quer perguntar pelo pai. Quer falar sobre o cachorro de Otávio e sobre um menino chamado André que morreu eletrocutado. O pai vai morar em Goiânia com eles? A mãe sempre odiou Brasília, sempre quis voltar para Goiânia. O pai vai ficar com a gente? Ela parece adivinhar:
– Seu pai vai comigo te buscar aí.
Por alguma razão, a notícia não o alegra.

7.

Uma camiseta, uma bermuda, duas cuecas, dois pares de meias, uma dúzia de revistas em quadrinhos (Super-Homem, Capitão América, X-Men, Batman e Homem-Aranha) e dois pacotes de bolachas: no dia em que quis ir embora, não fugir de casa, mas ir embora, Arthur colocou tudo dentro da mochila, fechou e ficou olhando para ela sobre a cama, redonda feito um bebê, mantendo as duas mãos na cintura e a postura de um soldado prestes a embarcar numa missão das mais complicadas. Sentia-se poderoso com o relógio de pulso que ganhara naquela manhã de uma tia, a irmã mais velha da mãe. O relógio tinha cronômetro, alarme e calculadora, e ele pensou que não precisaria de mais nada para se orientar.

Estava pronto.

Pegou a mochila com as duas mãos (estava meio pesada), depois a colocou nas costas e saiu do quarto, não sem antes desligar a luz.

Na sala, a mãe assistia à novela das sete, *Ti-ti-ti*. Ele parou ao lado do sofá, cruzou os braços e, fazendo o possível para ignorar o peso da mochila, esperou pacientemente pelo intervalo comercial para anunciar: estava indo embora. A mãe apagou o cigarro no cinzeiro colocado sobre o braço do sofá e olhou para ele.

– Embora, Arthur?

Ele balançou a cabeça, muito sério: sim, estava indo embora.
– Posso saber por quê?
– Não quer saber pra onde?
– Antes, quero saber por quê.
– Fiz 6 anos hoje.
– Meus parabéns.
Ele não disse nada.
– Você queria uma festa, é isso?
Ele balançou a cabeça, mais sério ainda: não, não queria uma festa.
– Eu fico sem jeito.
Ela precisou segurar o riso. Era verdade. Ele ficava sem jeito, nervoso. Não gostava de festas.
– Fiz 6 anos hoje.
Os cabelos pretos e grossos como os do pai. A pele branca feito a dela. Os lábios grossos de quem? As orelhas pequenas, o nariz arredondado, as pernas finas demais. O rosto oval, os olhos castanhos assustadiços. Aonde é que você vai, meu filho?
– Certo. Entendi.
Ele a encarou com desconfiança.
– Se é isso que você quer, pode ir – ela assegurou.
Não achara que seria assim tão fácil. E onde é que estava o pai? Na outra sala, do outro lado do casarão, ouvindo seus discos de música clássica ou lendo um livro ou ambas as coisas. Melhor assim, comunicar apenas à mãe. O pai não precisava saber pela boca dele. Imaginou os dois conversando mais tarde, sentados na cama de casal. Mais tarde, depois que ele tivesse ido embora.
– Posso mesmo?
A mãe balançou a cabeça:

— Pode.
Ela vai segurar a mão do pai e dizer: ele foi embora. Ele precisava ir. Eu não podia fazer nada. Você também não. A hora dele tinha chegado.
— Tchau, então.
Com a mão direita, a mesma com que segurava o cigarro até um minuto antes, acenou como se ele já estivesse longe.
— Tchau — ele repetiu.
Ajeitou a mochila nas costas, atravessou a sala, ganhou o corredor e chegou à porta da rua. Estava trancada. Voltou à sala e resmungou:
— Trancada?...
A novela tinha recomeçado. A mãe respondeu, sem desviar os olhos da televisão, que a chave estava em cima da mesa da cozinha. Arthur foi até lá. A mochila estava realmente pesada e suas costas começavam a doer. Só mais um pouco, pensou. Passou novamente pela sala carregando as chaves com estardalhaço. A mãe seguia concentrada na telenovela. Destrancou a porta, cruzou o alpendre e saiu para a calçada. Ela que trancasse a porta depois. Ou o pai. Toda noite, antes de se deitar, o pai fazia a ronda pela casa checando se as portas e janelas estavam fechadas. Como se houvesse o risco de alguém fugir, talvez ele próprio.
Ventava frio ali fora.
Ajeitou a mochila mais uma vez, ela parecia escorregar pelas costas. Não sabia para que lado ir. Olhou para cima, na direção da agência dos correios, e depois para baixo; a pequena praça lhe pareceu bem mais convidativa. Caminhou até lá, tirou a mochila e sentou-se num banco.
Nada acontecia.
O mundo ao redor assim paralisado. Ficou esperando que passasse um carro, um cachorro de rua, um bêbado, qualquer coisa.

Nada.

Cinco minutos depois, viu a mãe sair de casa e parar na calçada, no mesmo lugar onde ele próprio estacionara para decidir que rumo tomar. Ela tinha trocado de roupa. Antes, assistia à TV metida numa camisola. Agora, estava de moletom. Ficou ali parada, mãos nos bolsos da blusa, olhando fixamente na direção dele por algum tempo. Em seguida, percorreu os 150 metros que os separavam bem devagar. Usava os mesmos chinelos.

– Posso sentar aí contigo?

Ele concordou com a cabeça. Ela pegou a mochila e a abraçou (um bebê redondo) para só então se sentar ao lado dele. Manteve a mochila no colo. Ele virou a cabeça, olhando na direção contrária, rua acima.

– E então? – perguntou. – Quais são os seus planos?

Encolheu os ombros. Tinha chegado até ali. O que mais ela queria? Um passo de cada vez, não era assim? O tipo de coisa que o pai dizia sempre. Um passo de cada vez. Uma coisa de cada vez. Mas o pai nunca queria esperar por nada, estava sempre nervoso. Tropeçando.

– Sem destino definido?

Olhou para a mãe.

– Isso é grave – ela disse. – É muito importante ter um destino definido. Muito, muito importante.

Destino definido?

– Em geral – ela prosseguiu –, as pessoas têm um lugar para ir quando saem de casa. Você sabia disso? Assim, as pessoas arranjam outra casa, entendeu? Você sai de uma casa e vai para a outra. Funciona assim. O importante é sempre ter uma casa, um lugar. Entendeu?

– Mas eu tenho um lugar pra ir – ele retrucou, voltando a olhar na direção contrária.

– Mesmo?
– Mesmo.
– E onde fica?
– Eu tenho um lugar pra ir – repetiu.
Precisava de tempo para pensar, mas ela não lhe daria isso. Ela vai ficar aqui, perguntando coisas, pentelhando. Saco.
– Você tá perdendo a novela.
Foi a vez dela encolher os ombros:
– Não ligo. E eu estava mesmo querendo ficar um pouco aqui fora, nesse friozinho. Espairecer. Pensar um pouco na vida e tal.
Um carro descia na direção deles, mas dobrou à esquerda de repente, na esquina anterior, como se quisesse evitá-los.
– Suas aulas começam na semana que vem – ela comentou. Silêncio. – Você disse que tem um lugar pra ir.
Ele balançou a cabeça. Tinha, sim. Ela não perdia por esperar. O melhor lugar do mundo, e não ficava longe. Ou melhor: ficava longe, sim. Muito, muito longe. Noutra dimensão, quase. Nem adiantava explicar que lugar era esse. Nem valia a pena. Ficava longe para ela, mas bem perto para ele. Como é que ela ia entender uma coisa dessas? Como, se nem mesmo ele entendia direito?
– Que legal. Você não pode imaginar o quanto eu fico feliz com isso. Acho maravilhoso que você tenha um lugar pra ficar. De verdade.
Ela não parecia feliz. Não mesmo. Mas ela nunca parecia feliz.
– E onde é que fica esse lugar? Assim, eu não quero me intrometer e tal. Você não precisa me contar, se não quiser. Estou perguntando só por perguntar mesmo. Porque a gente está sentado aqui fora, conversando numa boa. Não está?

Novo encolher de ombros:
– Acho que sim.
Por que ela nunca parecia feliz? Acariciava a mochila enquanto falava, olhando fixo para a frente. Era como se a televisão estivesse ligada na calçada defronte e ela ainda acompanhasse a telenovela.
– Então. Você tem *mesmo* um lugar pra ir?
Balançou a cabeça de novo, um certo nervosismo.
– Eu só não descobri ainda onde ele fica – disse. Era o melhor que podia fazer. – Assim, eu não consigo explicar direito.
Pela segunda vez, ela conteve o riso.
– Claro, claro. Isso também é comum. Bem comum, na verdade. Você não precisa se preocupar. Acontece com todo mundo. – Fez uma pausa. Tinha esquecido os cigarros. Merda.
– Mas como é que você pretende descobrir?
O velho gesto de encolher os ombros. Em seguida, decidido, estendeu os braços e tirou a mochila do colo dela.
– Dá licença?
– Dou, sim.
Pesada. Deixou que escorregasse até o chão, para junto de seus pés.
Não havia muito mais que pudesse fazer, mas, ao mesmo tempo, pensou que não podia simplesmente voltar. Então, ficaram ali por quase meia hora, sem dizer mais nada.
Dois carros passaram, os ocupantes olhando curiosos para a dupla.
O vento frio aumentou.
– Acho que vou deixar pra fazer isso amanhã cedo – ele disse, finalmente.
A mãe abriu um sorriso.
– Acho uma ideia muito boa. Excelente mesmo.

– Amanhã bem cedo – frisou.

– Sim, claro. A gente faz assim: eu te acordo bem cedinho e preparo um café da manhã delicioso, asso uns pães de queijo. Sua tia deixou um pouco de massa, é só descongelar. Você não pode ir embora de barriga vazia, não é mesmo?

Sim, era verdade. Ele não podia.

– Então. A gente pode fazer assim? Quer que eu te chame amanhã bem cedinho?

Ele queria. Levantaram-se ao mesmo tempo e tomaram o rumo de casa. Enquanto caminhava, Arthur pensou melhor sobre aquilo de ser acordado e, pouco antes de entrar no casarão, disse que não precisava:

– Pode deixar. Eu dou conta sozinho.

A quarta parte de *Terra de casas vazias* chama-se **A inutilidade**. Nela, somos apresentados à mãe e às irmãs de Aureliano e viajamos por São Paulo e Goiânia. A mãe se chama Isadora e as irmãs, Maria Fernanda e Marcela. Marcela é escritora e, anos atrás, esteve internada numa clínica, onde conheceu Nathalie.

1.

Maria Fernanda estava deitada sobre uma grossa toalha verde estendida no tapete e mantinha os olhos fechados. O sol incidia diretamente sobre ela, conferindo-lhe uma espécie de fina moldura dourada ao correr da pele.

– Não sei qual é a graça – Luís Guilherme resmungou, sentado na poltrona, o pé direito a meio metro da cabeça dela. Apoiava a garrafa de cerveja no joelho esquerdo, as pernas cruzadas. Olhava para os seios muito brancos, que, grandes demais, espalhavam-se pelo tórax. Ainda lhe pareciam bonitos. Sim, meu amor, foi a primeira coisa que vi em você. – Não sei mesmo.

Ela não se virou para ele, não disse nada. Olhos fechados, queimando ao sol. Usava apenas a parte de baixo do biquíni azul-piscina que comprara dois anos antes para um carnaval que passaram ao norte, em Ubatuba, na casa emprestada por um colega de trabalho dele. Uma casa de praia inteirinha para eles. A ideia de uma segunda lua de mel. Exceto por alguns banhos de mar, não saíam, limitavam-se a circular nus pelos cômodos da casa, flanando, duas almas iridescentes, e era como se um quisesse se reacostumar com o corpo do outro ou, melhor dizendo, voltar a percebê-lo, a olhar para ele com alguma curiosidade, mínima que fosse. A coisa funcionou. Mesmo depois de voltar para São Paulo, continuaram a foder com uma frequência comparável aos primeiros meses de namoro, ou seja, quatro, às vezes cinco vezes por semana. O tesão perdurou por toda a quaresma. Na Páscoa, as coisas já tinham voltado ao seu ritmo habitual.

— Ficar aí deitada, esturricando — ele insistiu.

— Vou ficar bem, não se preocupe.

— Não vai, não — ele disse, e emendou um gole de cerveja.

— Quanto tempo dura essa nesga de sol aí?

— Uma hora, mais ou menos.

— Os vizinhos se amarram.

— Você sabe que eles não conseguem me ver aqui. O nosso prédio está meio de lado em relação ao prédio vizinho. Você sabe disso.

— Sei, é? — ele sorria, pensando no edifício de trinta andares que começaram a construir logo atrás do deles e que ficaria pronto em dois ou três anos. Ela vai ter de procurar outro lugar para tomar sol, então.

— Nunca viu isso?

— Eu só vejo televisão.

O aparelho exibia o VT de um jogo de futebol. Ele não reconhecia os times, as abreviações no pequeno placar no alto da tela não lhe diziam nada. Campeonato holandês? Russo? Como se adivinhasse a confusão dele, Maria Fernanda perguntou quem estava jogando.

— Ninguém.

— Como "ninguém"? Larga a mão de ser babaca. Se não sabe quem é, é só dizer, não custa nada.

— É que esse jogo já era, não está acontecendo mais. Logo, ninguém ali está jogando. Não mais. Não neste exato instante. Percebe?

— Ter diploma de Filosofia e dar aula de Filosofia não faz de você a porcaria de um filósofo, Luís Guilherme. Te juro que não.

Ele não respondeu. Ela abriu os olhos e o encarou de ponta-cabeça. Não parecia satisfeito. Com nada. Chegara da universidade havia dez minutos e não se dera ao trabalho de tirar o paletó. Presumiu que a maleta estava sobre o balcão da cozinha, ele a deixara ali antes de abrir a geladeira, pegar uma cerveja e vir até a sala aporrinhá-la.

– Foi brincadeira – ela disse.
– Eu sei. – Tomou um gole rápido. Nunca saboreava a cerveja, por melhor que fosse. Um gole rápido, depois outro, até o fim. – Eu sei, poxa.
– Não quero brigar hoje.
– Eu sei, eu sei. – Outro gole.

Tarde demais, ela pensou. Sempre tão sensível em relação a isso. A maldita formação. Inútil se desculpar agora. Quando, dias antes, brigaram por conta de um financiamento que ela queria fazer, um carro novo, por que não?, gritara que ele devia empilhar as porras dos livros inúteis que tinha lido durante toda a vida inútil e sentar o rabo inútil em cima deles, talvez assim essa merda inútil servisse para alguma coisa. Ele realmente se ofendera, a noite em claro naquela mesma poltrona, um livro aberto no colo: Pico della Mirandola, *De hominis dignitate oratio*.

– O que ele diz aí sobre a sua dignidade, sobre a minha? Sobre a dignidade de ter um carro novo?

Não tivera a intenção de soar tão frívola, tão cretina, mas.

As desculpas foram diligentemente apresentadas à mesa do café, na manhã seguinte, apresentadas e aceitas com a condição de que ela adiasse os planos referentes ao carro novo por algum tempo, seis, oito meses. Sem mais. Após o desjejum, tomaram banho juntos e selaram a paz com uma trepada sob o chuveiro. Saudáveis nove anos de casamento. Ela fechou os olhos. Luís Guilherme lançou mão do controle remoto e mudou de canal por diversas vezes, até se deparar com Alan Ladd trocando sopapos com um bando de malfeitores.

– E esse filme? – ela perguntou depois de entreabrir os olhos. – Também já era?

Você entrou na onda, ela pensou ao ver (de ponta-cabeça) o sorriso que ele esboçou. Que bacana. Não quero brigar hoje. Que bacana.

– Não. O filme *está*. Futebol, não. Filmes, sim. Filmes estão sempre acontecendo, acontecem enquanto passam, não importando quantas vezes passem, quantas vezes sejam reprisados e revistos.

– Meu Deus. – Ela riu. – De onde você tirou isso?

– De lugar nenhum. – Encolhendo os ombros. – Só estou... falando.

Merda, ela pensou. Falando merda. Em seguida:

– O sol está morrendo. – O tom era de lamentação.

Luís Guilherme matou a cerveja e rebateu dizendo que era só mais um acidente de trabalho:

– Acontece todo dia.

O que seria um acidente de trabalho para um professor de Filosofia?, Maria Fernanda se perguntou. Enganar-se? Mas, e nisso ela abriu um sorriso, Luís Guilherme estava sempre enganado ou se enganando, o tempo todo, todos os dias.

Quando ele voltou da cozinha trazendo outra cerveja, ela sentou-se na toalha, espreguiçou-se e contou da ligação que recebera mais cedo.

2.

A mãe de Maria Fernanda chegou na manhã seguinte. Dissera ao telefone que precisava fazer alguns exames, nada sério, que não se preocupassem. Maria Fernanda estava no trabalho e sobrou para Luís Guilherme buscar a sogra em Congonhas. Sorriu ao vê-la surgir no saguão carregando apenas uma bagagem de mão.

– Falando sério – disse logo depois, enquanto manobrava para sair do estacionamento do aeroporto –, o que é que você tem, Isadora?

Ela abriu um sorriso branco e não respondeu. O que ela tinha era feito alguma coisa nos dentes. Também parecia mais magra e os cabelos, tingidos de um castanho discreto, estavam bonitos. Arranjou uma foda fixa, só pode ser. Não, melhor do que isso – um namorado. Sim, a mudança era muito grande. Só uma foda fixa não produz isso. Algo mais, algo maior. E as roupas? Um vestido laranja plissado. Os joelhos descobertos, as perninhas desinchadas. Ele não se surpreenderia acaso ela dissesse que fora a São Paulo para fazer uma plástica nos seios ou na barriga ou em ambos. E qual seria o problema? O que são 50 e alguns anos hoje em dia? Ele não pôde evitar:

– Você está muito bem, sogrinha.

– Eu sei. Andei me cuidando.

– Perdeu uns quilos aí. – Ela agradeceu com um sorriso. – Quantos, posso saber?

— Nove.
— Uau.
Ela abriu a bolsa, pegou e acendeu um cigarro. Era o último daquele maço. O trânsito fluía bem. Estariam em Perdizes dali a meia hora, se tanto.
— E você está engordando.
— Estou mesmo. Vontade louca de ocupar mais espaço no mundo.
— Que meigo.
— O que é que conta de novo? Namorando?
Colocava as cinzas do cigarro dentro do próprio maço vazio. Em geral, ele pensou, usava a palma da mão esquerda. Quando em casa. Fumante e tão poucos cinzeiros por lá. O que isso nos diz a seu respeito, sogrinha?
— Estive. Já acabou. — A voz neutra sublinhando a palavra *acabou*. — E você? Ainda casado com a minha filha mais velha?
Abriu um sorriso:
— Ela diz que sim. Melhor não contrariar.
— Sempre um sujeito inteligente.
— Engraçado você mencionar isso, porque outro dia ela me mandou *sentar* na minha inteligência. Não com essas palavras, claro. Usou outras, bem piores.
— Deve ter tido lá as razões dela, não?
— Sempre tem. Queria trocar de carro. Eu disse que não é o momento.
— E por que não é o momento?
— Ah, essas coisas todas rolando por aí. É só ligar a televisão. Crise global, gripe suína, sei lá. Também ouvi dizer que Israel vai atacar o Irã.
— Marcela não comentou nada.
— Marcela está lá *dentro*. Acho que a gente vai saber primeiro que ela se ou quando rolar alguma merda.

– Talvez. Mas, voltando ao que interessa, ao que é importante, você não tem nenhum motivo para não concordar com ela e trocar este carro por um mais novo, estou certa?
– Claro. Eu só não queria pensar nisso, compreende? A coisarada chata envolvida, ir daqui pra lá, fazer escolhas, números, calcular, pechinchar, o caralho a quatro. Fiquei com preguiça. Ela percebeu, acho.
– E vocês brigaram?
– *Ela* brigou. Eu fiquei ouvindo. Só acho ruim quando ela diz certas coisas.
– Ela não faz por mal. Vocês vivem bem.
Olhou rapidamente para a sogra, o esboço de um sorriso de agradecimento. Perguntou, ainda sorrindo:
– Por que não coloca as cinzas no cinzeiro?
Isadora não soube responder. Deu uma última tragada, enfiou o cigarro ainda pela metade no maço e embolou a coisa toda. Colocou a bolinha de papel numa sacola plástica que estava junto ao câmbio. Depois, olhou para fora.
– Não estou reclamando – disse Luís Guilherme. – Não posso reclamar. A gente se dá bem. Tem notícia do Aureliano? A Maria Fernanda comentou qualquer coisa sobre a Camila estar doente.
– Miastenia grave.
– Não sei o que é isso.
– Procura no Google, vai.
– Não posso, estou dirigindo.
– Ela está melhor, já deixou o hospital. Mas a vida deles se complicou. Pelo que entendi, é uma doença neuromuscular. Não sei direito como acontece, mas ela provoca fadiga, dificuldades para respirar e engolir, um quadro dos mais filhos da puta. Os médicos falam de uma cirurgia que, em alguns casos,

resolve o problema. É uma possibilidade. Acho que isso, ter uma possibilidade, uma chance, qualquer que seja, é uma coisa boa. Você sabe, o problema é quando os médicos não veem nada, possibilidade nenhuma. Parece que a Camila tem uma chance. Pequena, mas tem. Mas é tudo bem complicado.

— Que merda. A Camila não merece uma coisa dessas. Nem o Aureliano.

— Como é que dizem? — Ela acendia outro cigarro.

— O quê?

— Uma coisa que ouvi num filme, acho.

— Que coisa?

— "*Merecer* não tem nada a ver com isso."

3.
Naquela noite, caminharam pela Homem de Mello até o Krystal, na esquina com a Cardoso de Almeida. Um lugar assolado por famílias, como sempre dizia Luís Guilherme. Sentaram-se a uma mesa perto da entrada. Oito e meia da noite, movimento intenso lá fora, carros e pedestres, gente passeando com cachorros, estudantes indo e voltando da PUC, velhos com ar de perdidos, talvez perdidos de fato.

– Cachorros, estudantes, palmeirenses, artistas, velhos e alguns mendigos – disse Luís Guilherme, sem olhar para fora.

– É o que Perdizes tem a oferecer ao mundo.

– Nada mau – disse Isadora. Depois, para Maria Fernanda:

– Seu pai é palmeirense.

– Ele não curte muito futebol – ela retrucou.

– Ele não acompanha, é verdade, não é fanático ou coisa parecida, mas torce pelo Palmeiras. É o que diz quando perguntam, pelo menos. Eu desconfio de homens que não se interessam por futebol.

– Desconfiou dele, mãezinha?

– Não o suficiente.

– Peraí, ele diz que torce pelo Palmeiras mas não acompanha os jogos e coisa e tal? – Luís Guilherme atalhou.

– Exato – respondeu Isadora.

– Deve ser por isso que ele torce pelo Palmeiras, então. – Um largo sorriso era tudo o que se via no rosto de Luís Guilherme.

– Não lembro para que time você torce.
– Claro que lembra. Já brigamos por causa disso.
– Eu nunca briguei com você por causa de futebol, Guilherme.
– A gente não brigou por causa de futebol, exatamente, mas porque eu estava meio exaltado com o rebaixamento do Corinthians e comecei a bater boca com um tricolor seboso num restaurante aqui em São Paulo. Você me mandou calar a boca, ameaçou ir embora, disse que nunca tinha passado tanta vergonha na vida etc.
– Meu Deus. – Ela riu. – Não me lembrava disso!
– Foi no Pasquale, não foi? – perguntou Maria Fernanda.
– Foi – responderam os dois ao mesmo tempo, e depois gargalharam.
Maria abriu um sorriso pequeno, balançando a cabeça negativamente. Depois, estranhou que a mãe recusasse vinho, optando por um suco de melancia.
– Já não emagreceu o bastante?
– Na verdade – Isadora limpou a garganta –, eu vou é engordar mais e mais. Estou grávida.
Luís Guilherme e Maria Fernanda se entreolharam, arregalados, e em seguida encararam Isadora numa pequena sequência de movimentos que pareceu ensaiada. O garçom ainda estava junto à mesa, anotando os pedidos, e como ninguém dissesse nada:
– Meus parabéns, senhora.
– Obrigada, você é muito gentil.
O garçom sorriu, fez um rápido aceno com a cabeça e foi cuidar dos pedidos. Luís Guilherme ponderou que não imaginava ser possível uma coisa dessas.

— Pois é, vim me consultar com um médico daqui. Falei com ele por telefone. Disse que, em 25 anos de profissão, só ficou sabendo de três casos.
— Três casos em 25 anos? Uau. Tomara que o seu bebê não seja um mutante supervilão disposto a escravizar o resto da humanidade. Ou o novo anticristo.
— Ele não mencionou esse risco, Guilherme.
— Talvez seja o tipo de coisa que ele só mencione ao final da consulta, depois que você pagar.
— Vou te manter informado.
— Mãe, você não vai dizer quem é o responsável?
Isadora balançou a cabeça, não, não, e depois:
— Outro dia. Hoje, não.
— Por que não hoje?
Um suspiro prolongado:
— Longa história.
O garçom trouxe o vinho e as duas taças.
— Minha mãe me teve com 43 anos — comentou enquanto servia.
Depois, quando já estavam comendo, salada para Isadora e talharim para o casal, Maria Fernanda perguntou se ela já tinha contado a novidade para Marcela e Aureliano.
— Só pro Aureliano. Vou falar com a Marcela amanhã ou depois. Na verdade, tentei falar com ela ontem, por Skype, mas ninguém atendeu. Não quero dar uma notícia dessas por e-mail.
— A gente não tem se falado muito.
— Também preciso comentar com ela sobre o Arthur.
— Que Arthur? Nosso primo?
— Foi com a mulher para Israel. Vão ficar umas semanas por lá. O Aureliano me disse que eles não superaram a perda do menino. Terrível essa história.

– Quanto tempo faz, mãe?
– Um ano.
Um ônibus que vinha pela Cardoso dobrou a esquina e seguiu pela Homem de Mello. A impressão momentânea, no momento em que fez a curva, de que entraria com tudo no restaurante. Luís Guilherme observou impassível a passagem do veículo, até ele desaparecer rua abaixo. Em seguida, afastou o prato. Ainda se ouvia, fraco, na distância, o motor do ônibus.
– Que foi? – Maria Fernanda perguntou. – Perdeu a fome? Está ruim? A massa daqui nunca é muito boa. As carnes, sim, são uma delícia. E a feijoada que eles servem aos sábados. Mas não a massa. Esqueci disso. Devia ter pedido um filé à cubana.
Ele negava com a cabeça enquanto ela discorria sobre o cardápio do lugar, o que deveria ter pedido ou não. Quando ela parou, ele interrompeu o movimento. A massa esfriava nos pratos.
– Qual é o seu problema? – perguntou Isadora.
Encolheu os ombros. Outro ônibus veio, mas não dobrou a esquina, seguiu pela Cardoso. Disse, afinal:
– Sonhei com esse menino outro dia. E o engraçado é que eu só vi ele uma vez, no casamento do Aureliano. Ainda era um bebê de colo. Mas, no sonho, era grandinho e tal. A gente estava noutra festa de casamento, não sei de quem, e ele dividia um prato de brigadeiros comigo enquanto conversava sobre histórias em quadrinhos, sobre filmes, essas coisas. Tá, vocês podem dizer que era outro menino, um moleque qualquer, mas, sei lá, acordei com a certeza de que era ele. Esse tipo de coisa não se explica, né? A gente simplesmente sabe, ou não.
Isadora tomou um gole de suco. Concordava com a cabeça enquanto Luís Guilherme falava do sonho e continuou a balançá-la depois que ele já tinha se calado. Maria Fernanda desviou os olhos para fora. Os três ficaram um bom tempo sem

dizer nada e sem olhar uns para os outros, o som dos talheres manejados por Isadora, da mastigação. Ela terminou de comer e se levantou dizendo que ia fumar um cigarro. Saiu do restaurante e parou bem na esquina, no limite da calçada. Olhando para a mãe, Maria Fernanda comentou que ela não devia fazer uma coisa dessas no estado em que se encontrava.

– Ela disse que vai parar amanhã – retrucou Luís Guilherme. – Disse que esse maço aí vai ser o último.

– Tomara. Duvido. Mas tomara.

– Posso estar enganado, mas acho que a minha mãe não parou de fumar durante a minha gestação. Ou só parou quando eu já estava bem perto de nascer. Lembro de umas fotos dela com a barriga enorme e segurando um cigarro aceso como se fosse a coisa mais normal do mundo.

– Por que isso não me surpreende?

Maria Fernanda continuou olhando para fora. Viu Isadora puxar conversa com um senhor que passeava com um dachshund. Era impossível ouvir o que eles conversavam. O homem usava um chapéu de feltro amarelo. Acendeu um cigarro no dela, dois amantes na cama, depois de transar. Isadora disse qualquer coisa apontando com o queixo para o cachorro e o homem sorriu. Ela terminou o cigarro e acendeu outro usando o dele, um gesto de retribuição. Jogava as cinzas numa lixeira afixada a um poste. O homem fazia o mesmo. Maria Fernanda abriu um pouco a janela. Estava curiosa. Eles falavam do tempo, está seco, não chove há semanas. Luís Guilherme puxou o prato e voltou a comer. Com a boca cheia, comentou:

– Sua mãe disse que o Aureliano parou de fumar.

4.

Isadora conheceu Donald em um bar chamado Escritório do Chefe, no Setor Oeste de Goiânia. Ela se preparava para ir embora após uma noitada com três amigas dos tempos do colégio, em que o Lyceu ainda era uma escola respeitável, com as quais se reunia duas ou três vezes por ano, embora já não tivessem muito em comum e se limitassem a falar dos velhos tempos, isto é, repetir as mesmas histórias com algumas variações, variações que acabavam por transformar as velhas histórias em outras, não exatamente novas, o tom nostálgico-patético era o mesmo, mas por certo diferentes, um ou outro detalhe inadvertidamente reelaborado, a memória palimpsestada a cada vez que recorriam a ela. Mas, claro, elas não percebiam isso, e, mesmo que percebessem, não perderiam tempo pensando a respeito.

Depois que pagaram a conta, ainda os últimos drinques por terminar, Isadora foi ao banheiro. Ao retornar, deu com essa figura de cabeça raspada, bochechas enormes e avermelhadas, envergando uma camiseta com o *S* do Super-Homem estampado no peito e dizendo com sotaque carregado:

– Pensei que você tinha ido embora. Que bom que não foi.

– Te conheço?

Ele se apresentou e, como estava meio alto, foi direto ao ponto: disse que a observara durante boa parte da noite, que a achava bonita e que gostaria muito de beber alguma coisa com ela, para se conhecerem melhor, por que não?

– E você é o quê? Bósnio?
– Quase. Sou irlandês.

Eles riram ali parados no meio do corredor, depois ela o apresentou às amigas e se despediu delas dizendo que ficaria mais um pouco, vou beber alguma coisa com esse gringo simpático, não é todo dia que me cercam assim na saída do banheiro, e elas gargalharam e foram embora desejando um boa sorte viscoso de álcool, malícia e inveja. Isadora, então, sentou-se à mesa que ele ocupava sozinho, pensando se não era o caso de ter resistido um pouco, deixado que ele insistisse, procurado envolvê-la, dito o que quer que os da idade dele dizem quando precisam seduzir uma mulher, convencê-la de que vale a pena, sim, estar, ficar e finalmente ir com eles. Tarde demais, agora. Já estava à mesa com ele, sozinhos, ouvindo-o falar da mãe brasileira, que vivia em Belfast com o pai ulsteriano, e dos filhos que tiveram, cinco com ele, Donald, todos espalhados pelo mundo.

– Acho que nunca houve tanta gente em trânsito por aí – ela observou. Pensava nos próprios filhos. Pensava em Marcela, do outro lado do globo. – Você fala português direitinho.

A cada minuto ele parecia mais perto, e não demorou para que a mão dele encontrasse a dela sobre a mesa. Ela se sentia lisonjeada, Donald era o quê?, 25 anos mais jovem?, e alto e bonito, a despeito das bochechas mais e mais vermelhas à medida que entornava uma sequência interminável de copos de cerveja, ao mesmo tempo em que procurava agir com naturalidade, como se todos os dias europeus de 27 anos a abordassem com tamanhos interesse e assertividade e se dispusessem a ouvi-la e, acaso não se importasse, fodê-la tão logo se mostrasse disposta, pronta ou o quê.

A verdade é que Donald não precisou esperar muito.

Ela fez questão de pagar toda a conta, inclusive o que ele consumira antes de abordá-la. Fez isso com uma naturalidade ostensiva e, tempos depois, ao pensar sobre como as coisas se deram, perceberia que aquele talvez tivesse sido um desses momentos definidores de uma relação, o instante em que os papéis são distribuídos e os atores começam a encarnar seus respectivos personagens.

Os primeiros beijos eles trocaram tão logo se viram no Palio Weekend dela, e os demais foram distribuídos no trajeto do Escritório até a Vila Nova, sempre que um sinal fechado permitia, as mãos dele percorrendo ativamente o que era possível percorrer naquelas circunstâncias e ela maldizendo ter optado pelo jeans em detrimento do vestido que estendera sobre a cama antes de tomar banho, indecisa entre um e outro, está um pouco frio, melhor usar a calça.

Na cama, enquanto ainda se despiam, ou Donald despia a ambos, quantas mãos você tem?, ouviu dele entre um beijo e outro:

– Eu faço o que você quiser.
– Qualquer coisa?
– Qualquer coisa.
– Por quê?

Donald não respondeu, não conseguiria responder nem mesmo se quisesse, ao passo que Isadora não só adivinhou qual seria a resposta como escolheu não dar a mínima. No fim das contas, quando tudo for pro saco, pensou ao vê-lo puxar a calcinha para o lado e, olhando em seus olhos, arrepiá-la inteira com a ponta da língua, que diferença faz?

Na manhã seguinte, quando ele disse estar desempregado e dormindo na sala do apartamento de uma prima da mãe, ela compreendeu o que mais havia para compreender e lhe ofereceu hospedagem, desde que ele não parasse de procurar trabalho. Ele nunca explicou como e por que fora parar em Goiânia, uma vez que sua mãe tinha se mudado para a Irlanda logo depois de se casar e nunca mais voltado, e ela tampouco fez qualquer pergunta a respeito. Nas poucas vezes em que falava de si, contava sobre suas viagens como marujo em cargueiros. No geral, ele a mantinha feliz na cama e em hipótese alguma pedia dinheiro. Passava as tardes e o começo das noites fora, mas sempre voltava para casa e dormia com ela. Isadora emagreceu, tingiu os cabelos, sentia-se bem e não falava sobre ele com ninguém.

Quando, após dois meses de convivência, Donald não voltou para casa certa noite e, na manhã seguinte, Isadora se deparou com uma foto dele ao pé da primeira página d'*O Popular*, sob a manchete anunciando a prisão de uma quadrilha de traficantes pés de chinelo, três deles estrangeiros, não ficou chocada ou sequer surpresa. Em vez disso, respirou fundo (que diferença faz?) e abriu um sorriso que Luís Guilherme talvez rotulasse de "filosófico", o mesmo sorriso que voltou a ostentar semanas depois ao ser informada pelo médico de que seus exames de rotina trouxeram uma surpresa: estava grávida aos 52 anos de idade.

– É um milagre – sorriu o médico.
Ela não viu razão para discordar.

5.

Era tarde quando voltaram do Krystal. Luís Guilherme e Maria Fernanda arrastaram-se até a cama, abalroados pelas duas garrafas e meia de vinho que acabaram bebendo para, nas palavras dele, celebrar a Nova Anunciação.

Isadora ligou a televisão, encontrou um velho filme com Robert De Niro e Meryl Streep, que ecoava um outro filme, ainda mais antigo, não uma refilmagem, *stricto sensu*, de *Desencanto*, de David Lean (lembrou-se de repente), mas um contorno, um passeio pelas imediações daquele e de sua premissa, e acabou adormecendo no sofá bem antes que os créditos finais rolassem pela tela.

Acordou cedo, com as primeiras marteladas na construção vizinha. A consulta estava marcada para o meio da tarde, umas boas horas para preencher até lá. Tomou banho, comeu uma ameixa incrivelmente amarga que encontrou na geladeira, depois foi para o quarto onde deveria ter dormido. Precisava contar a novidade para Marcela. Fechou a porta e pegou o notebook na mochila. Enquanto a chamava pelo Skype, torceu para que Nathalie não atendesse. Havia qualquer coisa em Nathalie que achava assustadora, não por ela ser quem e como era, nada contra, mas pela relação dela com a filha, a maneira como teve início, o lugar onde calharam de se conhecer, as circunstâncias todas e os rumos que a coisa poderia tomar. Duas tempestades químicas constituindo família em Israel. Aquilo não podia dar certo, podia?

Quando afinal irrompeu na tela do computador, Marcela parecia bronzeada e um pouco rechonchuda. Não se falavam havia dez dias.

– Que cor é essa? – Isadora sorriu.
– Oi, mãe. Curtiu? A gente foi pro Mar Vermelho no final de semana passado.
– Bonito lá?
– Bastante. Depois te mando umas fotos.
– Vou esperar. Trabalhando muito?
– Só frilas. E você?
– O escritório anda meio devagar, mas não posso reclamar. Estou em São Paulo, na casa da sua irmã.
– Que legal. Não falo com ela faz um tempão. Mas o que é que você foi bicar aí? Passeando?
– Médico. Mas não estou doente.
– Todos estamos, mamãezinha, todos estamos. – O sorriso intrínseco a uma constatação das mais felizes.
– A novidade é que você vai ganhar um irmãozinho. Ou irmãzinha.

Marcela abriu a boca, os olhos arregalados, parecia prestes a soltar um grito, mas não conseguiu dizer nada e a fechou de novo. Em seguida, tentou outra vez e:

– Fuck. Me.

Contou toda a história, Marcela sorrindo de orelha a orelha e dizendo:

– Como assim? Como assim? Como assim?

Ao final, as duas riam sem parar. E, como se não fosse importante, ou como se não houvesse mais o que dizer a respeito, mudaram de assunto.

— Quando é que vocês voltam?
— Falta pouco. Talvez eu vá primeiro e Nathalie continue aqui por algumas semanas. Ainda não está decidido.
— E quem é que decide isso?
— O pessoal do trabalho dela.
— Nunca entendi direito o que ela faz.
— Você meio que não quis saber.
— Pode me explicar agora, se quiser.
— Ela trabalha numa ONG.
— Disso eu sei.
— É uma ONG que cuida de israelenses que se casam com palestinos.
— Judeus se casando com árabes. Uau.
— Na verdade, são árabes que têm cidadania israelense. Uma minoria, uns 20% da população. Há restrições se o cônjuge for palestino. O governo, como sempre, alegando questões de segurança, e tem uma ação rolando na Suprema Corte, toda uma discussão a respeito disso. É muito complicado. Muitas vezes, esses árabes israelenses são proibidos de trazer o marido ou a esposa para cá.
— Se ele ou ela for palestino?
— Exato.
— Donald era irlandês, te falei.
— Não é mais?
— Não é mais. Ou não importa mais. Ele nunca vai saber.
— Acho que ele não ia querer saber.
— Verdade. Não me ligou desde que foi preso.
— Esperava que ele ligasse? Contava com isso?
Pensou um pouco.
— Não sei. O que eu esperava era que a polícia fosse bater lá em casa, mas isso não aconteceu. Ele não deve ter contado para ninguém que se escondia lá.

— Que gentil. — Marcela estava sorrindo. — Fez o que com as coisas dele?

— Coloquei numa sacola e doei para a igreja da praça Boaventura, sabe qual é? Duas calças, três camisas e seis camisetas.

— Muito cristão da sua parte, mãezinha.

— Não é?

Caíram na gargalhada. Elas tinham cabeças parecidas, e sentiam-se felizes por isso.

6.
Isso aconteceu dois anos antes, em 2007.

A sala de espera era branca como quase tudo naquele enorme útero albino de paredes movediças por onde ecoavam campainhas telefônicas distantes como choros vindos de uma maternidade remota, o arrastar de chinelos pelos corredores, o ranger de portas e os urros dos recém-chegados. Estava escrito lá embaixo, na entrada, mas quase todos entravam se debatendo, aos berros, ou intranquilamente desacordados, estava escrito: *clínica de repouso e reabilitação*. Marcela entrou gritando e se debatendo, uma ofensa à presumível placidez do lugar, que tratou logo de jogar o teto e as paredes sobre ela até que finalmente parasse de gritar e se debater. Na cama, arregalada, via paredes e teto se aproximando, o ensaio de um possível esmagamento. Mas, não muito tempo depois, outra, dócil, foi desamarrada. Então, já dizia a eles o que queriam ouvir, eu sei, agora eu sei, cheirei demais e fiquei muito louca, mas agora eu quero ficar limpa, uma outra pessoa, alguém diferente, coisas boas, coisas bonitas, dizer e pensar coisas boas e bonitas, ser uma pessoa boa. Eles, médicos e enfermeiros e o próprio lugar, eles queriam ver sorrisos, queriam ver quietude, queriam vê-la não só desintoxicada, mas (era o que diziam, pelo menos) *curada*. E ela fingia estar ocupada, fingia estar cuidando disso, fazendo o melhor, no que, ironicamente, estava ocupada, cuidando disso e fazendo o melhor.

Na sala de espera, que eles chamavam de "sala de estar", sentados em sofás ou nas poltronas, os pacientes não diziam palavra e não se entreolhavam, perfeitos estranhos, sistemas isolados, uma dúzia de bonecos emburrados de carne e osso e metidos em batas de um azul bem claro, limpos e escovados para o jantar que em poucos minutos seria servido no refeitório ao lado; uma dúzia de bonecos adolescentes e jovens adultos, os fodidos da cabeça, os fodidos das mamães. Não se falavam, mas cada um sabia de si e dos outros, filhos de gente endinheirada, metidos ali porque aquela era a primeira das últimas chances que teriam. A princípio raivosos, agora se arrastavam pelos corredores, progressos e promessas, bovinos, bebês de ouro puro (em polimento). Desintoxicados, a expressão abobalhada de quem esteve fora por um tempo e foi trazido de volta. Os papais e as mamães, pensavam, estavam certos a seu respeito: eram uns fodidos. Uma vez desintoxicados, eram empurrados à "reintegração" e às "terapias ocupacionais", deixando de comer em seus respectivos quartos. Nestes, antes, quando tinham por companhia apenas o olho eletrônico a observá-los do alto e o som por um tempo nauseantemente orgânico de suas próprias mandíbulas, nacos de coisas sendo mastigados e engolidos, talvez os pedaços deles mesmos que deixavam escorrer nas sessões diárias e obrigatórias de análise para depois serem cozidos (ou não) e servidos, desjejum, almoço, jantar. Oficinas de cerâmica, sessões de cinema (filmes supostamente edificantes como *Patch Adams* e *Além da eternidade*), terapias de grupo, terapias individuais, dinâmicas, atividades, alteridade empatia o mundo lá fora acorde para a vida família responsabilidade as coisas boas dentro de você desenterre-as traga-as para fora para cá a vida.

A "sala de estar" era uma sala de espera. Todos os cômodos da clínica eram salas de espera. Diante deles, uma pequena mesa de centro e, sobre ela, revistas jamais lidas ou sequer folheadas por ninguém. Era como se não tivessem mais olhos para tanto. Oprimidos pelo branco onipresente, a clínica como o núcleo de uma estrela que se exauria, ouviam o próprio estômago virando e revirando e sentiam o corpo como se prestes a desfalecer de uma vez por todas. Sua testa apontava para o chão. Uma estrela engolindo a si mesma, e eles ali no meio, igualmente autofágicos. O sentido da coisa era: o álcool e as drogas me comiam e agora eu me devoro no lugar do álcool e das drogas. A extinção ou a sensação de extinção pesava sobre todos ali, de tal forma que a ideia ou o conceito de uma *sala de espera* ganhava uma ressonância pesada. Na melhor das hipóteses, sairiam "limpos" dali, o que, por outro lado (Marcela pensava), queria dizer: mais pesados do que ao entrar.

Ela tinha gostado de ficar no quarto, nos dias entre chegar e ser considerada "apta para ressocialização". Ocupar a cabeça, diziam. Mas isso ("ressocialização") nada tinha a ver com ocupar a cabeça. A cabeça ela ocupava no quarto, perdida em algum ponto entre o *on* e o *off*; ela vivia em *stand by*.

Livros não eram permitidos. Ou melhor: livros, sim, mas não literatura.

– Por quê? – ela perguntou a outro paciente certa vez, numa das raríssimas vezes em que tentou interagir fora das terapias de grupo. Era uma recém-chegada, então.

Não obteve resposta. A pessoa talvez não soubesse, talvez sequer tivesse noção de que há uma distinção, de que há livros e livros, e que nem todos contêm literatura. Ela não insistiu, e achou melhor não perguntar mais nada para ninguém.

Agora, na sala de espera com os outros, egressos da oficina de cerâmica, a poucos dias de receber alta, de ser considerada "pronta" ou, como diziam para ela, "mudada", "nova", olhava para si e reconhecia: a mesma coisa. Os outros estavam todos iguais, e ela era igual aos outros. Os outros e ela, que, nas terapias de grupo, contavam suas histórias e, ao fazê-lo, usavam de um distanciamento absurdo, como se aquelas histórias não lhes pertencessem, não tivessem nada a ver com eles e eles não passassem de maus atores encenando ou tentando encenar histórias alheias, furtadas de terceiros, e, encerrada a sessão, não se falavam mais, não conversavam entre si, não buscavam o outro; a encenação terminara, não havia razão para ninguém ali continuar atuando. Caminhavam em silêncio pelos corredores e sentavam-se lado a lado, uns diante dos outros, e não se falavam, não se olhavam, bonecos de carne e osso à espera do jantar, e só.

Não se falavam, não se entreolhavam, não se mediam, não se buscavam, não se reconheciam, mas.

Alguém olhava para Marcela.

Alguém que não olhava para o chão como os demais.

Alguém que preferia, sim, estava olhando para Marcela.

Os olhos de outra pessoa, ela os sentia direcionados para si. Como se estivesse se vendo.

Sim: uma garota olhava para ela como se não se vissem há muito tempo.

Afundada no sofá em sua ressaca eternizada dia após dia após dia, Marcela permaneceu cabisbaixa. Sabia que a garota a encarava, sentia isso, os olhos dela fincados em sua direção.

Por quê?

Depois de alguns minutos, e como a outra não desviava o olhar, resolveu levantar a cabeça. Enquanto o fazia, pensou que talvez não houvesse ninguém ali, olhando para ela, que talvez o sofá à frente estivesse vazio, que talvez tudo não passasse de uma falsa impressão, de uma miragem, de uma maldita alucinação, que talvez não.

Não.

Uma garota não só olhando, mas *sorrindo* para ela.

Uma garota, uma recém-chegada, uma novata, uma caloura, as olheiras fundas dos recém-chegados, as olheiras, a inadaptação à flor da pele. Mas: sorrindo. Recém-chegados não sorriem. Recém-chegados não devem sorrir. Quem ela pensa que.

– Marcela – disse a garota.

Eu sou?

Marcela, ela disse. Ela falou. Mas recém-chegados não falam, não. No entanto: Marcela, ela disse. Sentada no sofá defronte, entre elas as pequenas pilhas de revistas intocadas sobre a mesa de centro.

– Você é a Marcela Assis, não é? – insistiu. – A escritora.

As palavras não tinham peso ali. Não deviam ter. Não tinham utilidade.

– Não – Marcela respondeu.

Não foi a sua resposta. Outra palavra sem peso. Outra palavra inútil. E o sorriso da garota desapareceu. E os olhos da garota escorregaram para dentro da cabeça dela.

Alguém avisou que o jantar estava servido.

7.

– Como está se sentindo hoje? – Foi a primeira coisa que o médico perguntou a Marcela na manhã seguinte.

O dia lá fora, ela via através da janela às costas do médico, estava nublado. Ventava muito, prenunciando uma chuva forte, ruas alagadas, galhos de árvores caindo sobre os carros, crianças se escondendo debaixo das camas com medo dos trovões, falta de energia.

– Normal – ela respondeu.

– Pensando em... criar alguma coisa?

– Escrever, você quer dizer?

– Sim. Você ainda é uma escritora. Não é?

Sim, uma escritora. Algo do tipo. Ainda um certo fascínio por essa *coisa*. O médico sabia. Por certa, lera o livro dela, concluíra coisas a partir da leitura. Ela ainda era escritora. Não era?

– Minha autobiografia.

O médico sorriu, os dentes enfileirados. Pequeno exército branco. Limpos, perfeitos, feito as paredes daquele lugar. Eles se moviam, também. Avançavam e recuavam.

– Você ainda não chegou aos 30. Não é um pouco cedo para uma autobiografia?

– Talvez. – Ela suspirou. – Talvez não.

O médico balançou a cabeça:

– Certo.

O tom de quem não estava ali para julgá-la. Doente ou algo próximo disso. Fodida da cabeça. Você tem todo esse potencial, ele dissera na primeira sessão. Livro publicado, algum reconhecimento. É sempre um convencimento, ou uma tentativa de convencimento. Algo como *vale a pena*. A vida e coisa e tal. Um jogo, sempre um jogo de mútua enganação, de mútua empulhação. E, no final, ninguém dobrava ninguém, mas todos fingiam que sim. Ora, é claro que sim. Personagens de Buñuel caminhando a esmo por uma estrada deserta no que talvez fosse um sonho dentro de um sonho dentro de outro sonho dentro de.

Nada.

O médico abriu a gaveta e dela tirou duas balas. Colocou uma sobre a mesa e a empurrou na direção de Marcela. O som da bala sendo empurrada por sobre o tampo da mesa não se parecia com nada que ela já tivesse ouvido. Agradeceu e guardou a bala no bolso da calça:

– Pra depois.

Ela seria liberada em alguns dias. Não havia mais nada que pudessem fazer por ela. Desintoxicada. Calma. Eventualmente tomando parte de uma ou outra atividade. Sentiremos saudades.

– Tinha uma novata na minha turma do jantar.

– Sim.

– Uma garota de uns 20 anos, magrinha, bonita. Ela ficou me olhando, me encarando um tempão.

– Isso te incomodou?

– Um pouco. As pessoas aqui não costumam ficar encarando, né?

– O que você fez?

– Ela falou comigo.

– Ela falou com você? – Ele parecia ter ouvido a notícia do ano, debruçado sobre a mesa, meu Deus, eles falam!, os olhos arregalados. – O que ela disse?

– Ela me perguntou se eu era eu. Se eu sou "Marcela, a escritora". Perguntou daquele jeito de quem já sabe. Quer dizer, é óbvio que ela sabia e só queria mesmo puxar conversa. Mas aí eu disse que não.

– Não o quê? – Ele não estava entendendo.

– Que não era eu. Não sou. Não sou "Marcela, a escritora".

– Por que você fez isso?

Marcela encolheu os ombros, desviou os olhos. Pensou na balinha no bolso da calça. Talvez fosse o momento agora. Desembrulhar, colocar na boca, preencher-se de alguma forma.

– Não sei – disse, afinal. – Ela ficou me olhando um tempão. Acho que isso me irritou. Mas, caralho... depois eu me senti mal. Não devia ter feito assim. Podia ter desconversado, sei lá. Não precisava... não precisava cometer uma grosseria dessas. Acho que... talvez fosse legal pedir desculpas.

O médico recostou-se. Parecia satisfeito.

– Sim – balançava a cabeça –, é a melhor coisa a fazer. A coisa certa.

– Aliás...

– Sim? Pode falar.

– Quero fazer isso agora.

– Agora? Aqui?

– É. Tem como?

– Mas...

– Tem como chamar a garota aqui? Daí, eu peço desculpas, resolvo essa coisa de uma vez. Está me sufocando. Eu me sinto muito mal com tudo isso, com o que eu fiz. Tem como?

Animada com a ideia. Talvez contasse pontos. O médico, um tanto surpreso e algo hesitante, pegou o telefone e pediu que trouxessem a paciente Nathalie até a sala dele:

– Sim, imediatamente. Obrigado.

Consertar as coisas. A menina só queria papear um pouco. Ninguém papeava naquele lugar imbecil. Sistemas isolados, cabisbaixos. Fora de contato. Distantes uns dos outros e de si mesmos.

Não demorou para que ouvissem duas leves batidas na porta. O médico pediu que entrasse. Nathalie entrou, sem jeito. Alguma surpresa quando viu Marcela, depois desviou os olhos.

– Você pode fechar a porta, por favor?

Ela obedeceu. Permaneceu ali parada. Pequena. Magra, os cabelos curtos. Duas mechas azuis.

– Sente-se aqui. – O médico apontou para uma cadeira vizinha à de Marcela. Ela sentou-se. – Como é que está se sentindo hoje?

Olhando para o chão, a voz pastosa, respondeu que:

– Melhor.

– Marcela pediu que eu lhe chamasse aqui. Quer dizer uma coisa para você.

Agora, Nathalie olhava fixamente para as próprias mãos, pousadas em suas coxas. Marcela, sim, olhava para ela. Olheiras fundas. O curativo no pulso esquerdo, coisa que não notara na véspera. Tão previsíveis, eu e você.

– Quero te pedir desculpas. – Tão previsíveis. Eu e você. – Fui grossa contigo ontem.

Ainda cabisbaixa, Nathalie sorriu. Um sorriso que surgiu aos poucos e foi aumentando. Marcela e o médico, vendo aquilo, também sorriram. Tudo ficou bem por um segundo. Seriam amigas. Conversariam sobre livros. Sobre o livro de Marcela.

O que ela quisesse saber. Como foi escrevê-lo? Como surgiu a ideia? Quanto tempo levou? As melhores possibilidades. Entendimento, compreensão. Tudo em paz.

Então, Nathalie levantou a cabeça bem lentamente, encarou primeiro o médico e, em seguida, Marcela. Não sorria mais. Com voz roufenha, olhando diretamente nos olhos de Marcela, disse:

– Por que você não vai tomar no meio do seu cu, sua vaca metida filha de uma puta?

8.

– O gás está vazando – Marcela disse à mãe. Havia cinco semanas que deixara a clínica, nova em folha como disseram e ela concordou, quase uma outra pessoa. – O gás está vazando e vamos todos morrer.

Estava sentada à mesa, tentando escrever um conto, extremamente ressacada, mas não por ter bebido ou se drogado, não, nova em folha, quase uma outra pessoa, era uma ressaca que, na falta de expressão melhor, chamou de metafísica, uma ressaca metafísica diante de tudo e de todos, do que existe e do que cessou de existir e do que nunca existiu nem existirá. Apesar disso, tentava escrever um conto, o seu primeiro, a primeira coisa que escrevia desde a internação, desde meses antes da internação, e nem era bem um conto, mas uma brincadeira com Nathalie, uma possível viagem pela possível cabeça dela levando em conta as coisas que ouvira a seu respeito, coisas que ouvira de terceiros, é evidente, depois do incidente na sala do médico, Nathalie se fechando mais e mais até o dia em que, surpreendentemente, procurou Marcela e pediu desculpas. Não conversaram muito, ela apenas se aproximou e pediu desculpas e Marcela também pediu desculpas, de novo, pelo que ocorrera antes, por ter agido como uma vaca metida filha de uma puta, e elas se entenderam e até combinaram de se encontrar quando estivessem fora dali. Estava sentada à mesa,

tentava escrever, quando sentiu um cheiro forte de gás. Foi até o quarto da mãe, que, estirada na cama, assistia ao telejornal, e disse:
– O gás está vazando. O gás está vazando e vamos todos morrer.
Isadora olhou para ela, como se suspirasse e dissesse "Marcela...", e depois suspirou e disse:
– Marcela...
Não estava com a menor paciência, o suspiro e o tom de voz da mãe, sentada à mesa por horas procurando escrever algo ou algo para escrever que resultou num pequeno erro literário, um problema, um conto que não era um conto, mas nada, sentindo-se ressacada e estéril, uma ressaca metafísica, e ao ouvi-la suspirar e dizer "Marcela..." teve de se esforçar para não gritar e xingar, respirou fundo, cruzou os braços, pigarreou e sugeriu:
– Por que não dá uma chegadinha ali na sala e respira fundo? Se você não sentir cheiro de gás, me dá um esporro e volta pro quarto e pra sua cama e pra sua novela.
– Nessa ordem?
– Hã-hã.
– Não estou vendo novela.
– O que você está vendo?
– Telejornal.
– Telejornal. Certo. Enfim. Você vai à sala e respira fundo. Se não sentir cheiro de gás, já sabe.
– Feito.
Isadora levantou-se, calçou os chinelos, deu uma chegadinha até a sala e respirou fundo.
– Merda – disse.

– Gás, na verdade – emendou Marcela enquanto a outra corria até a cozinha. – Eu cheguei antes de te chamar. O vazamento não é aqui.

Isadora pegou o interfone e começou a esbravejar com alguém. Marcela voltou à mesa e releu o que tinha escrito. Se tudo ia pelos ares, que ela, ao menos, fosse pelos ares fazendo algo de que costumava gostar, por mais que aquele troço sob as suas vistas não fosse, de fato, um conto ou o início de um romance ou sequer um exercício. Seria preciso reinventar Nathalie. Você é você. Você não é mais você. Você agora é *isso*. Reinventar Nathalie. Sabia algumas coisas sobre ela e, ao mesmo tempo, não sabia nada. Imaginar o que fosse necessário, então. O que ela sabia: Nathalie pegou uma arma e apontou para o padrasto, disseram. Completamente chapada. Dias antes de cortar os pulsos. Duas semanas antes de ser internada. Naquilo que acabou não sendo um conto ou o início de um romance ou sequer um exercício, ela tentou imaginar a cena: garota magra, pequena, quase mirrada, 20 anos, cocainômana, de arma em punho, apontando essa arma para a cabeça do padrasto. Mas e depois? E antes? E daí? Releu o que tinha escrito, pensou a respeito, rasgou o que tinha escrito e embolou e colocou a bola de papel sobre a mesa, à sua frente, e a encarou como se tivesse ali uma bola de cristal que talvez lhe dissesse algo, qualquer coisa, sobre o que viria a seguir.

Não?

Ao interfone, a mãe disse qualquer coisa *gás* qualquer coisa *explosão* qualquer coisa *porra* qualquer coisa. Quando tentava gritar, tendia ao contrário, a abafar a própria voz, que soava cada vez mais baixa e ininteligível em vez de soar alta e inteligível. Isso era meio desesperador. Talvez fosse culpa do cigarro. Mar-

cela tentou se lembrar de quando era criança. A voz dela sumia quando tentava gritar comigo? Não conseguiu se lembrar.
— Porra — a mãe quase sussurrou ao telefone.
Marcela respirou fundo. Precisava descansar. Estéril, metafisicamente ressacada. Voltou a pensar em Nathalie. Ainda podia vê-la na sala do médico e depois sendo levada para o quarto sem opor resistência, cabisbaixa, e, dias depois, aproximando-se dela no corredor dos dormitórios para dizer:
— Foi mau.
Pensara nela e sobre o que fizera e sobre o que ela fizera, pensara em tudo aquilo, o tempo todo, mas não tivera coragem de se aproximar, de puxar conversa, de tentar se desculpar pela segunda vez, por que não?, e ouvi-la se desculpar pela primeira vez.
— Tudo bem. Eu fui meio cretina com você.
Nathalie encolhendo os ombros, dizendo sem precisar dizer: sim, foi.
— Você tinha acabado de chegar.
— Gosto muito do que você escreve.
Marcela ficava sem graça com esse tipo de coisa. Não acontecia sempre, claro, mas ela sempre ficava sem graça quando acontecia, nas poucas vezes em que. Como se não merecesse, como se não fosse com ela, como se tudo, mas *tudo* mesmo, não passasse de um engano.
— Valeu.
Pequena, mirrada quase. Sorrindo. Tímida, olhando para os lados, para o chão, mãozinhas para trás. Bem melhor agora do que antes. A caminho. Nos trilhos. Sair dali, voltar para o mundo, pronta, coisas boas na cabeça, renovada. Recomeçar.
— Ouvi dizer que você sai hoje.
— Amanhã.

– Amanhã? Me disseram que era hoje.
– Não. Amanhã cedo.
Agora, sentada à mesa, fitando a bola de papel em que transformara o nada que escrevera, lembrou-se de Nathalie respirando fundo, erguendo os olhos e perguntando, no vazio branco do corredor – útero albino –, se elas poderiam se encontrar depois, fora daquele lugar, lembrou-se da surpresa que sentiu, arrojada quando necessário, você, os cortes nos pulsos, fundos ou rasos, determinados ou hesitantes, um aviso ou uma despedida. Tirar algo de si, tirar algo dos outros.
– Claro. Sem problemas.
– Mesmo?
– Mesmo. Vou anotar meu telefone.
O sorriso aberto, o abraço com cheiro de Palmolive. Todos rescendiam a Palmolive naquele lugar.
– Essa porra está vazando – disse a mãe ao interfone.
Marcela olhou para ela. Estava encostada na parede da cozinha, a expressão de quem sempre acha que o pior só acontece consigo. Vazamentos de gás, quedas de sinal da TV a cabo, problemas com a linha telefônica, o marido dar o fora, algum pivete arranhar a lataria do carro, a filha caçula se viciar em cocaína e surtar e ser internada. Mais cedo, o telefone tocando, Marcela no banheiro e a mãe optando por *não* atender. Ouviu Isadora atravessar a sala e a imaginou checando o número na bina e, ao não reconhecê-lo, optando por não atender. Saiu do banheiro e foi à cozinha, onde a mãe colocava água para ferver.
– Vou tomar chá. Quer um pouco?
– Não vai trabalhar hoje?
– Melhor não.
Como assim, mãe?, pensou.
– Vai querer chá ou não?

– Não, obrigada. Quem era?
– Quem era?...
– Eu ouvi o telefone tocar.
– Não sei. Não reconheci o número. Não atendi.

As piores coisas: o marido traí-la com duas de suas melhores amigas; o marido sair de casa e pedir o divórcio e se casar com a secretária. A secretária dela, no caso. Do escritório dela. A porra da secretária que ela tinha entrevistado e contratado, em quem confiava.

O telefone voltou a tocar. Era Nathalie.

– Saí anteontem – disse. – Você disse que era pra eu ligar. Que eu podia ligar, se quisesse.

Marcaram um cinema para aquela tarde. Depois, Nathalie perguntou se Marcela estava escrevendo alguma coisa.

– Sim, claro – mentiu. – Sempre.
– Às quatro, no Flamboyant? Ali na entrada da Saraiva?
– Pode ser.

Desligou o telefone e foi ao banheiro e fechou e trancou a porta e abriu o armário e se apoiou na pia e chorou um pouco, não sabia por quê. Depois, tomou um banho e passou o resto da manhã trabalhando naquele algo inspirado em Nathalie e que poderia ser um conto ou o começo de um romance ou apenas um exercício, mas acabou não sendo nada disso, coisa alguma, mais folhas de caderno arrancadas e emboladas sobre a mesa, e só. Quando por fim desistiu, respirou fundo e constatou que o cheiro de gás diminuíra consideravelmente.

Moravam em um apartamento espaçoso na Vila Nova, a poucos quarteirões da avenida Independência. Depois que o divórcio se consumou e Marcela, para alívio de todos, sobretudo do pai, decidiu morar com a mãe, esta achou que não seria bom continuar morando no apartamento no Setor Oeste em que vivera desde o casamento. Mudou-se com a filha, então com 19 anos, para o outro lado da cidade.

Marcela se dava bem com a madrasta. Tinham quase a mesma idade (Idila era apenas dois anos mais velha) e alguns gostos em comum, de tal forma que, juntas, mais pareciam duas colegas de faculdade ou namoradas. Quando saíam os três, pai, filha e madrasta, era comum os garçons tratá-los como um pai e suas filhas. Nas primeiras vezes em que aconteceu, ele se irritou e chegou a repreender os desavisados, mas, depois, com o passar dos anos, passou a se fazer de surdo e, em dias bons, até mesmo a fazer graça com a confusão.

O pai não pôde comparecer ao coquetel de lançamento do romance de Marcela, mas, contrariando todas as expectativas e munida de uma coragem considerável (Isadora estaria presente, é claro), Idila marcou presença e ainda levou consigo alguns amigos. Marcela jamais se esqueceria desse gesto.

Duas semanas após o lançamento, Idila ligou para Marcela e marcaram um encontro na Sutri, uma cafeteria-livraria que ficava nas proximidades da avenida 85 e a alguns quarteirões do Fórum, onde Idila agora trabalhava como assistente de uma juíza desde que, a exemplo dos pais de Marcela, formara-se em Direito.

Chegou 15 minutos antes do horário combinado e a madrasta já a esperava. Trajava um terninho cinza-escuro, mantinha os cabelos presos e estava de óculos; sua aparência era a de uma mulher pelo menos dez anos mais velha. Marcela não pôde deixar de comentar. A outra riu.

– Tenho cara de menina. Se não me arrumo desse jeito, acabam me comendo viva lá dentro.

O rosto fino e sem marcas e os olhos verdes e os cabelos louros e longos e anelados e a baixa estatura e o corpo magro e os seios muito pequenos: com a roupa certa (ou errada), passaria tranquilamente por uma criançona de 13 anos de idade. O que foi que meu pai viu em você, afinal? Ah, claro. A idade.

Idila lera o romance. Trouxera o exemplar repleto de anotações nos cantos das páginas e longos trechos sublinhados. Marcela, que considerava aquilo uma espécie de sacrilégio, balançou a cabeça negativamente:

– Por que me maltrata?

A madrasta sorriu, não sem antes tapar a boca com uma das mãos.

– Perdoa?

Um sorriso de perdão. Pediram dois expressos e Idila passou a fazer uma série de perguntas sobre o livro, às quais Marcela respondia pacientemente.

– Eu não sei bem as razões dos personagens. Tá, eu criei todos, escrevi a joça do livro e tudo, mas certas coisas são obscuras até para mim. Acho importante não iluminar tudo. Há quem considere isso, pelo menos no meu caso ou no caso desse meu livro, há quem considere um problema, uma falha, dizem que o livro é disperso demais, que eu vou de lá pra cá sem me fixar em nada, que os personagens parecem todos iguais, que eu não me aprofundo em nada, enfim, que eu não sei escrever direito. Talvez eu não saiba, ou talvez eu não seja o que eles esperam que eu seja. O que eu sei é que isso aí está do jeito que eu achei que devia ficar, do jeito que eu queria que ficasse.

– Mas, enquanto você escrevia, não lhe ocorreu desenvolver esses lados, iluminar os pontos cegos?

– Sim, claro. Eu até cheguei a fazer isso em alguns trechos, mas a verdade é que o livro ficava pior. Do jeito como ficou, desiluminado aqui e ali, ou apagando aos poucos, como se fosse parando de respirar, com um monte de coisas soltas, irresolvidas, acho que está melhor. Bem melhor.

Idila soltou os cabelos e tirou os óculos. Estranhamente, ainda aparentava mais idade, talvez pelas roupas, pelo formalismo que elas inspiravam. Marcela, de imediato, pensou em Leopold Bloom. Meu pai arrancou seu formalismo, não? Falaram sobre outras coisas, pediram mais café. Depois, notou algum cansaço transparecendo no rosto da madrasta, nos olhos, um exército invasor que se insinuasse alta noite, silencioso, até o cerco se mostrar completo ao amanhecer.

– Você não parece bem – disse Marcela. – Parecia quando cheguei aqui. Mas agora não parece mais. O que foi?

Não se abriu de imediato. Tentou tergiversar, Marcela insistindo. Até que:

– Aquele problema. – A outra não identificou a que problema ela se referia. Percebendo isso, Idila explicou: – Seu pai. Quer que eu engravide.

Marcela sabia, sempre soube, ele nunca escondeu que queria um filho dela, com ela, mas não sabia que era, bem, que era um *problema*.

– E você não quer?

– Quero. Quero muito.

– Então?...

– Não consigo. Não acontece. Esses anos todos, e nada. Simplesmente não acontece.

Ao ouvi-la dizer isso, Marcela de imediato deixou de vê-la com uma aparência de velha para achá-la efetivamente velha. Mais, pior do que isso: sentiu-se parte de uma cena de novela das seis. Ele quer que eu engravide. Eu não consigo. Acho que sou estéril. Não sabia o que dizer, como consolar a mulher, de tal forma que soltou a primeira coisa que lhe veio à cabeça:

– Não será culpa dele? Meu pai é que está velho.

Não se tratava, por certo, de uma inverdade e, sim, de uma grosseria. Idila respirou fundo e lamentou melodramaticamente:

– Eu também. Eu também me sinto velha.

– Você tem o quê? Vinte e nove? – Marcela retrucou, impaciente com o rumo da conversa e ciente de que uma ou duas grosserias a mais não fariam diferença. – Arruma um amante. Um cara da sua idade, ou mais novo. Isso, um cara mais novo. Alguém com menos de 30, pelo menos.

Inesperadamente, Idila sorriu. Não era um sorriso inteiro, aberto, mas era alguma coisa.

– E isso ia ajudar? – perguntou.

– Acho que sim. Destravar uma coisinha ou outra. Alguma pecinha emperrada aí dentro. Desemperrar.

– Ah, mas eu não quero engravidar de outro. Ia ser uma desgraça.

– Existem maneiras de evitar isso. – Marcela sorriu, sim, inteiramente. – Não sabia?

O meio sorriso de Idila desapareceu, e os olhos também. O rosto inteiro uma sombra. Uma sombra velha, mascarando os olhos e a boca, tudo. Depois, agora, sentada à mesa abarrotada de bolas de papel, de tentativas falhas de criar alguma coisa, de fazer alguma coisa, Marcela se lembrava de tudo aquilo e pensava justamente na expressão ou, melhor dizendo, na não expressão assumida pelo rosto de Idila naquele momento. Eu devia ter imaginado. Eu devia saber. Balançou a cabeça. Isadora se aproximou, vindo do quarto.

– Que foi? Não fica chateada porque não consegue escrever. Não consegue hoje, talvez consiga amanhã.

Sentou-se à mesa, na cadeira vizinha, como se fosse ajudá-la com um dever de casa particularmente trabalhoso. Era assim, não era? Lá atrás, na infância. Tudo é distância agora. Não pensar nisso ou naquilo. Não pensar em Idila. Não pensar em nada. Levantou-se, juntou as bolas de papel e as enfiou na lixeira sob a pia da cozinha. Voltou à sala.

— E o gás?

— O cheiro diminuiu. O síndico ficou de ver. Ele e o zelador. Devem estar checando todos os encanamentos do bloco. Tomara que sim. Mas, em todo caso, o cheiro diminuiu. Por que não se senta?

— Passei a manhã inteira sentada.

— Eu sei. Eu vi. Senta mais um pouco. Preciso te falar uma coisa.

Marcela obedeceu. Isadora lhe disse que o pai reclamara, por e-mail, que ela não retornava suas ligações, não respondia os e-mails, vinha fazendo de tudo para evitá-lo desde que deixara a clínica.

— Isso é verdade?

— Não sei. Acho que é.

— Ele é seu pai.

— Eu sei.

— Ele pagou pela internação.

— Eu sei.

— Liga pra ele.

— Vou ligar, mãe.

— Promete?

— Prometo. Vou ligar. Hoje, não. Amanhã. Amanhã eu ligo. Sem falta. Ligo mesmo. Palavra.

Isadora sorriu, compadecida. Como se dissesse, é uma merda, eu sei, mas. Mas.

— As pessoas se acostumam umas com as outras — disse, depois de um tempo. — Eu e seu pai, por exemplo. Eu me acostumei com ele, ele se acostumou comigo. Daí, tivemos você.

– História linda, mãe.
– É a mais pura verdade.
– Me tiveram porque você se acostumou com ele e ele se acostumou com você.
– *Grosso modo*, sim.
– Isso não faz o menor sentido. Não quer dizer nada.
– Sim, é verdade. Não faz o menor sentido. Não quer dizer nada.
– E a coisa deu no que deu porque...
– Como assim? Por que ele me traiu e depois foi embora?
– O que aconteceu? Vocês se desacostumaram um com o outro?
– Sim, sim. Algo do tipo. Não?

Marcela encolheu os ombros, os olhos arregalados, de repente percebendo no tatear discursivo da mãe toda a verdade que buscara na escrita desde cedo e não encontrara. Não fazia o menor sentido, não queria dizer nada, mas era a mais pura verdade.

O interfone tocou. Isadora levantou-se e foi atender. Não havia vazamento no prédio. O cheiro viera de um carro parado a um quarteirão. Segundo o porteiro, que confirmara tudo com o balconista do mercadinho da esquina, o dono do carro se atrapalhara um pouco ao trocar o botijão, mas tudo se resolvera sem maiores sustos. Sem explosões.

– Não vamos todos morrer? – Marcela perguntou depois que a mãe voltou e contou a ela o que ouvira ao interfone.
– Hoje, não.

Caladas por um ou dois minutos, contemplando a morte que por enquanto não viria. Havia um maço de Marlboro e um isqueiro preto sobre a mesa. Isadora o puxou para si, pegou um cigarro, colocou na boca, mas não o acendeu.

— Eu devia dar um pulo no escritório — disse, tirando o cigarro da boca e o guardando de volta no maço.
— E por que não vai?
— Não tem nada marcado, nenhuma audiência, nenhuma reunião, nada. Eu podia adiantar umas coisas, mas não consegui me mexer. — Sorria. — Não saí de casa o dia inteiro.
— Eu sei, mãe. Eu vi.
— E você?
— Vou sair daqui a pouco.
— Quem te ligou?
— Nathalie.
— Nathalie? Eu não conheço nenhuma Nathalie, conheço? Ainda mais com esse jeito afrancesado de pronunciar o nome.
— Não, não conhece. Eu a conheci na clínica. A gente combinou de se encontrar aqui fora.
— Legal. Assim vocês podem ter uma recaída juntas. — Isadora pegou novamente o cigarro e dessa vez o acendeu.
— Nosso problema é mais complicado.
— O que essa Nathalie fez?
— Ela meio que surtou também.
— Nossa. *Surtar* é uma espécie de traço geracional aí de vocês.
— Ela é mais nova do que eu.
— Aposto que leu seu livro.
— Leu, sim. E gostou.
— Perguntou se você está escrevendo alguma coisa? Digo, quando ligou mais cedo. Ela perguntou?
— Claro que perguntou. Todo mundo pergunta. Por que ela não ia perguntar também? Perguntar isso para escritores deve ser uma espécie de traço geracional de todo mundo.
— E o que você respondeu?
— Nem me lembro mais.

– Você anda escrevendo alguma coisa?
– Você viu. Uma coisinha ou outra.
– Eu vi um monte de papel embolado em cima da mesa. Foi o que eu vi. – Deu uma tragada e bateu as cinzas na palma da mão. Não havia cinzeiro por perto, um copo, nada. Resolveu mudar de assunto: – Ele realmente gostava daquela moça.
– Meu pai? Da Idila?
– Idila. Já viu nome mais obtuso? É pior do que Nathalie com essa pronúncia afrancesada metida a besta.
– Não fode, dona Isadora. – Marcela sorria, apreciando a rabugice da mãe. – Nathalie é um nome bonito.
– Seu pai realmente gostava daquela moça.
– É. Acho que sim.
– Quando ela se matou, pensei que ele fosse voltar para mim. Quase dez anos depois de nos separarmos e eu achando que ele fosse voltar para mim. Eu sempre fui muito burra em relação a seu pai, a tudo isso, essa merda toda.
– Pois é – Marcela suspirou. Não queria falar sobre o pai, sobre Idila. Não queria mais falar. – Muito burra.
– Grávida. Que coisa mais absurda a menina se matar grávida. Dois, três meses, não era? Três meses. Um dia, você vai achar que eu sou louca, Marcela, mas um dia me ocorreu uma coisa terrível.
Não falar. Não falar.
– Eu te acho louca, mãe.
Não ouvir. Não ouvir.
– Foi um sonho que eu tive. Sonhei que o filho que ela esperava não era do seu pai. Sonhei que o filho era *seu*.
Marcela cerrou os dentes e os punhos sob a mesa, pousados em seu colo. A mãe falava fitando a parede diante de si, o cigarro ainda aceso, a palma da mão esquerda repleta de cinzas.

– Ela estava grávida, mas o filho não era do seu pai. E ninguém sabia disso, nem mesmo você, o "pai" da criança. Ela não contou para ninguém. Ela foi lá e se matou.
– Ela foi lá e se matou.
Isadora notou a perturbação de Marcela, os olhos crispados, como se o cadáver estivesse ali sobre a mesa, estendido.
– Por que você está assim? Foi só um sonho maluco que eu tive. Um sonho imbecil. Um filme sem nome que passou pela minha cabeça.
Marcela respirou fundo, tremia um pouco, e colocou-se de pé dizendo que precisava se arrumar, não queria chegar atrasada ao encontro com Nathalie.

9.

Elas se encontraram no local combinado, shopping Flamboyant, piso superior, na entrada da livraria. Nathalie lhe pareceu melhor. Os cabelos um pouco mais longos, dois ou três quilos menos magra, sorrindo. Disse que, na verdade, não queria ver filme algum, queria conversar, falar e ouvir, era como se elas se conhecessem há anos e toda aquela merda na clínica não tivesse acontecido, a própria clínica não tivesse existido ou elas não tivessem passado por lá, éramos pessoas diferentes ali, pessoas piores.

Passearam um pouco pela livraria e Marcela se surpreendeu por ainda encontrar seu livro exposto numa gôndola, dois anos após o lançamento. Depois, saíram, compraram cafés e se sentaram a uma mesa da praça de alimentação. Nathalie desandou a falar:

— Outro dia vi na televisão essa matéria bem maluca sobre animais selvagens debilitados, bichos lesados mesmo, leões e tigres que foram de traficantes, e esses traficantes davam aquelas festas de traficantes e injetavam cocaína nos pobres dos bichos. Devo ter ficado uns dois ou três dias pensando no leão que aparecia na matéria, lesadão, abraçando a mulher que cuidava dele. É isso que a cocaína faz com um leão? Transforma o rei da selva num ursinho carinhoso? Porque a cocaína não me transformou numa ursinha carinhosa, não. Pelo contrário. Eu quase matei meu padrasto, sabia? Alguém deve ter comentado com você, não? Lá na clínica? Eu tinha visto a Richthofen na televisão e pensado que seria legal (ok, eu estava noutra dimensão) trucidar papai e mamãe. Sério mesmo. Isso simplesmente me ocorreu vendo aquela moça pela enésima vez na televisão. Mas o problema é que eu não tenho papai e mamãe, tenho mamãe e marido-da-mamãe, o que não quer dizer que eu me tornei uma garota revoltada por conta disso, nada disso, meu padrasto é gente fina, gente finíssima, a minha mãe é que é uma boçal. Então, foi assim que eu saquei que tinha passado dos limites: quando vi a Suzane na televisão, algemada, os cabelos desgrenhadões, jogados na cara, lembra dessa imagem dela?, acho que a caminho de um dos julgamentos, não sei, mas eu não me imaginei matando a pauladas a minha mãe e o pobre do meu padrasto, coitado, tão bacana, sempre me dando dinheiro escondido da minha mãe, sempre acobertando a hora em que eu chegava da balada, sempre fazendo vista grossa, sempre, de alguma forma e sem querer, encobrindo a porra do meu vício. Ele devia saber, e a minha mãe não teria como saber. As coisas acontecem de um jeito escroto, sempre. – Fez uma pausa. Tomou um gole de café. Daí, continuou: – O leão na TV era um bicho lesado. A cuidadora ou veterinária ou sei lá o quê se aproximava e ele abraçava ela. Era uma imagem muito, mas muito doida. Um leão com toda aquela carência afetiva. E a mulher se deixava lamber, aquela língua enorme passeando por toda a cara dela. Bicho lesado, mulher lesada. Mundo lesado. Mas a cocaína é, tipo, um troço tão comum, né? Eu tive um professor de cursinho que cheirava muito. Ele era antissemita. Eu já te falei que sou judia? Eu sou judia. Apesar desse meu nome, não sei o que a minha mãe tem na cabeça. Acho que vergonha. Ela nunca gostou de ser o que é. Acho que é isso. Talvez eu vá pra Israel no ano que vem, ainda não sei. Depois te falo sobre isso, um trabalho muito bacana que estão fazendo por lá, uma ONG em Jerusalém. Minha prima esteve lá e trabalhou com eles por algum tempo e me falou a respeito outro dia, e eles estão sempre precisando de gente. Depois eu te conto. O meu professor de cursinho dizia que o mundo era uma merda por causa dos judeus, que os judeus mandam no mundo e têm interesse em fazer do mundo essa merda que aí está porque eles lucram com isso, eles lucram com essa merda que aí está. Era engraçado ou triste, eu não sei, ele cheirava cocaína logo cedo, todo mundo sacava isso, e ia dar aula totalmente trincado. Tirante a babaquice antissemita, era o melhor professor naquela merda de cursinho. Puta cara engraçado. Piadista. Ele cheirava e ia dar aula. Curtia Beatles e Mutantes. Mas aí ele dizia que o Guevara no fundo era um pacifista e que os judeus eram uns filhos da puta e que o mundo era uma merda por culpa dos judeus, esses filhos da puta. Dos judeus e dos americanos. Eu, particularmente, curto aquelas camisetas com as fuças do Guevara e aquela frasezinha batidérrima sobre endurecer sem perder a ternura, mas, caramba, dizer que o sujeito era, *à maneira dele*, um *pacifista*, qual é? Mas o grande problema eram mesmo as coisas que ele vomitava contra os judeus. Tinha uma outra menina na sala, ela também era judia, e ela não aguentou mais e se levantou, indignada, gritando com o professor, vou meter um processo no meio da sua bunda, e parece que a tia-avó dela tinha morrido em Sobidor, foi embora e voltou com os pais, o professor teve que pedir desculpas, quase foi demitido, uma zona. Eu nunca disse nada, acho que o pessoal nem sabia que eu também era judia, também, com esse meu nome, e que se fodam, eles, o professor e até a minha coleguinha indignada, não sei que fim levou, talvez tenha se casado com a porra de um *haredi* e more num assentamento na Cisjordânia. Que se fodam, quem se importa? Mas eu estava falando do lance todo com o meu padrasto. Eu peguei a arma que tinha sido do meu pai, meu pai morreu num acidente de avião, quando eu era pequena, minha mãe guardava a arma numa gaveta qualquer, dentro de uma caixa de madeira muito bonita, eu peguei a arma e apontei para a cabeça do meu padrasto. Ele estava sentadinho lá na poltrona dele, vendo telejornal, mais de quarenta mortos em atentados cometidos hoje em Bagdá, eu me aproximei com o revólver e parei na frente dele e apontei a arma para a testa do meu padrasto e disse: RICHT! Mas não atirei, não. Acho que nunca passou pela minha cabeça atirar na cabeça dele, matar ele de verdade, não, nem fudendo. Sei que é esquisito alguém pegar uma arma e apontar essa arma pra cabeça de outra pessoa e depois sair dizendo que nunca tinha pensado em atirar, mas é a pura verdade. – Respirou fundo, olhou para os lados. Um casal de adolescentes, 13 ou 14 anos, beijando-se na mesa vizinha. Piscou o olho esquerdo para Marcela e continuou: – Lá na clínica, eu às vezes me sentia como aquele leão, sabe? O leão era enorme e carinhoso, quase um irmão mais velho pra mulher que aparecia na matéria, a veterinária ou sei lá o quê, e que ele abraçava e lambia, o bicho lesado porque o ex-dono traficante injetava cocaína nele pra fazer graça. Você consegue imaginar um leão trincado? O que ele faz? Come as grades da cela? Mastiga a própria pata? Aprende a falar? Eu me sentiria melhor se tivesse acontecido de um deles devorar o dono, os bagos primeiro e depois as pernas e os braços e só então a cabeça. Enfim, eu peguei a arma e apontei pra cabeça do meu padrasto e falei RICHT! e ele levou o maior susto da vida dele. Caralho, ele se assustou muito. Ele levou o maior susto da vida dele, mas não me decepcionou, não. Ele foi bem corajoso, tranquilão, e se levantou bem devagarinho e foi falando comigo de um jeito bem macio, como se eu estivesse nervosa (eu não estava nervosa) e precisasse me acalmar. Me fez entregar a arma, me levou pro meu quarto, disse que eu ia ficar bem e tudo. Me fez dormir dizendo essas coisas macias, sabe? Peguei no sono mesmo. Mas, tipo, quando eu acordei, o leão ainda estava lá – riu e voltou a respirar fundo, denotando o mesmo cansaço de alguém que correu alguns quilômetros.

Marcela sentiu-se obrigada a perguntar:

– Você cheirou? Hoje? Aqui? Em algum momento, sem que eu tenha percebido? Ou antes de nos encontrarmos?

Nathalie balançou a cabeça com veemência e respondeu que não, de jeito nenhum, que estava era nervosa.

– Eu sou muito fã do que você escreve e... fico falando desse jeito sem parar, me desculpa, sim? Me desculpa. Eu estou nervosa e quero te dizer tanta coisa, você é muito importante pra mim, as coisas que escreve, seu livro, parece até que você escreveu ele pra mim, sabe? Especialmente pra mim, só pra mim e mais ninguém.

– Ok – Marcela disse. – Mas, sei lá, relaxa. Vai devagar. A gente tem todo o tempo do mundo.

Ficaram em silêncio por um minuto, precisamente.

– Eu daria qualquer coisa pra saber no que você está pensando agora – Nathalie arriscou em seguida.

Olhando para o lado, para as escadas rolantes apinhadas de gente, Marcela respondeu:

— Estou pensando se quero mesmo transar com você. E pensando que literatura é merda. A minha, pelo menos.

— Não seja ridícula — a outra balbuciou, baixando os olhos e balançando a cabeça negativamente. — Eu gosto muito do que você escreve.

— Os livros estragaram a minha vida — Marcela insistiu, camicase, divertindo-se pela primeira vez em séculos.

— Alguma coisa sempre estraga a vida da gente — ainda cabisbaixa, brincando com os dedos das mãos.

— É. Acho que sim.

Nathalie, então, levantou os olhos inesperadamente e encarou Marcela. Marcela tentou desviar, mas não conseguiu. Não teve forças. Sentiu uma vontade estúpida de chorar.

— Desculpa — sussurrou, sem entender direito por que pedia desculpas.

— Desculpas aceitas. — Nathalie sorriu. — E agora? No que está pensando?

— De verdade?

— É. De verdade.

— Em me apaixonar por você. Em chupar os teus peitos. Em gozar com a sua boca, você chupando a minha boceta.

Nathalie não pareceu surpresa ou envergonhada, mas voltou a baixar os olhos.

— E você? — Marcela perguntou. — No que está pensando?

A cabeça de Marcela latejava. Ela só queria dar o fora dali, com ou sem Nathalie. Com ou sem as palavrinhas mágicas que Nathalie utilizara na clínica (porquevocênãovaitomarnomeiodoseucusuavacametidafilhadeumaputa?). Com ou sem o que quer que fosse. Apesar disso, trêmula, assustada, tonta, Marcela repetiu a pergunta:

– No que você está pensando, Nathalie?

A quinta e última parte de *Terra de casas vazias* é intitulada **Mar Morto**. Acompanhamos Arthur e Teresa em sua viagem a Israel e reencontramos Marcela e Nathalie em Jerusalém. Ao final, lemos um conto de Marcela, passamos rapidamente pelo apartamento de Aureliano e Camila em Brasília e em seguida descemos ao Mar Morto com Arthur e Teresa, e o romance termina.

1.

A primeira palavra que Arthur aprendeu em Israel foi *sharav*. Não porque ele quisesse aprender hebraico, e mesmo que quisesse não haveria como, não ficariam mais do que poucas semanas por lá. Contudo, ainda dentro do avião, ele sentiu a língua rascante, em nada parecida com o português, em nada parecida com qualquer outra coisa que tivesse ouvido antes, ele a sentiu flutuar por ali, por sobre as cabeças de todos, mas não por muito tempo: após um momento, como se fosse pesada demais, aquela sonoridade ríspida e arenosa pareceu descer e se fixar a poucos centímetros do chão, envolvendo os pés e os tornozelos dos passageiros, aconchegando-se debaixo das poltronas, pelos cantos, agarrando-se ao próprio ventre da aeronave. Arthur teve vontade de se abaixar, de colocar a cabeça também a poucos centímetros do chão, um índio que procurasse antecipar a chegada do inimigo ou a proximidade da caça, ali permanecer até que os ouvidos estivessem entupidos de areia, e, então, finalmente, não ouvir mais nada, coisa alguma, nunca mais. Ele se viu deitado, os olhos fechados, estendido no chão durante toda a viagem de 13, 13 horas e meia, e pensou que só ao final, quando aterrissassem, voltaria a se levantar e, completamente surdo, deixaria o avião, deixaria tudo, todo o resto, surdo para Teresa, surdo para o que trouxera, para o que perdera e para o que abandonava, e se lançaria no deserto com as mãos abanando, um meio sorriso nos lábios e a certeza (no coração ou onde quer que fosse) de que pertencia àquele lugar e a nenhum outro.

Um homem no coração do deserto, um deserto no coração do homem.

Apreciou a imagem por um tempo, sentiu-se quase reconfortado, mas, depois, como se o sol já lhe incinerasse a pele e percebesse não só os ouvidos, mas a cabeça inteira entupida de areia, insustentavelmente pesada, a coisa deixou de ser agradável e ele achou que seria melhor desviar o pensamento para outro lugar.

Olhou para o livro que mantinha no colo, um romance policial que trouxera para ler na sala de embarque, no avião, onde conseguisse, embora, desde o momento em que sacou o exemplar da estante, pressentisse que não conseguiria se concentrar, a cabeça flutuando por toda parte, dentro e fora de si, olhou para o livro e depois o abriu em uma página qualquer. Nela, Matthew Scudder batia perna por uma cidade em que tal coisa era possível. Como fazer algo do tipo em Brasília? Um romance policial brasiliense se passaria quase que inteiramente dentro de um carro, a cidade, uma miragem lá fora, uma ficção dentro da ficção.

Brasília, policial.

Quando deu por si, pensava no primo (a cabeça flutuando por toda parte, dentro e fora de si) e, por conseguinte, na esposa doente dele, Camila.

Tinha falado com Aureliano na véspera do embarque, por telefone, depois de meses sem contato algum (e talvez não se vissem e conversassem desde o enterro do menino, quando, é claro, não se viram e conversaram de fato, custava acreditar que estivessem ali de verdade e não jogados no pior dos pesadelos) (esmagados no intestino grosso de Deus), e Arthur se inteirou da gravidade da coisa, das poucas perspectivas de uma cura efetiva, levando Camila a viver um dia e depois outro e depois outro, *se* tivesse sorte, *quando* tivesse sorte, e ele se imaginou sentado com Aureliano a uma mesa do Bar Brasília, na 506 Sul, os dois calados, experienciando o luto (não) e cientes de que não haveria o que dizer (não, não), palavra alguma poderia reconfortá-los (não, não, não), palavra alguma poderia sequer alcançá-los – dois homens no coração do deserto, cabeças cheias de areia, areia e mais nada, surdos para todo o resto, surdos para o que quer que fosse e, o que seria pior, surdos um para o outro.

 E foi ali, naquele deserto imaginado ou ao imaginar um tal deserto, que ele, com algum esforço, lembrou-se: a última vez em que se viram não fora no enterro do menino, mas três semanas depois, um almoço rápido no Pátio Brasil, quando pouco conversaram, Arthur ali calado, ainda em choque, e Aureliano fazendo o melhor que podia, isto é, comendo em silêncio após dizer que não havia o que dizer, mas que, se Arthur e Teresa precisassem de alguma coisa, qualquer coisa, ele e Camila estariam ali, sempre, para o que desse e viesse:

– Você sabe disso, né?

Arthur balançava a cabeça, sim, sim, é claro que sabia, e eles comeram em silêncio e, pode-se dizer (ele pensou agora), em paz.

 Devia ter ligado para o primo em algum momento depois disso, uma vez que fosse, e combinado um chope, talvez até conseguisse conversar com ele sobre Teresa da mesma forma como, anos antes, ao deixar Rita e ser recebido por Aureliano, com quem dividiria um apartamento por alguns meses, conseguiu falar sobre o que acontecera e, juntos, sentados a uma mesa do Bar Brasília, concluíram que (primeiro) Arthur não amava Rita, que (segundo) Rita não tinha sido bacana com Arthur, toda aquela pressão e depois a recusa em aceitar que o problema não estava nele, Arthur, mas nela própria, Rita, e que (terceiro), portanto, a melhor coisa a fazer, não, a *única* coisa a fazer era aquilo mesmo, cair fora sem que, depois, nada o fizesse repensar e muito menos arrepender-se, sem que nada o fizesse voltar, sem que nada o fizesse nem mesmo olhar por sobre os ombros, não, por um segundo que fosse, não tem nada ali, primo, você cai fora sem olhar para trás, sem culpa, sem medo, sem nada, limpo e pronto para recomeçar, está me entendendo? Sim, ele entendia muito bem, olhava para baixo e via e sentia as próprias pernas, ele as sentia firmes, ele as sentia plenamente capazes de iniciar um movimento, de iniciar e de dar continuidade a um movimento, um passo completo, e depois outro, os pés lá embaixo sustentando tudo, a estrutura inteira, um passo e depois outro, e outro, e outro, até o momento em que não precisasse mais pensar em cada mísero passo, as pernas se ocupariam deles e prescindiriam da sua consciência e dos seus olhos surpresos com a engenharia da coisa, com o milagre, meu Deus, ainda é possível, ainda consigo, ainda posso fazer isso, ainda estou ali, nas minhas pernas, em cada movimento, em cada passo, ainda estou aqui.

Era verdade.

Ainda estava lá, naquele momento, naquele lugar, o mesmo Bar Brasília em que depois se imaginaria experienciando o luto com o primo, mas que, naquele momento, naquele dia, foi o lugar em que conseguiu conversar sobre Rita e o que acontecera, ele ainda estava lá, inteiro apesar de tudo, com suas pernas e sua cabeça intactas, enquanto que, agora, sentado em sua poltrona no avião, afundado ali, olhou novamente para as pernas e era como se não estivesse mais nelas, ele as sentiu ocas –

quando conseguiria movê-las outra vez? Olhou para o lado, as pernas de Teresa. Como fazer com que ela mova as dela se não consigo mover as minhas?
    Fechou os olhos.
    O deserto de novo. Viu Teresa nele pela primeira vez. Ela caminhava ao redor, volta e meia olhando para ele e abrindo um meio sorriso. Ela caminhava; ele, não. Ela dizia alguma coisa, mas ele não conseguia ouvir, largado no chão, os ouvidos ainda entupidos de areia. Talvez tentasse orientá-lo, talvez desse instruções para que ele fizesse o milagre se repetir. Quando conseguiria mover as pernas novamente? Como conseguira movê-las da outra vez?
    Tentou se concentrar.
    Voltou a pensar em Aureliano e naquele momento que agora se afigurava tão remoto. Arthur nunca foi muito bom em dizer as coisas, mas, com o primo, naquela oportunidade, tinha conseguido expressar o que sentia, discorrer sobre o que acontecera, e foi algo como um prolongamento e um aprofundamento daquelas semanas, séculos antes, em que Aureliano, com os pais momentânea e emocionalmente indisponíveis, tivera de se abrigar em Silvânia e também conseguira falar sobre o que acontecia em casa, com os pais, ou o que imaginava acontecer, porque era impossível saber ao certo, interpretar todos os sinais, todo o não dito, tudo o que escondiam dele, ele é só uma criança, precisamos preservá-lo. Com o primo talvez conseguisse falar sobre Teresa, sobre a perda, a ausência e, quem sabe?, sobre si mesmo, talvez com ele, na companhia dele, o milagre se repetisse e as pernas voltassem à vida.
    Devia ter ligado antes, martelava para si mesmo.
    Devia ter ligado mais.

Na véspera, enquanto falava com ele, quis mais do que nunca estar com Aureliano, os dois sentados (em silêncio, por favor) junto ao leito de Camila, velando o sono dela, cuidando para que nunca se sentisse sozinha ou se sentisse o menos sozinha possível, dadas as circunstâncias (o terrível é estar só) (o terrível é estar só e inerte), os dois sentados em silêncio junto ao leito, mas não era possível, não, era tarde demais (Deus queira que o pior não aconteça) (Deus queira que não seja tarde demais, que nunca seja tarde demais para ela, apesar de tudo) (um dia, depois outro, depois outro), embarcaria com Teresa na manhã seguinte, as malas prontas, as passagens sobre a mesa da cozinha, no mesmo lugar onde, dias antes, deixara os folhetos turísticos para que Teresa os visse e escolhesse um destino, qualquer destino (Dá uma olhada, tá? Deixei aí para você olhar.), coisa que ela fizera, apesar de tudo, apesar de si e dele e de todo o resto, atendera ao pedido, escolhera um lugar, e agora era tarde demais:

— Eu ligo para você de lá.

— Tudo bem. Não esquenta.

— E, assim que voltarmos, visitamos vocês, ok?

Aureliano repetiu que tudo bem, não esquenta, e até assumiu a culpa:

— Você não tinha como adivinhar, primo. Eu é que devia ter ligado, mas os últimos dias foram bem loucos, você nem imagina

(eu imagino, sim),

a Camila aqui nesse estado e tudo, caramba, você não tem noção, a cabeça a mil, um monte de coisa acontecendo no trabalho, toda aquela merda, você sabe

(eu sei?) (o que eu sei?),

um inferno, Arthur

(sim, um inferno) (eu sei),
um verdadeiro inferno.

Um inferno dentro do outro, Arthur repetiu mentalmente, em casa após desligar o telefone e agora, no avião, ao se lembrar.

Não é disso que se trata?

Um inferno dentro do outro. Um inferno, depois outro.

Ele pensou nisso e também que precisava de um tempo, descansar a cabeça, todo mundo precisa de um tempo, todo mundo precisa descansar a porra da cabeça, a cabeça e as pernas (antes de tentar movê-las outra vez) (antes de sair à procura daquele milagre), eu, Teresa, Camila, Aureliano, todo mundo, sem exceção, apagar as luzes, desligar tudo, cessar, extinguir, mas.

Mas como?

2.

Arthur não pensou muito sobre a viagem. Ele não a considerou seriamente em momento algum e sob qualquer aspecto, não procurou entender as razões pelas quais, afinal de contas, atravessariam meio globo para aterrissar em um país com o qual jamais tiveram qualquer ligação – não eram judeus, não eram sequer católicos mais ou menos praticantes, mortos de vontade de conhecer a Terra Santa, e nunca tinham discutido com ninguém ou mesmo entre si sobre o conflito árabe-israelense. Sempre que ouvia o termo *judeus*, o que vinha à cabeça de Arthur eram Woody Allen, o Holocausto e Steven Spielberg, mais ou menos nessa ordem. Para Teresa, não era muito diferente: Allen, Jerry Seinfeld, Philip Roth, o Holocausto, Amós Oz. Fosse pelo turismo puro e simples, tanto ele quanto Teresa poderiam nomear pelo menos uma dúzia de lugares que gostariam de visitar antes de Israel. No entanto, instalados em suas respectivas poltronas, rumavam para o aeroporto Ben Gurion dentro de um avião da El Al.

Por quê?

– Estou feliz por estar aqui com você – ele disse, sem se virar para ela.

Teresa folheava uma revista e demorou um pouco a perceber que havia alguém se dirigindo a ela e que esse alguém era Arthur, seu marido, sentado logo à sua direita. Estavam sozinhos na fileira, ela junto à janela e ele, ao corredor, com uma poltrona vazia entre eles. Como se quisesse preencher o silêncio meio constrangido que se seguiu, ele colocou o livro que segurava na poltrona do meio, ao lado da bolsa de Teresa, e esperou que ela dissesse alguma coisa.

– Desculpa – ela disse, balançando a cabeça como se tivesse acabado de acordar para, em seguida, encará-lo. – Estava meio distraída.

Ele abriu um sorriso pequeno, então desviou os olhos dos dela e os baixou. Quando deu por si, fitava as próprias pernas mais uma vez. As pernas ocas. Inertes.

– Eu também estou feliz por estar aqui com você – ela soltou mecanicamente.

Não parecia feliz. Não parecia sequer estar ali, e muito menos com ele.

Arthur voltou a olhar para a esposa. O sorriso pequeno se mantinha, apesar de tudo. Queria dizer alguma coisa, mas não lhe ocorreu nada.

– Tem uma matéria sobre Israel aqui nessa revista – ela disse.

– Sobre o quê?

– Sobre turismo em Israel.

– O que eles sugerem? – Ele parecia realmente interessado.

– O Mar Vermelho. Parece que é muito bonito por lá.

Ele concordou com a cabeça, convicto, como se conhecesse o lugar, como se tivesse ido mil vezes até lá e soubesse tudo a respeito, onde se hospedar e onde comer, que cuidados tomar, como proceder em caso de problemas, com quem falar, com quem não falar.

Teresa fechou a revista e bocejou. Ficou olhando pela janela, como se fosse possível enxergar alguma coisa lá fora, no escuro.

Foi quando ocorreu a Arthur que não havia, de fato, razão alguma para ir a Israel, assim como não havia razão alguma para *não* ir a Israel e ir a qualquer outro lugar. Eles simplesmente precisavam daquilo (estar ali embarcados), não importando o que acontecesse durante a viagem e, sobretudo, depois. A viagem era a tentativa, era como olhar pela janela do avião àquela hora, olhar como se fosse possível enxergar alguma coisa lá fora, olhar investidos por uma vaga esperança de que era possível, sim, enxergar alguma coisa lá fora, ou olhar exatamente por isso, porque sabiam que não era possível enxergar coisíssima nenhuma.

Eles viajavam para não ficar parados, o mundo correndo sob seus pés, diante dos seus olhos, e, ao mesmo tempo, viajavam para não ver coisa alguma, para simplesmente passar pelos lugares assim, cegos e surdos, antes os lugares passando por eles do que eles passando pelos lugares, de tal maneira que, ao final da viagem, sentissem algum alívio ao voltar para casa ou, melhor ainda, sentissem que a casa estaria retornando para eles.

Era isso, então.

Eles viajavam para sentir saudades de casa, ou melhor, viajavam para, com sorte, em algum momento, quem sabe?, sentir saudades de casa.

Israel, portanto, não tinha absolutamente nada a ver com nada. Podiam estar a caminho da Índia, da Dinamarca ou do Canadá, não importava, a questão era colocar-se em movimento ou colocar o mundo em movimento diante de si e rezar para, quando quer que fosse, ter, sentir a necessidade de voltar.

De fato, olhando pela janela, a despeito do breu lá fora, a despeito de não enxergar coisa alguma, Teresa sentiu, pela

primeira vez em séculos, que estava em movimento, que estava a caminho de algum lugar ou que algum lugar estava a caminho dela, tanto fazia, e não importava qual lugar. Isso pareceu lhe bastar por enquanto, era o bastante para aceitar aquilo, aceitar o fato de estar ali, e ela se virou para Arthur e repetiu o que dissera havia pouco, embora não mais maquinalmente:
– Eu também estou feliz por estar aqui com você.

E, por sua vez, ao ouvi-la dizer isso, ele sentiu que estavam, também pela primeira vez em muito tempo (e ainda que momentaneamente), na mesma página.

– Estamos aqui, não estamos? – disse. – É o que importa. Pelo menos por enquanto, ele pensou (mas não disse) (como poderia dizer uma coisa dessas?).

Minutos depois, Teresa comentou que estava realmente com muito sono e perguntou se podia ajeitar-se usando também a poltrona do meio, apoiando a cabeça no ombro dele e esticando as pernas, um pouco que fosse:

– Não dá pra esticar muito, mas acho que eu consigo dormir assim, meio de lado.

– Consegue?

– Consigo, sim.

Quando já estavam no meio do trajeto e a maioria dos outros passageiros dormia, incluindo Teresa (apagada, desligada, cessada, extinta)(que bom, que bênção), a cabeça apoiada em um travesseiro por sua vez apoiado em seu ombro, Arthur, cansado (mas não a ponto de pegar no sono), ligou a pequena televisão afixada nas costas da poltrona à frente, colocou o fone de ouvido e procurou alguma coisa para assistir. Em geral, pensou no momento em que as imagens começaram a se movimentar diante de seus olhos, é o que fazemos quando estamos cansados, não?, ligamos a televisão como quem desliga o resto, supondo que isso (desligar o resto) (desligar-se do resto) seja possível. Claro que não é, mas fingimos que sim. E às vezes fingimos tão bem que.

Bem. Não importa.

As opções não eram lá muito animadoras. Dentre os filmes disponíveis, apenas dois pareciam bons. Havia um terceiro, mas ele já o tinha visto no cinema, semanas antes, Teresa também ressonando ao seu lado e ele feliz mesmo assim, feliz por ter conseguido tirá-la de casa depois de muito tempo, vamos ver um filme, não custa nada, você não pode ficar trancada aqui dentro, você não pode ficar trancada para sempre, precisa sair um pouco, eu preciso que você saia, eu preciso que você saia comigo, eu preciso de você comigo, e ela, dopada, caindo no sono antes mesmo que o filme começasse, a cabeça apoiada no ombro dele e a respiração contrastando com todo o resto, com toda ela, porque tão leve.

Afundado na poltrona, Teresa apoiada em seu ombro, quieta, respirando tão levemente quanto naquela ocasião, semanas antes, Arthur assistiu a ambos os filmes. Gostou do primeiro, mas detestou tanto o segundo que não se animou a encarar um terceiro, qualquer que fosse. Desligou o pequeno monitor e, tomando cuidado para não acordá-la, impressionado porque ela não se mexera uma vez sequer durante todo aquele tempo, tirou os fones de ouvido.

Não havia muito mais o que fazer por ali. Tinha a impressão de que era a única pessoa acordada em todo o avião. Eventualmente, via alguém se levantar para ir ao banheiro ou esticar as pernas, mas os movimentos eram tão pesados que pareciam os de um sonâmbulo ou de um zumbi.

Teresa permanecia imóvel.

Ele pensou em Camila largada em uma cama de hospital. Mexa-se, por favor. Um pouco que seja. Mexa-se, vamos. Por favor. Não você, Teresa. Respire, sim, mas não se mexa.

Fechou os olhos, torcendo para que ela não sonhasse com o pequeno, para que ela não sonhasse com nada, para que o sono dela fosse vazio feito a noite lá fora, vazio e escuro e sem fim.

De olhos fechados, ele procurou se lembrar do que entreouvira no decorrer do voo e percebeu ter compreendido apenas uma palavra: *Yeruschalayim*.

Sim, claro: Jerusalém.

Ele repetiu a palavra num sussurro, os lábios tocando em alguns fios de cabelo de Teresa, como se compartilhasse um segredo com ela ou com eles, com os próprios fios, um segredo que não teria coragem de compartilhar acaso estivesse desperta, você precisa ouvir isso, desde que não acorde, desde que continue dormindo, você precisa ouvir:

– *Yeruschalayim*.

A palavra preenchia a boca e então deslizava para fora, rascante e depois macia. Começava forte para terminar exigindo um sussurro.

E a cidade?

A cidade seria assim, também, apesar de tudo?

Apesar de si mesma?

Apesar do que nela acontecia desde sempre e que continuaria a acontecer até o fim dos tempos e, quem sabe, depois?

Depois do fim?

A cidade também preencheria (o quê? o que havia para ser preenchido?) para então deslizar para fora, rascante e depois macia?

Deslizar para fora, em direção ao outro.

Mas onde encontrar o outro?

O outro nunca está onde a gente espera que ele esteja. O outro não pode ser encontrado. E, às vezes (Teresa?), o outro simplesmente não quer ser encontrado.

Repetiu a palavra, Teresa ressonando ao lado, depois pensou de novo no deserto e adormeceu, afinal.

3.
Arthur ouviu a palavra *sharav* de um dos hóspedes do hostel. Um uruguaio que se dividia entre Montevidéu e Jerusalém porque muitos anos antes se casara com uma israelense, tivera uma filha com ela e, após o divórcio, voltara para o Uruguai. Visitava a filha, agora uma moça de 19 anos, a cada quatro meses. Eles o conheceram na cozinha, Arthur folheando um guia turístico de Israel comprado ao acaso em uma livraria em Cumbica e Teresa assistindo a um telejornal da BBC World News que repercutia um discurso feito por Barack Obama na Universidade do Cairo, naquele mesmo dia, quando Arthur levantou a cabeça e se dirigiu ao uruguaio perguntando, em inglês, como chegar a Massada.

O uruguaio estava sozinho a uma outra mesa e, àquela hora, sete e pouco da noite, eles eram as únicas pessoas na cozinha do lugar. Era grisalho, baixinho e gorducho, o tio bonachão de alguém, vestido com uma camiseta que tinha o rosto e o nome de Macy Gray estampados na frente e atrás, respectivamente. Comia uvas.

Em espanhol, perguntou se eles eram brasileiros e, antes que pudessem responder, disse que o português era uma língua bonita, mais doce do que o espanhol. Já o hebraico, continuou, não. Disse apenas isso sobre o hebraico: não. Depois, sempre em espanhol, explicou que bastava eles irem até a rodoviária, procurar pelo guichê e comprar as passagens, o que seria bem melhor do que ir numa dessas excursões. Vocês sabem como chegar à rodoviária? É perto. Sigam aqui pela Jaffa, mas não como se fossem para a Cidade Velha, não, na direção contrária, compreende? A rodoviária é um prédio grande, com um relógio enorme na frente. Mas, pensando bem, com esse calor, não sei, acho que não faz bem ir a pé. Seria um bom passeio, levariam uns vinte, 25 minutos, passariam pelo *shuk*. Um bom passeio. Eu acho. Sou suspeito para falar, gosto demais de Jerusalém. Mas está quente demais para ir caminhando. É o *sharav*.

Arthur não sabia se *sharav* era uma palavra hebraica, árabe ou o quê.

O vento que vem do deserto e estaciona sobre Jerusalém, instalando o calor – foi o que disse o uruguaio depois que ele perguntou. Em seguida, respondendo a uma outra pergunta, agora de Teresa, explicou que *shuk* era um mercado, uma espécie de feira livre. Ela perguntou se *shuk* era uma palavra hebraica. Ele limitou-se a responder que não, *shuk* não era uma palavra hebraica.

– *Sharav* – Arthur repetiu com um sorriso aéreo, procurando memorizar a palavra.

O uruguaio sorriu para ele. Depois continuou a explicar, dizendo que eles podiam pegar um táxi. Peçam ao taxista: *central bus station*. Não, melhor do que isso, digam *tachana merkazit*. É a mesma coisa. Estação rodoviária central. Melhor ainda, vocês podem pegar um ônibus, qualquer um que suba a Jaffa. Em dez minutos estarão lá. A não ser que estejam levando muita bagagem. Já perceberam como todo mundo carrega malas por aqui? Digo, nas ruas mesmo. Gente carregando mochilas ou arrastando malas com rodinhas em toda parte, como se estivessem prontos para fugir. Fugir a qualquer momento, sabe lá D'us para onde. Uvas? Aceitam? Estão muito boas, muito boas mesmo. Comprei no *shuk* da Cidade Velha. Já foram lá? Tem que tomar cuidado. Esses árabes, não? Quando forem ao quarteirão árabe, é bom andar com um olho bem aberto no meio da nuca. Eles são muito folgados. Muito folgados.

Teresa ficou visivelmente incomodada com esse último comentário, mas não disse nada. A mecânica daquela coisa, as engrenagens enferrujadas. Aquilo tudo era muito cansativo. Essa *coisa*. Essas ideias e também o contrário delas. Se alguém lhe perguntasse quem estava com a razão, ela diria que. Não. Ninguém lhe perguntaria uma coisa dessas. Acaso perguntassem, ela daria de ombros. Não há nada que se possa fazer, certo? Ontem, hoje, amanhã. Mais do mesmo. Sangue chamando sangue. E vocês querem que eu me ajoelhe aqui? Terra Santa, dizem. Talvez porque tantas e tantas vezes coberta e recoberta de sangue. O sangue santifica a terra?

– *Sharav* – Arthur voltou a repetir meia hora depois, olhando para o ventilador, que girava no teto do quarto.

Era a terceira noite deles ali. Fazia muito calor.

– Você gostou mesmo dessa palavrinha – disse Teresa.

Ela estava sentada na beira da cama, as costas nuas viradas para ele. Lixava as unhas.

– Não é isso – ele retrucou.

– O que é, então?

Não houve resposta. Ele não sabia o que era.

Ela se levantou, vestiu uma camiseta branca e uma bermuda, calçou um par de sandálias e depois olhou para Arthur como se dissesse: vamos? Tinham combinado tomar umas *cervezas* com o uruguaio. Ele disse conhecer um pub excelente por ali, a cinco minutos do hostel. Ficaram de se reencontrar na recepção.

– Qual é mesmo o nome dele? – Arthur perguntou.

– Ele não disse, disse?

Não, ele não dissera. O tio bonachão de alguém.

O lugar em que se hospedaram ficava na rua Jaffa, a poucos metros do calçadão da Ben Yehuda, e se chamava justamente Jerusalem Hostel. Estavam no coração da parte judia da cidade, a Jerusalém Ocidental. Além dos dormitórios com beliches para até oito pessoas, o hostel oferecia quartos individuais ou para casais a preços razoáveis. A Jaffa e a Ben Yehuda estavam sempre apinhadas de gente, exceto aos shabats, e a barulheira era incrementada pelas obras do metrô de superfície, o asfalto eviscerado como se os trilhos brotassem do chão assim, naturalmente.

Nas duas primeiras noites, só conseguiram pegar no sono depois de beber algumas cervejas, e foi caminhando pelas redondezas que encontraram uma viela repleta de pubs. Optaram por um chamado Stardust, menor e menos cheio que os outros pelos quais passaram. As paredes forradas com cartazes de musicais dos anos 1960 e 1970 e também com fotografias antigas de pessoas que não reconheceram. Ziggy Stardust ao lado de um senhor de pernas para o ar, a palma das mãos e o topo da cabeça tocando as areias do que parecia ser uma praia mediterrânea qualquer. Acharam engraçado. Não reconheceram a figura e perguntaram ao barman. Era David Ben Gurion. Arthur pensou nas vezes em que ouvira falar em Ben Gurion, na escola ou em documentários televisivos. Havia sempre aquela ambivalência no modo como abordavam o movimento sionista e a criação do Estado de Israel, ambivalência que não raro resultava em oposição pura e simples e, no extremo, em antissemitismo. Ficou olhando para a fotografia: um senhor de idade de pernas para o ar. A imagem de um homem realizado? O que me resta agora que está feito? O que me resta além de lançar as pernas para o alto, o Mediterrâneo como testemunha? Impossível olhar para a fotografia e não sorrir; Arthur sorriu.

No dia em que aterrissaram em Tel Aviv, depois de um interrogatório no aeroporto, receberam os vistos e rumaram para Jerusalém. Sonolento, Arthur viu através da janela do *monit sherut* uma cidade limpa, esvaziada (era tarde), em que avenidas largas davam lugar a ruas estreitas à medida que o motorista manobrava para deixar os diversos passageiros, as construções iguais constituídas pelos mesmos grandes blocos creme-cromáticos; não parecia real, ou talvez fossem o sono e o cansaço, as coisas como que descoladas umas das outras, os prédios descolados do chão, o próprio asfalto das ruas descolado do chão, a cidade descolada do mundo – tudo separado do resto, atirado ao vazio da mesma forma como Ben Gurion fizera com suas pernas ao posar para aquela fotografia. Arthur fechou os olhos por um instante, pensando que, talvez, nada definisse melhor Jerusalém do que essa ideia ou imagem de uma cidade-bolha flutuando indefinidamente, perdida numa espécie de vácuo a-histórico fadado a eternas e, desgraçadamente, nunca monótonas – porque sangrentas, caóticas – repetições.

Chegaram exaustos ao hostel e, depois de fazer o check-in e acomodar as bagagens no quarto, só tiveram forças para atravessar a Jaffa, comer um sanduíche no Burger King e beber algumas cervejas sentados a uma mesa no calçadão da Ben Yehuda. Teresa quis comer um falafel, mas Arthur alegou que era melhor não comer nada de muito diferente naquela primeira noite. De volta ao quarto, fecharam as cortinas, ligaram o ventilador e dormiram inteiramente vestidos, como se talvez precisassem fugir dali a qualquer momento, no meio da noite.

Não houve necessidade, claro.

Acordaram cedo, o barulho do trânsito e das obras, e resolveram que o primeiro lugar a visitar seria a Cidade Velha. Estavam a um quilômetro do Portão Jaffa.

Caminhando pela calçada, esbarrando em soldados, turistas, judeus e judias ultraortodoxos, *haredim*, e crianças em meio à poeira levantada pelos operários, ele perguntou o que ela estava achando. Teresa não respondeu de imediato. Minutos depois, sentados a uma mesa do Café Aroma naquela mesma calçada, ela se limitou a dizer:

– Jerusalém é branca.

Ele pediu um café americano e ela, um suco de cenoura. Estavam ainda um pouco enjoados pela longa viagem, pelo interrogatório no aeroporto, pela *junk food* da noite anterior, e não comeram nada. Teresa olhava ao redor com curiosidade. Via algumas mulheres empurrando carrinhos de bebês, rodeadas por outros dois ou três filhos e com a cabeça coberta por chapéus, lenços ou mesmo perucas.

– Não sentem calor? – perguntou depois de ver um *haredi* atravessando a rua, todo vestido de preto, casaco longo e chapéu.

– Devem estar acostumados. – Ele sorriu. – Sei lá.

Ficaram a manhã inteira e um bom pedaço da tarde passeando pela Cidade Velha.

No meio da Via Dolorosa, um turista norte-americano carregava uma cruz enorme nas costas, enquanto sua mulher registrava tudo com uma câmera digital. Não havia, entretanto, qualquer gravidade na cena: o sujeito e a esposa enfrentavam aquele arremedo de via-crúcis com uma animação que beirava a histeria, rindo e gracejando enquanto abriam caminho viela adentro. Ele usava uma camisa dos Tennessee Titans. Teresa pensou o óbvio: Disneylândia.

Seguiram o fluxo e desembocaram no Santo Sepulcro. Ali, o espetáculo não era muito diferente: pessoas ajoelhadas e beijando uma pedra logo na entrada, rezando em voz alta pelos cantos ou se amontoando para filmar e fotografar cada detalhe do lugar que Teresa logo classificou de si para si como uma espécie muito particular – e evidentemente deiforme – de bat-caverna.

Depois de dar uma volta enquanto Arthur esperava do lado de fora, sentado em uma escada junto de outros tantos turistas, Teresa saiu, entediada, e disse, dando as costas para a entrada do lugar:

– Deve ter um McDonald's ou coisa parecida por aqui, não?

Encontraram um Burgers Bar no quarteirão judaico, menos cheio que os demais lugares pelos quais passaram, os quarteirões árabe e cristão. Uma família de turistas comia batatas fritas a uma mesa, pai, mãe e um casal de filhos adolescentes. Conversavam tranquilamente.

– Do que será que estão falando? – Teresa perguntou, mais como se falasse sozinha.

– Não sei nem em que língua estão conversando.

– Acho que é sueco ou coisa parecida.

– Talvez tenham visto aquele americano imbecil. Talvez estejam falando dele.

– Que americano imbecil?

– Aquele carregando a cruz.

– Isso deve ser bem comum.

– Americanos imbecis?

– Pessoas carregando cruzes pela Via Dolorosa. Pagando promessas e tal. Há quem venha só para isso, não?

– Ah, Arthur, faça-me o favor. Aquele cara não estava pagando porcaria de promessa nenhuma. Ele estava era rindo e se divertindo. Ele e a mulher dele. A mulher dele com aquela maldita câmera. Vai rolar uma merda de um churrasco em Nashville e eles vão mostrar as imagens pros vizinhos e todo mundo vai se divertir à beça. Todo mundo vai querer vir pra Jerusalém.

– Talvez ele estivesse rindo, sei lá... talvez estivesse nervoso ou...

– Não, meu anjo, eles estavam se divertindo. Eles estavam se divertindo *loucamente*. O sujeito com uma cruz nas costas, a esposa dele gravando tudo. Pura diversão. Eu vi, você viu. *That's entertainment.*

– Não sei – ele suspirou. Não queria discutir. Encolheu os ombros. – Tanto faz.

Pediram uma porção de batatas fritas e dois sanduíches com bastante frango e salada e molho picante. Eram duas da tarde e o movimento lá fora rareava, talvez por causa do calor. Eles tinham percorrido boa parte da Via Dolorosa e, antes, circulado pelas imediações do Muro das Lamentações.

– A verdade – disse Teresa, mastigando – é que a gente não sabe fazer turismo. Não como o lugar exige, pelo menos.

Ela brincava com as batatas fritas que restavam na bandeja e ele observava as mãos dela emporcalhadas de sal e ketchup.

– O que você quer dizer com isso?

– Sei lá. A gente anda por aí sem muito critério, não tem uma ligação verdadeira com nenhuma dessas... *coisas*. Nada interessa muito, assim, pra valer, de verdade. A gente só faz andar por aí, alheio a tudo.

Arthur encolheu os ombros.

– Não sei você – disse –, mas eu atravessei meio globo para espairecer.

– Ok. Certo. Mas... não sei. O Santo Sepulcro, por exemplo. Aquilo não significa absolutamente nada para mim. Nenhum valor histórico, afetivo, simbólico, religioso, nada. Fiquei olhando a velharada se abaixar e beijar aquela pedra enorme e feia e não senti porra nenhuma. Você nem quis entrar lá e ver como era.

– Aquela pedra, acho que foi onde colocaram Jesus para ungir o corpo dele ou coisa parecida, não foi?

– Que seja. Não me importo. Não me interessa. Não quero saber. E a Via Dolorosa, caramba, a Via Dolorosa nem é a Via Dolorosa de verdade, o percurso que ele fez com a cruz até o Gólgota foi outro. E todo mundo sabe disso. Não sabe?

– Todo mundo que vê o History Channel. – Ele sorriu.

– Todo mundo que vê o History Channel – ela repetiu, mas sem esboçar o menor sorriso. Levou um punhado de batatas fritas à boca e mastigou lentamente, sem muita vontade de engolir, mastigou e mastigou e talvez as cuspisse de volta na bandeja quando se cansasse. Mas engoliu, eventualmente.

– Tem outros lugares que a gente pode visitar – disse Arthur. Ela continuou calada. Ele prosseguiu: – Ir e voltar no mesmo dia. A gente não precisa ficar preso aqui em Jerusalém. A gente pode ir a Tel Aviv, pode ir a Massada, pode ir até o Mar Morto.

Outro punhado de batatas. Olhava para a família na mesa vizinha.

– É. – A boca cheia, mastigando. – O Mar Morto.

4.

O uruguaio esperava por eles conforme o combinado. Usava a mesma camiseta com Macy Gray estampada, mas vestira por cima uma camisa axadrezada de flanela, que mantinha desabotoada. Arthur não tinha percebido antes, mas a calça dele exibia rasgos vistosos na altura dos joelhos e nas barras. Um grunge balofo de 50 anos de idade sorrindo para eles ao dizer, em espanhol, que conhecia um pub tranquilo ali perto.

– A gente bebeu umas cervejas ontem – disse Arthur, em português, estabelecendo informalmente que eles se comunicariam assim, o uruguaio com seu espanhol e ele e Teresa em português. – Um lugar aqui pertinho chamado Stardust.

O uruguaio gargalhou: era o lugar que frequentava.

A calçada estava apinhada. A língua que mais se ouvia era o inglês. Depois que saíram da Jaffa e desceram por uma ruela, contornando por trás a via onde se concentravam os pubs, Teresa sentiu-se desprender de uma bolha e adentrando outra. Jerusalém, ela pensou, lembrando-se de algo que Arthur lhe dissera, uma bolha, depois outra, depois outra, depois outra. O que aconteceria se as bolhas se misturassem ou se confundissem? São Paulo aconteceria? Brasília? Rio de Janeiro? Qual dos mundos era o pior? Seria mesmo possível compará-los? Em Jerusalém, ela pensou (ou percebeu, ou pressentiu), salta-se de uma bolha para outra, quando é possível, e nem sempre é (não parece ser, pelo menos). Naquela noite, foi. Desprenderam-se da bolha superpovoada dos turistas, mais externa e, portanto, rarefeita, para adentrar outra, menor, menos evidente. Teresa gostou disso. O uruguaio comentou que, na tarde seguinte, estaria mais calmo por causa do shabat, quando a cidade pareceria adormecer. Quem quiser agitação, ele disse, vai para Tel Aviv ou Eilat ou mesmo para a Jordânia.

    Passaram por uma danceteria, depois por um pub que servia pipoca como tira-gosto. Pessoas fumavam narguilé e bebiam chope e riam e conversavam alto. O uruguaio não parava de falar, mas Teresa já não prestava muita atenção. Falava interminavelmente sobre como Jerusalém tinha mudado desde que voltara para Montevidéu. Logo depois, estavam sentados a uma mesa na calçada do Stardust e bebiam cerveja. A ruela era na verdade um calçadão. Cada pub ou boate tinha, à entrada, um segurança sentado em um tamborete a fim de checar as mochilas de quem chegava. O uruguaio não soube dizer quando acontecera o último atentado a bomba na cidade. Falou sobre como um palestino, usando um trator, atropelou e matou alguns pedestres, e de um outro que entrou atirando em uma *yeshivá*. Perguntou a Arthur se ele sabia o que era uma *yeshivá*. Arthur balançou a cabeça, sim, sim, mas estava claro que não tinha a menor ideia do que seria aquilo. Teresa e o uruguaio riram dele. Depois, o uruguaio disse que não enxergava a menor possibilidade de paz na região, acontecesse o que acontecesse, criassem ou não um Estado Palestino. Os dois homens continuaram falando sobre a geopolítica local e depois sobre seus respectivos países e Teresa se desligou completamente da conversa. Enquanto eles bebiam Goldstar, ela investia em meio litro de Paulaner acondicionado em uma tulipa enormemente fina e saboreava o gosto do trigo, quase bochechando antes de engolir. Como sempre, olhava ao redor, mas sem curiosidade.

Gente jovem circulando. Duas garotas muito novas passaram papeando em português. Viu dois *haredim*, rapazes ainda, extremamente bêbados, descendo a rua e pensou: menos mal. Sorriu ao vê-los cambalear e desaparecer na pequena multidão de pessoas que iam ou vinham, perfeitamente integrados a ela. No Brasil, pensou, as bolhas se misturam, mas não as pessoas, quase nunca as pessoas (exceto para o mal). No Brasil, todo crime é um crime de ódio. Estranhamente, sentiu saudades. Como Arthur se recusara a dizer quando voltariam ao Brasil (Quero evitar qualquer tipo de ansiedade da sua parte, dissera, como se isso (não dizer) não causasse uma ansiedade ainda maior), ficou pensando se, com o passar dos dias, abandonaria aos poucos os trejeitos de turista para adquirir algo da cor e da forma locais. Uma enorme pedra branca: é nisso que vou me transformar. Uma enorme pedra branca de algum prédio ou muro hierosolimita. Compondo a paisagem. Inindentificável. Desnomeada.

Branca.

Defronte ao Stardust, havia uma boate chamada Metropolin. Pouco movimentada àquela hora. Uma loura bastante jovem, braços e pernas de fora, conversava animadamente com o jovem segurança que estava à porta, sentado em um tamborete como os demais. Falavam uma língua que Teresa não sabia qual era, embora tivesse certeza de que não era hebraico. Não era rascante como o hebraico. Não era arenosa, seca. Exibia um outro tipo de rispidez. Ficou ouvindo até lhe ocorrer que era russo.

– Dizem que eles vieram aos montes – Arthur disse ao perceber para onde ela olhava.

– Eles quem? – Teresa perguntou.

– Os russos. Mais de um milhão depois que a coisa toda lá deles foi pelos ares. Estão em toda parte.

Teresa olhou para o uruguaio, a expressão no rosto dele denunciando o que achava daquela invasão russa, e pensou em um certo tipo de paulistano maldizendo os migrantes nordestinos. Os "russos", os "paraíbas". Mas, no fim das contas, e por vias tortas, ela também pensou que o uruguaio estava certo em relação a uma coisa: a paz era uma impossibilidade, ali ou em qualquer outro lugar. E não lhe ocorreu sentir tristeza ao pensar nisso; por um instante, foi como se estivesse um passo além de tudo o que existia, incluindo a morte (do filho, dela própria, de todo mundo, de todo o resto).

Nada importava.

Sorriu interiormente e continuou saboreando a cerveja de trigo, um gole após o outro.

Quando o uruguaio desandou a falar da filha, que nunca a deixaria andar feito aquelas russas, com roupas daquele tipo, tornou a se desligar da conversa e se fixou no que a moça loura, esfuziante em sua alegre vulgaridade, uma alegria obviamente estranhíssima, mesmo alienígena, para alguém nascido e criado em Montevidéu e que depois emigraria e constituiria família em Israel (e a camiseta com Macy Gray estampada e os jeans rasgados apenas sublinhavam isso), dizia para o segurança a fim de convencê-lo (Teresa imaginou) a deixá-la entrar. Pouco depois, quando ele sorriu e abriu passagem e a moça desapareceu porta adentro no que parecia ser um longo túnel vermelho-enfumaçado, Teresa quase se levantou para agradecê-lo com um beijo no rosto e um meio abraço. Sentia que, a exemplo da russa, também devia ter desaparecido em um longo túnel vermelho-enfumaçado quando tinha seus 16 ou 17 anos. Não saberia dizer se isso a livraria da dor futura, agora presente, mas por certo seria uma viagem bem menos clara e muito mais curta e, portanto, confortável do que essa em que se metera com

Arthur: não enxergar um palmo à frente do nariz e se embriagar com isso e por isso e a partir disso. Deus abençoe os russos, pensou, aqui, ali, em qualquer outro lugar (inclusive na Rússia, esteja onde estiver).

Quando resolveram voltar para o hostel, o uruguaio disse que ia ficar mais um pouco e tratou de repetir todas as instruções que dera mais cedo, quando se conheceram na cozinha, sobre como chegar à rodoviária e comprar as passagens para Massada, e sobre como o Mar Morto visto lá de cima era lindo, belíssimo. Os olhos do uruguaio brilhavam e Teresa teve medo de que ele quisesse se juntar a eles quando fossem. Mas Arthur se despediu rapidamente, agradecendo por tudo, assim mesmo,

– Obrigado por tudo –,

e logo eles caminhavam de braços dados pela Jaffa, àquela hora um pouco menos movimentada, e se sentiam quase felizes.

– Você parece bem – disse Arthur.
– Deus abençoe os russos. – Ela sorriu.
– A cerveja que você bebeu era alemã.
– Você não entendeu nada. – Ela continuava sorrindo.
– Normal.

Uma vez trancados no quarto, semi-iluminados pela luz da rua que vazava através das cortinas, ela se sentou nua sobre o rosto dele e foi de encontro àquele momento não vivido, vermelho-enfumaçado, de uma adolescência que não tivera. Ele procurou ajudar como pôde, reconhecendo e desconhecendo aquele ser que parecia se arvorar desde a sua boca até quase chegar ao teto, a cabeça atirada para trás enquanto se movimentava, as mãos eventualmente lhe tapando os olhos como se procurassem por algo em que se segurar, ou como se ao mesmo tempo ela quisesse e não quisesse ser vista, perscrutada e afinal encontrada.

Na manhã seguinte, ele sugeriu que adiassem a viagem para Massada e aproveitassem a calmaria do shabat. Almoçaram em um pequeno restaurante na Agripas, próximo do *shuk*. Como sempre, o shabat teria início ao pôr do sol daquela sexta-feira. A cidade inteira parecia se movimentar para que tudo estivesse pronto quando chegasse a hora. Arthur reconheceu uma energia similar à dos preparativos de um feriado muito aguardado, embora não houvesse nada de especial em relação àquele dia, um shabat como qualquer outro. Almoçaram, depois cruzaram com dificuldade o *shuk* superlotado e desembocaram na Jaffa. Deram-se as mãos. Trancados no quarto do hostel, foderam pela tarde adentro, enquanto o burburinho da cidade diminuía paulatinamente. Aos poucos, como se espelhassem a própria Jerusalém, os corpos foram se acalmando. Por fim, adormeceram. Sábado de manhã, passearam sem rumo pela cidade, um pouco à procura de um lugar onde pudessem almoçar e um muito pelo prazer de usufruir da placidez que, de fato, instalara-se em tudo. Arthur ponderou que dificilmente encontrariam um restaurante aberto na parte ocidental da cidade e rumaram para o outro lado, contornando as muralhas da Cidade Velha. Próximo a um dos portões, diante de uma rotatória, deram com um restaurante árabe chamado Al Ayed. Mesas na calçada, muita gente circulando, turistas e árabes, o trânsito fluindo normalmente, dia útil. Comeram uma porção de falafels, pediram cervejas e carneiro e mais cervejas. Anoitecia quando deixaram o lugar. O shabat chegava ao fim e o lado ocidental despertava, ruidoso. Ainda beberam algumas cervejas ao balcão do Stardust antes de se arrastar, exaustos, até o hostel.

Sem qualquer motivo aparente, e sem que tivessem combinado, não trocaram uma palavra sequer durante todo o shabat.

Dormiram até o meio-dia de domingo. Almoçaram no mesmo Al Ayed e, à noite, foram à cinemateca para um programa duplo: um documentário de Wim Wenders sobre o estilista japonês Yohji Yamamoto e, em seguida, *O lutador*, com um Mickey Rourke que mais parecia (Arthur depois diria a Teresa) um daqueles enormes pedaços de carne socados por Rocky Balboa quando treinava em um frigorífico no primeiro filme da série. Teresa dormiu durante boa parte da primeira sessão, mas estava acordada quando, no meio da segunda, um senhor se levantou e desandou a berrar coisas em hebraico. Parecia um general enlouquecido que tivesse se voltado contra as suas próprias fileiras, pronto para metralhar tudo o que encontrasse pela frente, inimigos e aliados. Teresa se agarrou ao braço direito de Arthur, fechou os olhos e se abaixou com tamanha violência que o seu movimento seguinte, acaso o fizesse, seria o de se atirar no chão e rolar para debaixo das poltronas.

– Pensei que ele fosse sacar uma arma e atirar em todo mundo – ela disse depois, os dois outra vez sentados ao balcão do Stardust.

– O velho parecia bêbado.

– Louco. Parecia louco, isso sim.

– Mas eu logo saquei que ele não ia atirar em ninguém ou coisa parecida.

– Como?

– Todo mundo ao redor começou a rir.

– Eu não vi isso. – Pensou um pouco, tentou se lembrar. – Não vi nada.

– Acho que ele nem tinha arma.

– Todo mundo tem arma por aqui – Teresa retrucou. Ele a encarou. – Não tem?

O velho se levantou e começou a gritar e os locais riram. Bem no meio da sequência em que Mickey Rourke, dentre outras coisas, é grampeado, tem uma vidraça quebrada nas costas e depois sofre um ataque cardíaco. Uma funcionária da cinemateca foi até o velho e educadamente pediu a ele que se sentasse ou fosse embora. Novamente sentado e quieto, ele não disse mais uma palavra. Ao final da sessão, Teresa nem conseguiu identificá-lo entre as pessoas que deixavam a sala.

– Todo mundo riu, então? – perguntou, ao balcão do Stardust. – Foi muito rápido. Quero dizer, a sensação de que ele ia sacar uma arma e atirar em todo mundo. A sensação que eu tive. Como se eu visse a coisa acontecendo. Como se já estivesse acontecendo na minha cabeça, não sei.

– As pessoas não iriam rir se fosse um atirador – ele insistiu. Sentia-se cansado. Não queria discutir com ela, não queria sequer conversar. Queria ficar ali sentado, quieto. Em silêncio. Bebendo cerveja, beliscando os pretzels. Nulificado. Inexistente. – Ninguém iria rir.

– Um segundo, menos de um segundo. Eu pensei: ok, é agora. Ou talvez eu tenha imaginado depois que pensei isso no momento em que ele se levantou e começou a gritar. Eu não sei.

Arthur sentiu o coração se arrastar até a garganta e se acomodar por ali, bloqueando tudo. Sabia o que estava por vir.

– Será que...

Ele sabia muito bem.

– ... será que ele teve tempo, Arthur?

A voz dela embargada, os olhos fixos na prateleira envidraçada repleta de garrafas. Ele retrucou com alguma rispidez (para se arrepender em seguida):

– Não. Não viu, não sentiu nada. Coisa nenhuma.

Ela prosseguiu, não lhe dera ouvidos:

— Fico sonhando com o Parque da Cidade. Não com o nosso... não com o que aconteceu. Só com o parque, entende? O parque vazio. Completamente vazio. Acho que nunca vi o parque assim. Quero dizer, acordada. Nunca vi ele vazio como vejo nesses meus sonhos. Olhando pela nossa janela. E eu gostava de olhar o parque pela janela. Ainda gosto, apesar de tudo.

Arthur tomou um gole de chope e pediu uma dose de Bushmills.

— Não foi nem um susto. Não foi nada.

Não sabia a que ela se referia agora, e tampouco quis perguntar. Ali sentado, quieto. Bebeu a dose de Bushmills que o barman colocou sobre o balcão e depois outro gole de chope. Em silêncio.

— *Brazilians?* — perguntou o barman.

— *How do you know?*

O barman explicou que tinha namorado uma brasileira há dois verões. Usou essa expressão: há dois verões, *two summers ago*. Contou que a conhecera em Eilat, que ela viera de Porto Alegre e passara três meses em Israel a fim de decidir se fazia ou não *alyiah*.

— *Alyiah?*

O barman sorriu e disse preguiçosamente que, fosse o que fosse *alyiah*, ela decidiu não fazer, voltou para o Brasil *and left me here with a broken heart*.

— *It's a sad story* — disse Arthur.

— *Oh, yeah* — fez o sujeito. Em seguida, sorrindo: — *A fuckin' sad story*.

Teresa se curvou junto ao balcão como se fosse vomitar no chão, entre as próprias pernas. Não foi o caso: apenas chorou. Quieta, sem estardalhaço. O barman fingiu não ver. Arthur pediu mais uma dose de Bushmills e a conta. Quando voltaram para o hostel, sem que ele perguntasse nada, ela sentou-se na cama, tirou os sapatos, respirou fundo e disse estar bem melhor.

– Acho que foi aquele maldito uísque, eu não sei. Qual é mesmo a marca dele?

– Do uísque? Bushmills.

– Não é bom. É?

Ele encolheu os ombros, sentando-se em uma cadeira:

– Não é ruim. Eu acho.

– Não é ruim – ela repetiu.

– Mas você não bebeu dele.

– Não bebi?

– Não.

– Não. – Fez que sim com a cabeça, concordando. – É verdade. Eu não bebi dele.

Ela respirou fundo. Depois, falou sobre o lugar onde ficava a cinemateca. Uma espécie de parque ao redor, lá embaixo, e as muralhas da Cidade Velha adiante, como que suspensas no ar. Iluminadas.

– Deve ser bem bonito durante o dia, o parque.

– Acho que, por aqui, qualquer coisa é bonita durante o dia – ele disse.

– Não sei – ela retrucou. – Também gosto daquelas luzes.

– Que luzes?

– Sobre as muralhas. E atrás delas. Estavam iluminadas. Estava tudo iluminado. Você não viu?

– Vi. Mas o que eu achei mais bacana foi o parque lá embaixo. É mesmo uma espécie de parque, não é?

– Acho que sim. Estava escuro.

– Eu vi umas árvores e um gramado ou coisa parecida. As pessoas devem ir para lá durante o dia. Fazer piquenique. Passear. Crianças, meninos de escola.

Quando ele percebeu o que tinha dito, ela já o fitava com os olhos rasos e um sorriso extravagante, de dor pura, rasurando o rosto. Ele cogitou pedir desculpas, mas de que adiantaria? E pelo quê? Ela respirou fundo, entrecortadamente, como se a passagem de ar fosse impedida segundo sim, segundo não. Não eram soluços, exatamente, e as lágrimas não chegaram a descer: ficaram alojadas nos olhos, confrontadas com uma parede invisível.

– Acho que preciso de um banho – disse.

Não se mexeu, contudo.

Mais tarde, e inesperadamente, ela o procurou e o teve na boca por mais de dez minutos. O quarto escuro. Por um segundo ou menos (sempre por um segundo ou menos, nada se prolongava por mais do que isso), olhos fechados, ela teve a nítida impressão de boquetear o próprio breu, de que era o próprio quarto escuro e abafado que pulsava em sua boca. Quando isso lhe ocorreu, abriu os olhos, deitou-se de costas e o trouxe para cima e para dentro de si, pedindo que, no final:

– Goza fora, na minha barriga.

– Por quê? – ele perguntou.

– Não sei. Quero sentir aqui fora, na barriga.

Fez o que ela pediu. Depois, deitado de bruços, as pernas esticadas até o limite da cama, retomando o fôlego, ficou observando Teresa sentar-se, pegar uma ponta do lençol e limpar a barriga com ela. As cortinas estavam um pouco abertas agora, pelo vento. Uma luz avermelhada envolvia Teresa, o grosso contorno feito com giz de cera.

– Por que não usa uma toalha?

– Porque a toalha não está à mão.

– Eu pego para você. – Fez menção de se levantar.

– Não. Não precisa. Eu decidi que, a partir de agora, só vou usar o que estiver ao meu alcance.

– E o que você vai fazer se não estiver ao seu alcance?

– Vou fazer de conta que não existe. Que não está lá.

– E se você precisar de alguma coisa que não estiver ao seu alcance?

Ela parou de se limpar e olhou para ele por um momento. Quando falou, sua voz soou rouca, arranhada pela lembrança da semiescuridão que reinava no quarto antes de o vento esvoaçar e abrir um pouco as cortinas, a mesma semiescuridão que tivera na boca por mais de dez minutos.

– Por que não cala a porra dessa boca, meu amor? – disse.

5.

O único filho de Arthur e Teresa morreu aos 7 anos de idade, 7 anos incompletos, atropelado por um carro dentro do Parque da Cidade, em uma tarde ensolarada de setembro.

Ele também se chamava Arthur e tinha acabado de descer do ônibus escolar carregando a sua mochila quando aconteceu. Dentro da mochila, havia uma maçã, uma pera, um sanduíche de pão integral com queijo e presunto enrolado em papel-alumínio, uma pequena garrafa térmica com suco de laranja e uma revista em quadrinhos do Batman.

Até poucos meses antes, ele preferia as histórias do Super-Homem, mas naquele momento se sentia mais próximo do tom algo sombrio das aventuras do Homem-Morcego. Ele informara a todos, mas o pai, distraído, continuava lhe dando revistas do Super-Homem. Ele sorria, agradecido, e não dizia nada. Era a mãe quem comprava as revistas certas, sem que o pai soubesse, pois não queriam constrangê-lo ou chateá-lo, que ele continuasse comprando as do Super-Homem. Depois de um tempo, quando já tivessem um bom número de revistas do Super-Homem, o pequeno Arthur e a mãe poderiam ir a um sebo para trocá-las por quantas revistas do Batman ele quisesse – foi o que a mãe lhe disse, que ele não se preocupasse. Ele não estava preocupado.

Setembro em Brasília é um dos períodos mais secos e quentes em todo o ano e, mesmo assim, a escola organizou um piquenique e ele estava com seus colegas, a professora e dois outros funcionários do colégio em pleno Parque da Cidade.

Os adultos tentavam organizar as crianças a fim de que elas não ficassem no asfalto, ao lado do ônibus, e prosseguissem caminhando, com tranquilidade e em segurança, até o lugar escolhido para o piquenique, quando Arthur foi atingido por um carro a uma velocidade muito acima do razoável e que por muito pouco, por sorte, não atingiu outras crianças.

Era um Omega de cor branca, brilhoso, rodas novas, inteiro, um enorme adesivo na traseira onde se lia: "Deus é fiel."

O motorista, um homem de 20 e tantos anos com os cabelos cheios de gel penteados para trás, paletó e gravata, demorou um pouco para descer do carro. Suas pernas tremiam enquanto ele se apoiava na porta recém-aberta para, em seguida, levar as duas mãos à cabeça, o gesto habitual de quem não acredita no que está acontecendo.

O pequeno Arthur estava alguns metros adiante.

Como se tivessem combinado, as pessoas, adultos e crianças, não se aproximaram dele de imediato. Houve um momento de silêncio antes que alguém gritasse de horror e outro alguém berrasse por socorro, alguns segundos que pareceram se prolongar infinita e insuportavelmente, como se o fato de permanecerem calados pudesse resultar em um milagre, o silêncio deles fazendo com que Arthur se levantasse ileso, sorrindo, está tudo bem, foi só um susto. Mas, como o corpo permanecesse imóvel, eles não tiveram escolha e correram até ele, berrando.

Minúsculos pedaços de couro e um pequeno mas perfeitamente visível rastro de sangue no asfalto desde o local do impacto até onde se encontrava o corpo, uma trilha que eles poderiam seguir se necessário, se não soubessem ou não quisessem ver onde estava o corpo; uma indicação com traços do próprio garoto, a fim de que não o perdessem, embora, a rigor, já o tivessem perdido.

Depois que os gritos começaram, um passante saltou sobre o motorista e o socou e chutou até ser contido por outras pessoas. O motorista não ofereceu resistência, nem sequer tentou se defender. Levado ao chão, ali permaneceu, espremido entre a porta entreaberta do carro e o banco do motorista, nariz e boca sangrando, olhando mudamente para baixo, para o asfalto, o mesmo asfalto que acolhera tão asperamente o corpo abalroado do garoto.

Quando a polícia chegou, ele murmurava coisas incompreensíveis enquanto era levado para a viatura. Algumas pessoas o xingavam, mas os xingamentos como que o atravessavam ou ricocheteavam e iam se dispersar mais à frente, inócuos.

A professora ligou para a escola e informou a direção sobre o que acontecera. A diretora, então, ligou para Arthur e não entrou em detalhes, até por não saber detalhe algum.

– Seu filho sofreu um acidente. Estamos indo para o hospital Santa Lúcia. O senhor poderia nos encontrar lá?... Não sabemos. Ele está a caminho do hospital.

Ele ligou para Teresa, disse que estava a caminho de casa e que de lá eles iriam para o hospital porque tinha acontecido alguma coisa com o filho deles.

– Eu não sei. Eu sei tanto quanto você. Eu não sei de nada.

Arthur levou menos de vinte minutos para ir do Senado Federal até o prédio onde moravam. Com dificuldade, trêmula, tentando inutilmente falar com algum professor ou funcionário da escola e com o hospital, qualquer pessoa que tivesse informações, ela descera até a calçada e ali se postara à espera de Arthur. Tinha a impressão de que ia urinar nas calças a qualquer momento, e às vezes era como se já sentisse o mijo escorrer pelas pernas.

Não trocaram palavra até o hospital.

No momento em que ela entrou no carro, ele a acariciou no ombro e ela o acariciou no rosto, e isso foi tudo. Ela apalpou as pernas com as duas mãos, como se procurasse por alguma coisa. Ele não perguntou o que ela fazia. Ela sentiu alívio ao constatar que estava seca.

Nada aconteceu, pensou.

Cogitou dizer a ele, nada aconteceu, mas não conseguiu. Porque estavam a caminho do hospital. Óbvio que alguma coisa tinha acontecido, que alguma coisa estava acontecendo. Com o filho deles. Com Arthur. O menor, o pequeno. Então, outra vez, a nítida sensação de que a urina escorria por suas pernas, empapando as roupas e o banco do carro. Encaixou uma das mãos sob a coxa esquerda.

Estou seca, repetia mentalmente, estou seca. Era o melhor que podia fazer.

Estou fazendo o possível.

Em silêncio, começou a rezar.

Encontraram com a professora de Arthur e a diretora da escola na emergência. A professora lhes contou que o menino tinha sido atropelado, um homem, um homem jovem, distinto, ela usou essa palavra para descrever o motorista, "distinto", veio a uma velocidade acima do permitido, e ela usou essa expressão, "acima do permitido", foi o que ela disse:

— Ele veio e pegou o Arthur.

— Como assim? — perguntou Teresa.

— Atropelou — disse a mulher. — Ele veio e atropelou e agora o Arthur está lá dentro com os médicos e eu não sei, nós, eu, não...

Ela não conseguia dizer mais nada. Tinha medo de que a culpassem pelo atropelamento, culpassem a escola. Queria dizer que fora o motorista, ele e somente ele, acelerando onde não devia acelerar, o único culpado, distinto, é verdade, mas assassino, um distinto assassino, quem poderia imaginar?, assassino, era o que as pessoas ao redor diziam enquanto ele era levado para a viatura, assassino, assassino, assassino.

Arthur procurou saber mais, mas todos lhe diziam a mesma coisa, estão fazendo o possível, o senhor precisa se acalmar, assim que tivermos novidades, alguém virá informar o senhor e a sua esposa, por que não senta ali e espera?, toma um pouco d'água, fique com a sua esposa, se acalme.

Não demorou muito, de fato.

Um jovem médico, alguém que a professora achou horrivelmente parecido com o motorista, tão distinto quanto o motorista (mas não comentou isso com ninguém, limitando-se a tapar a boca com uma das mãos e abaixar a cabeça), aproximou-se, tenso. No momento em que parou diante deles, respirou fundo e perguntou quem eram os pais, o mijo de Teresa finalmente escorreu, libérrimo.

6.

Em Jerusalém, no verão, a luz parece vir de todos os lados. Há aquele enorme olho albino eternamente aberto lá em cima e a luz se espalha branca e agressivamente, de tal maneira que todas as outras cores, mesmo as de tons mais escuros, adquirem um quê arenoso, algo desmaiado. E isso talvez se deva também aos olhos de quem erra por ali, sempre meio fechados. Os olhos dela, por exemplo.

Os olhos de Teresa.

Teresa gostava de caminhar pela cidade, a princípio com Arthur, naqueles primeiros dias, e depois sozinha. Às vezes acontecia de interromper o passeio ao se flagrar observando crianças com suas mães. Sentia-se, então, ridícula, como se colocada contra a vontade no meio de uma cena particularmente apelativa de telenovela e só tomasse consciência disso quando fosse tarde demais. Ela não queria tomar parte nesse tipo de coisa. Não queria ver a dor que sentia afigurar-se daquela forma patética.

Ela deixava Arthur cochilando sob o ventilador, que girava lenta e ruidosamente, e saía para caminhar na hora mais quente do dia, e era como se buscasse expiar alguma coisa, jamais saberia exatamente o quê. Colocava um boné onde se lia "IDF", camiseta, bermuda de lycra e tênis, e saía caminhando. Em geral, Arthur ainda cochilava ou tinha acabado de acordar quando ela voltava, uma hora depois ou em menos tempo, quando acontecia de abortar o passeio.

Subia pelo calçadão da Ben Yehuda e dobrava à esquerda na King George e retornava ao se deparar com uma enorme sinagoga. Ao retornar, sentava-se a uma mesa do Coffee Joe, ali mesmo, na King George, e pedia um suco. Não pensava em nada. Era um dos raros momentos em que não pensava em absolutamente nada: ali, sozinha, bebericando um suco, depois de caminhar por 15 ou 20 minutos, sob o olho branco arregalado no céu. Tampouco experimentava qualquer ansiedade. Não queria conhecer museus ou pontos turísticos. Apenas ficar ali, quieta, até o momento em que conseguisse ouvir os próprios cabelos crescendo. Sorria ao pensar nisso. Que som teria? Os cabelos cresceriam até o chão e a prenderiam ali.

Mas ali?

Por que ali?

Por que em Jerusalém?

Por que não em Brasília, naquele Parque da Cidade com que sonhava, completamente vazio?

Talvez no local exato em que.

Era quando se levantava, deixando o dinheiro sobre a mesa, e voltava para o hostel.

Voltava bem mais rapidamente do que fora, em um esforço inútil para esvaziar-se, para alcançar outra vez aquele nada de ansiedade experimentado há pouco, à mesa do Coffee Joe e um pouco antes, também.

Mas era mesmo inútil.

Estava outra vez em si. Vestida e revestida de si, daquele desespero externamente calmo que experimentava desde a perda, tanto que Arthur, acordado ou acordando, reconhecia de imediato aquela que entrava como a sua companheira ensombrecida de todas as horas, de todas as malditas horas desde a perda.

Ela, então, se debruçava à janela enquanto ele tomava banho e se trocava. Ficava observando os operários na Jaffa, o movimento dos turistas, as calçadas sempre abarrotadas. Depois de se trocar, ele a chamava para beber um café no Aroma ou em outro lugar, onde você quiser, não quer fazer nada? Naquela tarde, era o sétimo dia:

– Não quer vir comigo?
– Não. Já caminhei um pouco, você sabe.
– Não estou te chamando para caminhar. Quero tomar um café aqui perto, como é mesmo o nome daquele lugar?
– Aroma?
– Aroma. Não quer ir lá?
– Não. Eu estou bem aqui.
– Tem certeza?
– O sol está muito quente.
– A gente vai pela sombra.
– A gente nunca vai pela sombra.

Ele sentou-se na extremidade da cama e calçou as meias. Antes de colocar os sapatos, olhou para ela, para as costas dela, e perguntou:

– Para que lado você caminha?
– Para cima. Sempre para cima.
– King George?
– Não guardo o nome das ruas, mas acho que é isso, sim. King George.

Calçou os sapatos. Ao amarrá-los, pensou no primo, Aureliano, que o ensinara como fazer, tantos anos atrás, não é difícil, você faz assim, está vendo?, e depois assim, e puxa, viu?, é só isso e pronto, não é complicado. Quem te ensinou a fazer isso? Os olhos tristes de Aureliano, como se fossem escorrer até o chão, deixando dois buracos escuros e fundos no meio da cara. Foi o meu pai, não faz muito tempo. Outro dia mesmo. Meu pai tentou me ensinar, mas acho que eu não tava prestando atenção. Ele sempre diz que eu não presto atenção em nada, que não sabe mais o que fazer comigo. Ele deu o laço no último cadarço com essa frase na cabeça (Não sei o que fazer com você.), depois olhou de novo para Teresa, para as costas de Teresa, pensando se, agora, não seriam os seus olhos que teriam escorrido, não seria ele quem estava com os dois buracos fundos e escuros no meio da cara.

– Bem – suspirou –, vou ali tomar um café e depois me informar sobre os horários de ônibus para Massada. A gente está aqui há uma semana e não viu quase nada.

– Não viu quase nada – ela repetiu, olhando para fora.

– É. Quase nada. Não saiu de Jerusalém.

– Mas a ideia não era ficar quieto?

– Sim.

– Não fazer nada? Não ver nada?

– Sim. Sim.

– Espairecer?

Arthur fechou os olhos e pensou, bem, isso não está funcionando, está?, para em seguida dizer:

– Bem, isso não está funcionando, está?

Não está, ela pensou, claro que não está. Mas e daí? Não queria, realmente não queria discutir a respeito, não queria discutir sobre nada, aquilo ou qualquer outra coisa. A sensação de que não havia o que discutir, ou de que seria inútil, uma perda de tempo, mais um desgaste, e depois o cansaço, a tristeza e o cansaço e.

– Vou demorar um pouco – ele avisou.

– Você vai até a rodoviária?

– Vou. Vou até a *tachana merkazit*. É assim que eles dizem, não é?

– Deve ser. – Ela se lembrou do uruguaio, a forma como ele disse *tachana merkazit*. – Quando é que a gente vai embora?

– Não sei – ele suspirou de novo. Tinha se colocado de pé e ajeitava o relógio de pulso. – Não pensa nisso.

– Sabe, sim.

Aproximou-se dela e a beijou no ombro direito, já se despedindo. Veja, estou saindo. Veja, queria que você viesse comigo. Veja, estou sozinho aqui.

Eu, você, todo mundo.

Teresa não se virou.

– Você está certa. Eu sei, sim. Sei quando a gente vai embora.

Ele deu outro beijo no ombro direito dela e saiu do quarto. Entrou na cozinha, sentia sede. A TV estava ligada, a cena de *O sexto sentido* em que o menino diz que vê gente morta. Mas toda criança vê, pensou Arthur. Ele próprio via. Em algum lugar entre o sono e a vigília, as sombras indefinidas de repente ganhando forma ou sendo arbitrariamente definidas por ele. Pelos seus olhos abertos no escuro. Sorriam aboletadas no guarda-roupa, agachadas como se prestes a dar um bote. Ele esperava ser estraçalhado a qualquer momento. Grudado à cama. Enregelado, aterrorizado. Comentava com a mãe e ela dizia que era porque ele só gostava das brincadeiras mais violentas. Vespertinamente enterrava os soldados mortos nas batalhas matutinas, seus companheiros e também os inimigos. As árvores ao redor balançavam com o vento e suas sombras dançavam e era como se o chão se movesse. O chão frio sob os pés descalços. Música alguma para o serviço fúnebre; apenas o som do vento nas árvores. Imaginava os sons da batalha: entrechoques, urros, corpos sendo rasgados por braços que giravam cegos empunhando espadas. Os olhos arregalados sem enxergar coisa alguma. Arregalados de pavor quando à noite distinguia os mortos aboletados no guarda-roupa. Quando, sim, enxergava alguma coisa terrível que ele tinha plena certeza de que estava ali. Olhando, sorrindo para ele. Prestes a dar o bote. Não me admira, dizia a mãe. Preste atenção no que você faz o dia inteiro. À tarde, depois de guerrear desde cedo, cogitava ajoelhar-se, mas o chão imundo e frio. Então, era a voz da mãe às suas costas, de dentro da casa, gritando por ele. Escurecia, que ele fosse logo tomar banho, jantar, dormir. Lançava então um último olhar ao redor, encaixava a espada de madeira na cintura, por dentro da bermuda e ao longo da perna esquerda, e rumava para dentro da casa tendo plena consciência de que a noite seria interminável.

Lembrou-se de tudo isso encostado na pia, o copo cheio d'água na mão direita. Tomou um gole, derramou o resto dentro da pia, dois terços, um pouco mais. Enxaguou o copo, depositou-o com todo o cuidado sobre o escorredor e saiu.

Teresa continuou debruçada na janela por um bom tempo. A certa altura, viu uma jovem indiana atravessar a Jaffa em direção à Ben Yehuda. Crocs brancos nos pés, macacão azul, os longos cabelos lisos presos, as mãos nos bolsos. Sozinha, sentou-se a uma mesa no calçadão e começou a mexer em um iPhone que tirou de um dos bolsos. Teresa olhou para trás, por sobre os ombros. A cama desfeita, vazia. Não fazia ideia do que era Massada. Ele tentara explicar dias antes, na noite em que saíram para beber com o uruguaio, talvez, ou na seguinte, ou em ambas, mas ela não prestara atenção, não ouvira.

Olhou novamente para fora.

Decidiu ir até a indiana. *Stam*: a gíria em hebraico para designar uma ação impensada, irrefletida, gratuita. Foi ao banheiro, lavou o rosto, ajeitou os cabelos, olhou o próprio reflexo no espelho por um momento, respirou fundo, saiu do banheiro, calçou o par de tênis, saiu do quarto, desceu as escadas, ganhou a rua, atravessou a Jaffa, caminhou em direção à indiana, parou diante dela, perguntou:

– *Can I sit with you?*

Mais tarde, foi jantar com Arthur em um restaurante chamado The Italian Kitchen, na King George, não muito distante da esquina com a Ben Yehuda. Arthur o encontrara por acaso, ao voltar da rodoviária, depois de passar pelo *shuk* e descer a Agripas em lugar de retornar pela Jaffa. Ao chegar à King George, em vez de atravessar e dobrar à esquerda na Ben Yehuda, ele seguira à direita, no mesmo percurso que Teresa fazia em suas caminhadas, mas pela calçada oposta. Quando notou o restaurante, decidiu que comeriam massa mais tarde e se surpreendeu consigo mesmo. Ocorreu-lhe que os papéis estavam se invertendo, que ele vinha agindo como ela costumava agir e vice-versa. Isso não tornava as coisas melhores ou piores, mais fáceis ou mais difíceis. Ele se sentiu instado a se movimentar e ela, a parar. Antes, ela se movimentava pelos dois. Agora, ele se movimentava por ninguém, e a troco de nada.

– A gente vai na segunda-feira logo cedo, então – ele disse. Estavam sentados a uma mesa junto à entrada e o lugar estava vazio, exceto por eles e por uma garçonete. – Como amanhã é shabat outra vez, acho melhor deixarmos para viajar na segunda. A gente acorda cedinho e pega um ônibus para a rodoviária. Que, aliás, não fica tão perto quanto disse o uruguaio. Levei meia hora caminhando até lá e quase me perdi.

– O que foi feito dele?

– Do uruguaio? Eu encontrei com ele hoje cedo e ele disse qualquer coisa sobre ir para Tel Aviv com a filha. Ficou falando como é bom pedalar no calçadão, o Mediterrâneo ali do lado e tal.

A garçonete veio com os pratos. Tinham pedido a mesma coisa: pene ao molho branco. Ele perguntara a Teresa o que ela preferia e ela encolhera os ombros:

– Qualquer coisa.

Ela estava com fome quando deixaram o hostel, foi o que dissera, e de repente não estava mais.

– O que você quiser. Talvez a minha fome volte quando os pratos chegarem.

Não voltou. Comia uns pequenos bocados, os quais mastigava distraída e prolongadamente para, ao final, afogá-los em goles generosos de vinho. Ficou alta bem rápido.

– Conheci uma moça indiana hoje – comentou.

– Onde? No hostel?

Balançou a cabeça negativamente:

– Na rua. Quer dizer, acho que ela está hospedada no hostel, mas eu a conheci na rua. Na Ben Yehuda.

– Quando foi dar a sua caminhada?

– Depois. Depois que você saiu.

– Você saiu outra vez?

– Saí. Eu a vi pela janela e saí.

– Você a viu?

– Atravessando a rua e se sentando bem ali, naquele banco. Eu desci e fui até lá. Puxei conversa.

– Assim, do nada?

– Foi. *Stam*.

Arthur pareceu interessado. Teresa continuou falando. E falava de modo confuso, digressionando sobre algo que chamou de "existência em que a desgraça se inscreve". Ele a interrompeu apenas uma vez, para pontificar que toda existência é desgraçada, que é impossível fugir disso, coisas terríveis acontecem com todo mundo, sem exceção, mas ela não lhe deu atenção e continuou falando e falando, e só depois discorreu, de fato, sobre a moça indiana que conhecera naquela tarde.

– A mãe dela estava *lá*. A mãe dela corria pelas escadas do World Trade Center quando a coisa toda desabou. Ela viu gente saltando. Corpos que despencavam. Ela me contou essas coisas todas assim, do nada, e sem demonstrar qualquer emoção, como se contasse uma história qualquer, uma história que não lhe dissesse respeito, algo distante, algo fora dela. Parecia meio surtada, eu não sei. Ou em transe. Ela disse, o fogo vinha de baixo. Descreveu a mãe correndo pelas escadas, aquele desespero todo. Foi o que ela disse: o fogo vinha de baixo. *O fogo sempre vem de baixo. O fogo de verdade.* Foi o que ela disse, bem assim. E depois ficou se perguntando: como é estar em um prédio atingido por um avião? *Tem o fogo e depois tudo desaba. Foi assim. Entre uma coisa e outra, entre o fogo e o desabamento, um monte de gente que não sabia voar.* Ela disse exatamente isso. Depois, fez uma pausa, pensei que fosse chorar, mas, não, ela continuou como antes, distante, desligada de tudo, dizendo que a mãe estava sentada à mesa quando aconteceu. Eu não sei como ela poderia saber de todos esses detalhes, acho que ela imaginou a maior parte deles. Ou sonhou, não sei.

Sentada ao lado da indiana, ouvindo o que ela contava, completamente alheia à movimentação circundante, como que experimentando em conjunto com a moça aquele surto ou transe ou coisa que o valha.

Ela estava sentada à mesa quando aconteceu. Tenho certeza disso. Eu estive naquele escritório várias e várias vezes. Ela sempre estava sentada à mesa. Várias e várias vezes, ao longo dos anos. Desde pequena. Desde bem pequena. Minha mãe adorava que eu fosse vê-la trabalhar. Adorava que eu ficasse por ali, com ela, depois da escola. Eu fazia o dever de casa enquanto ela ligava para meio mundo, comprava e vendia, informava e se informava. Estava sempre sentada à mesa, ao telefone. Havia a mesa dela, enorme, e uma estante tomando toda uma parede, uma estante cheia de livros e esses eram livros cheios de números, livros e uma televisão sempre ligada em um canal de notícias também cheio de números girando pela tela, a mesa, a estante com os livros e a tevê e, a um canto, dois sofás de três lugares e uma mesinha de centro. Eu chegava da escola e a beijava no rosto, ela sempre estava à mesa, falando ao telefone, eu circundava a mesa e a beijava no rosto e então me sentava em um dos sofás e arrumava alguma coisa para fazer, lia uma revista ou um livro, fazia o dever de casa, qualquer coisa. Eu fazia companhia para ela e ela fazia companhia para mim, duas garotas muito ocupadas com os seus afazeres enquanto o dia se encaminhava para o fim e, então, era permitido que fôssemos para casa. Era o momento em que, pela primeira vez desde que eu tinha chegado, ela desligava o telefone pela última vez e falava comigo, dizia coisas diretamente para mim: Oi, querida, como você está? Desculpa não te dar atenção, mas a mamãe está ocupadíssima. O que você está fazendo? Seu dever de casa? Precisa de ajuda? A gente termina isso em casa. Eu vou ao banheiro e depois estamos livres, sim? Quer fazer alguma coisa? O que você quer jantar? Ela falava assim, num atropelo, como se precisasse colocar para fora de uma só vez todas as coisas que queria ter dito para mim desde quando eu tinha entrado no escritório. A gente comia alguma coisa na rua ou ia direto para casa, era um apartamento enorme, bem perto do parque, sabe? Eu terminava o dever de casa e a gente ficava vendo tevê ou saía para dar uma volta, se não estivesse quente ou frio demais. Eu me lembro de ter visto uma coisa na televisão quando era bem pequena. Era um sujeito que levava um tiro no pescoço e desabava no chão. No pescoço ou na cabeça, não lembro direito. Sei que ele tentava escalar um mastro e colocar ou tirar uma bandeira lá de cima. Havia uma multidão ao redor. No que ele subiu no mastro, alguém atirou. Foi como se o sujeito tivesse sido desligado, sabe? Ele estava lá e de repente não estava mais. Eu era bem pequena quando vi isso e fiquei muito impressionada. Estava lá e de repente não mais. Feito a minha mãe. Ela com certeza estava ao telefone comprando ou vendendo alguma coisa. Era o que ela fazia o dia inteiro, comprava e vendia coisas que nem existem de verdade, e é engraçado que chamem essas coisas que ela vendia e comprava de "papéis". Ela estava ao telefone quando o prédio foi atingido e estava nas escadas quando falei com ela pela última vez, pelo celular. Deve ter parecido um terremoto ou coisa pior. Coisa pior. O que pode ser pior do que um terremoto? As pessoas olhando assustadas ao redor, umas para as outras, como se esperassem que o colega do lado tivesse a resposta, soubesse o que estava acontecendo, acalmasse a todos, tudo vai ficar bem. "Alguma coisa aconteceu."

– Ela sussurrava ao me dizer isso, Arthur. "Alguma coisa aconteceu."

Eu preciso relembrar cada detalhe, cada detalhezinho, por menor que seja, o que ela deve ter feito a cada instante, cada movimento dela,
com que roupa estava?,
o que fazia no momento em que aconteceu?,
falava ao telefone, eu sei, mas com quem?,
no que estava pensando?,
ela se desesperou de imediato?,
a fumaça, o fogo?,
quem foi o primeiro a pular?,
quem foi o último?,
o que foi feito deles?,

o que aconteceu?,
o que aconteceu com o mundo?
— Depois de falar essas coisas todas, ela me olhou como se acordasse e me visse pela primeira vez, e sorriu, um sorriso lindo, muito branco, ela sorriu e disse
que bom, o sharav *está indo embora.*

7.

— Acho que vi meu primo — disse Marcela, depois de colocar as sacolas sobre a pia, jogar a mochila no sofá e dar um beijo na testa de Nathalie.

Elas não tinham muitos móveis ali, e não faria sentido comprar, ficariam em Israel por mais seis meses, um ano no máximo. Havia a cama de casal, uma estante, um sofá de dois lugares, três cadeiras, um forno de micro-ondas, e só. Para escrever, Marcela sentava-se na cama e colocava o notebook sobre uma cadeira. Faziam o mesmo com os pratos na hora de comer. As costas doíam depois de um tempo.

— Meu primo Arthur. Aureliano me falou outro dia que ele está aqui em Israel. Acho que era ele, sim.

O som de uma sirene rua abaixo. Já era shabat. Marcela quase não conseguira pegar o último ônibus na Jaffa. Viviam em uma quitinete no térreo de um prédio na HaPalmach. Aproximou-se da pia e começou a tirar as coisas das sacolas, carne, pães, frutas. Preferia ir sozinha, imergir na cidade, passear por ela sem entender uma palavra sequer. Sua condição de estrangeira levada ao extremo — era o que pensava, pelo menos. No entanto, estando ali, noutro país, acabava vivenciando algo muito parecido com o que sentia em Goiânia ou onde quer que fosse.

— Mas você não falou com ele? — Nathalie estava deitada na cama, a edição em inglês do *Haaretz* aberta, cobrindo boa parte do corpo. Perto de seus pés, estava um exemplar surrado de um livro de Jung.

— Ainda está lendo isso? — Marcela apontou para o livro, jogado aos pés de Nathalie. Encostou-se na pia para ouvir o que ela ia dizer. Antevia diversão.

— Ah, não consigo parar, *neshama sheli*. — Ela se espreguiçou, a sílaba final da última palavra emendando um bocejo.

Neshama sheli? O que era mesmo? Nathalie já tinha lhe dito o quê?, duas vezes. Não, três. Eu é que não vou perguntar de novo. Basta saber que é algo bom e carinhoso.

— Mas o que é que o doutor Jung conta de novo?

— O doutor Jung? — Olhou para o livro no extremo da cama. — Tem o caso de uma mulher, esquizofrênica, coitada, todas aquelas vozes se distribuindo pelo corpo dela.

— Vozes pelo corpo?

— É o que ele diz. Vozes distribuídas pelo corpo dela.

— Durma-se com um barulho desses.

— Ele também diz que identificou uma voz racional em meio à barulheira, voz que ele tratou de aperfeiçoar (é a palavra que ele usa, tenho certeza). Daí que as vozes do lado direito do corpo da mulher sumiram depois de um tempo. Graças ao tratamento dele.

— Ficaram só as vozes... — Marcela não continha o riso. — Ficaram só as vozes do lado esquerdo?

— É o que ele diz.

— Taí um troço perturbador, hein?

— Né? E ainda não acabou.

— Eu sei que não. Mas realmente não quero ouvir o resto.

— A história fica tão legal. Envolve Idade Média, diabo, bruxaria.

— Por que é que você fica lendo isso mesmo?

– Ah, você sabe.
– Eu sei?
– Por nada, ué.
– Nathalie, a Rainha dos Gestos Desmotivados.
– Gratuitos, você quer dizer.
– Gratuitos, você diz que eu quero dizer.
– Amar você é um gesto gratuito?
– Importa que seja um gesto.
– Um gesto na sua direção.
– O que é que *neshama sheli* significa mesmo?
– Já te falei três vezes.
– Três vezes. Sim. Eu sei.
– Escrever é um gesto na direção do outro?
– Não sei. Acho que sim. E tomara que o outro esteja lá. Que haja alguém. Caso não haja, o gesto se esvazia. Não faz sentido. Ele se perde, esfarela.

Nathalie sentou-se na cama e abriu os braços. Marcela abriu um sorriso e foi até ela, sentando-se ao seu lado e a abraçando com força e dizendo baixinho:

– *Neshama sheli*. – Que importava não se lembrar o significado disso? Era uma coisa boa, amorosa. Ponto.

Elas se beijaram e depois se deitaram na cama, abraçadas.

– Viu seu primo onde? No *shuk*?
– Não. Ele estava comendo no Italian Kitchen, na King George. Ele e a mulher dele. Tenho quase certeza de que eram eles.
– Faz quanto tempo que você não vê seu primo?
– Três anos. Ele e a mulher foram ao lançamento do meu livro em Brasília. Achei bacana da parte deles. O menino foi com eles.
– O filho que morreu?

– O filho que morreu. Era um moleque bem tranquilo. É impressão minha ou toda criança que morre é descrita assim? Era tranquilo, calmo e coisa e tal. Mas o filho deles era calminho mesmo. Não ficava correndo pelo lugar, não fazia perguntas demais, não ficou entediado, pedindo pra ir embora, enchendo o saco.

– Nem parecia uma criança, portanto.

Marcela começou a esboçar um sorriso, mas parou no meio do caminho. Ficou olhando para as sandálias, que não tirara ao se deitar na cama. Usava uma camisa da seleção israelense de futebol, branca com detalhes azuis, a gola e as pontas das mangas, e uma bermuda jeans, na verdade uma calça que cortara na altura dos joelhos tão logo o calor se instalara, ainda na primavera.

– Quer voltar lá? – Nathalie sugeriu.

– Onde?

– No restaurante. Talvez eles ainda estejam lá.

– Já é shabat. O lugar fechou. E eu os vi quando estava indo para o *shuk*, umas duas ou três horas atrás.

Nathalie insistiu, mesmo sabendo que Marcela estava certa, o lugar estaria fechado e, mesmo que não estivesse, eles já teriam terminado de almoçar há horas. Mais um gesto gratuito? Só queria sair um pouco, caminhar pela cidade vazia. Ter um propósito, ainda que falho, mas algo a fazer, talvez tornasse a coisa menos gratuita.

Trocou a camisola que ainda usava por um vestido longo, florido, calçou um par de tênis, e pouco depois elas cortavam caminho por entre os prédios até a Tchernichovsky e em seguida subiam pela Derech Gaza até a King George. Levaram uns vinte minutos. As ruas estavam vazias, exceto por um ou outro carro, um ou outro pedestre, e alguma sirene mais ou menos próxima. O restaurante, como já sabiam, estava fechado. Atravessaram a King George, voltaram até a esquina com a Gershon Agron, dobraram à esquerda e chegaram ao parque. Sentaram-se no chão, debaixo de uma árvore, como se o sol ainda queimasse tudo ao redor. Anoitecia. Não haviam dito nada até ali e continuaram em silêncio. Um grupo de soldados passou por elas, vinte ou trinta rapazes mal barbeados, com metralhadoras a tiracolo, conversando fiado e rindo, alguns as encarando e sorrindo, cruzaram o parque e desapareceram.

– Você sabe o nome desse parque? – Marcela perguntou.

– Acho que é o Parque da Independência, mas não tenho certeza. Deixa eu te perguntar, você foi andando do *shuk* até em casa?

– Não. Eu fui caminhando. Voltar, eu voltei de ônibus.

– Entendi.

– Até pensei em voltar caminhando, também, mas, sabe como é, sacolas demais. – Olhou ao redor. – Não tem nada melhor do que caminhar por aqui, tem? Mesmo debaixo daquele sol.

Esperaram que as luzes dos postes acendessem e só então foram para casa. Tomaram banho juntas, transaram e depois ficaram deitadas na cama, no escuro. Não sentiam vontade de fazer mais nada.

– Li seu conto – Nathalie comentou. – Curti.

– Não sei. É complicado escrever sobre o que a gente não conhece e tal.

– Ah, vai, me pareceu crível.

– Essa coisa russa – Marcela suspirou. – O que eu sei?

– Você já mandou pro editor da revista?

– Já. Publicam no mês que vem. Ele também disse que gostou.

– E por que não gostaria?
– Não sei. Essa coisa russa. Não sei.
Permaneceram na cama, abraçadas. Não demoraram a cair no sono. O som de leves batidas à porta foi acordá-las duas horas depois. Elas se vestiram rapidamente, pegando o que estava à mão, Marcela pedindo:
– *Rega, rega.*
Não fazia ideia de quem poderia ser. Talvez alguma colega de trabalho de Nathalie, havia uma finlandesa que fumava haxixe demais e era chegada a visitas intempestivas. A princípio, Marcela não reconheceu o homem de expressão desgastada parado ali no hall mal iluminado. Arthur abriu um sorriso, feliz por revê-la e também por não ter batido à porta errada outra vez.
– O pessoal daqui fica realmente fulo com esse tipo de coisa, não?
– Eles ficam fulos com todo tipo de coisa. – Ela riu.
Ele esquecera o endereço que conseguira com a mãe dela, por e-mail, no hostel, lembrava apenas o nome da rua e três pontos de referência (depois do Museu de Arte Islâmica, antes do café e do supermercado, quitinete no térreo). Batera por engano em duas portas. Aquela seria a última tentativa antes de voltar. Marcela fez com que entrasse e o apresentou a Nathalie antes de acomodá-lo no sofá e perguntar se queria beber alguma coisa, água ou cerveja.
– Água – ele respondeu –, e depois cerveja. Pode ser?
Bebeu a água rapidamente e em seguida bebericou a Tuborg que Marcela lhe estendeu. Contou que iriam a Massada e ao Mar Morto na segunda-feira, apesar do calor.
– Teresa está melhor – disse Arthur, antes que perguntassem. – Preferiu ficar no hostel, não se dispôs a caminhar até

aqui. Mas disse que podemos marcar um café na semana que vem, que tal?

– Acho ótimo. – Marcela sorriu.

– Acho que o almoço não caiu muito bem. A gente jantou ontem e almoçou hoje no mesmo lugar, um restaurante italiano ali na King George.

– Eu sei. Te vi lá hoje. Não parei porque estava com uma pressa tremenda, precisava correr até o *shuk*. Ela parecia bem. Teresa. Acho que ria de alguma coisa. Não sei, passei rapidamente, só parei um pouco quando pensei que era você, mas logo segui em frente. Mas tive essa impressão, de que ela ria de alguma coisa.

Arthur tomou um gole de cerveja e sorriu, balançando a cabeça.

– Eu tinha deixado um garfo cair no chão. Ela ria por causa disso. Acredita? Só por isso. Acho que é um bom sinal.

– Está funcionando, então? – Marcela perguntou. – A viagem, ter vindo até aqui, esses dias longe... longe de tudo.

Arthur encolheu os ombros. Realmente não sabia. O que Teresa responderia? Talvez o que ele disse a seguir:

– A única coisa que eu sei é que não dava mais para ficar lá. A gente precisava sair por um tempo. Só sei disso. – As duas balançavam a cabeça, concordando. Ele emendou: – O que vai acontecer quando a gente voltar, só Deus sabe.

– Mas ela está gostando? – Nathalie perguntou.

– Então – ele suspirou. – Não sei. Desde que perdemos o menino, não sei mais o que se passa com ela, onde está com a cabeça, nada. Não sei mesmo.

Continuaram conversando até bem tarde, o silêncio do shabat mais espesso a cada hora, aconchegados ali, bebendo cervejas, contando histórias e rindo ou silenciando ao final de cada uma delas. Despediu-se de Nathalie com um abraço e Marcela fez questão de mostrar a ele o atalho até a HaRav Herzog.

Os dois saíram pela noite clara, contornaram o prédio e chegaram a uma espécie de área comum entre os edifícios, com uma pequena horta e também um banco. Neste, um homem muito velho estava sentado, assoviando a *Abertura 1812* de Tchaikovski. Acenou com a cabeça quando passaram, e eles acenaram de volta.

— O Aureliano ainda fala daquelas férias que passou em Silvânia com você, quando meus pais se separaram pela primeira vez.

Arthur sorriu. Sim, era uma boa lembrança. Estava sempre por perto.

— Engraçado, porque eu também me lembro muito bem disso, daqueles dias, todos os detalhes, o que a gente fez e conversou.

— A Camila melhorou.

— Mesmo? Que bom.

— Falei ontem com ele, por e-mail. Ela está em casa e parece que o pior já passou. Dessa vez, pelo menos.

Ela o conduziu por becos e ruelas e logo chegaram à HaRav Herzog. Continuaram caminhando lado a lado, rua acima.

— Quando eu voltar, com certeza vou passar por Brasília, visitar o meu irmão e tudo — ela disse quando chegaram à esquina com a Mitudela, parando de repente. — Daí, a gente combina um almoço em família, um troço bem domingo.

Arthur sorriu:

— Bem domingo. Feito.

— Beleza, primo. — Eles se abraçaram. Quando se desvencilharam: — É só seguir reto. A King George fica ali em cima,

daí você dobra à esquerda, passa por aquela sinagoga enorme, pelo Italian Kitchen e chega à Ben Yehuda. Não tem erro.
– Perfeito. Não tem erro.
– Vou sentir falta disso quando voltar pro Brasil. Caminhar numa boa pela cidade, a qualquer hora.
Um carro subiu a rua, vagaroso, o motor ciciando, muito perto de apagar. Esperaram que o carro e depois o som do motor desaparecessem e se despediram com outro abraço.

8.
"Smolenskaia"
Um conto de Marcela A.

Eu fiquei um bom tempo preocupada com o que todo mundo que eu deixei lá em Smolensk podia estar pensando. Eu não queria que eles pensassem que eu vim pra Israel pra virar prostituta. Você anda pelas ruas de Jerusalém e não vê prostitutas. Eu ia morrer de fome se tivesse que ganhar a vida trepando em Jerusalém porque eu nem ia saber por onde começar. Acho que se fosse o caso eu ia ter que mudar de cidade, ir pra Tel Aviv ou pra Eilat. Ou então dar o fora pra Europa. Se é pra virar puta, que seja em Londres. Mas eu não fiz nada disso. Quer dizer, eu não virei puta. Eu não vim pra Israel pra virar puta. E então eu estava bem preocupada com o que todo mundo que eu deixei lá em Smolensk estava pensando porque quando eles se dão ao trabalho de pensar alguma coisa, meu Deus, nunca é uma coisa boa. Pra eles, era muito melhor eu me afogar no Dniepre do que vir pra Jerusalém virar prostituta. E o pior é que eu não estou aqui trepando por dinheiro. Trepar eu trepo por esporte, não por dinheiro – eu sempre dizia isso pro Yehuda e ele se dobrava de tanto rir. Mas o Yehuda sempre deixava algum dinheiro pra mim e então eu me sentia assim meio puta. Acho que ele percebia e dizia eu estou só querendo ajudar, não se sinta mal por isso, ok? Então eu dizia ok e puxava ele pra cima de mim e a gente fazia mais uma vez antes que ele fosse embora correndo porque ele era da *tsavá* e estava sempre atrasado pra salvar o Estado de Israel. Quando eu comprei a papelada dizendo que eu era judia e podia vir pra Israel, o sujeito que vendeu disse que eu podia me dar muito bem por aqui, é uma terra muito boa quando você sabe o que quer. Eu tive que vender tudo o que eu tinha dentro de casa e ainda juntar com a grana que eu recebi quando fui mandada embora da fábrica junto com todo mundo, as meninas todas desesperadas porque perder o trabalho assim de uma hora pra outra, com aquela rússia de crianças que elas tinham e os maridos que elas foram arranjar, não devia ser nada fácil. Eu tive sorte, acho. Digo, de não me casar nem engravidar de ninguém e botar um monte de filhos nesse mundo cinza-escuro, que Deus parece que criou e depois deixou pra lá porque ia ser muito chato fazer o que o padre lá em Smolensk diz que Ele faz, olhar por nós e coisa e tal. Minha mãe e meu padrasto foram lá no apartamentozinho que eu alugava em Smolensk saber o que estava acontecendo. Eu disse estou indo embora pra Israel. Mas você é cristã, minha filha. Eu apontei a papelada em cima da estante, uma das poucas coisas que eu não tinha conseguido vender, e falei ali diz que eu sou judia e que eu posso fazer a tal da *alyiah*. Minha mãe perguntou fazer o que e meu padrasto disse acho que é isso de os judeus irem pra Israel. Eu concordei dizendo é isso mesmo, mãe. Ela então suspirou e disse bem assim desse jeito você vai é virar puta lá.

Quando a mulher veio me dizer que a menina ia embora para Israel, eu confesso que não achei nada demais. O problema é que todo mundo achou. Eu estava sentado na minha poltrona com a edição do dia anterior do *Izvestia* no colo, cantarolando *Ob-la-di, ob-la-da*, e ela irrompeu na sala berrando que a menina ia embora e nós tínhamos que impedi-la. Embora para onde?, eu perguntei. Israel, ela respondeu. Isso não está certo. Se existe uma frase que a mulher gosta de repetir, esta frase é: "Isso não está certo." Ela diz isso o tempo todo e em relação a tudo, desde a medida exagerada de açúcar que eu coloco na minha xícara de café até alguma coisa que os mandachuvas lá em Moscou por acaso estejam fazendo. Eu disse que, se Dúnia queria mesmo ir, não havia muita coisa que a gente pudesse fazer. Ela já tem 24 anos e ainda não se casou. Se surgiu alguma oportunidade, sobretudo agora que a fábrica fechou e ela perdeu o emprego, o que tem a perder? A resposta da mulher foi peremptória: A dignidade, homem. A dignidade. Como assim? O que você acha que uma moça russa sem estudo vai fazer em Israel, homem? Eu encolhi os ombros e respondi: Trabalhar. Ela fez uma careta, como se estivesse levando uma descarga elétrica, e forçou uma risada irônica dizendo: Não seja ingênuo. A mulher sempre espera o pior e foi preciso algum tempo para ela se convencer de que Dúnia não tinha ido para Israel para se prostituir. Acho que, se fosse o caso, eu disse a ela, ela teria ido para a Europa. O que você entende disso? O que todo mundo entende, respondi. E não se falou mais nisso. A palavra "prostituta" só voltaria a ser pronunciada dentro de casa alguns anos depois, quando a menina mais nova engravidou de um mecânico de Mokh-Bogdanovka. E a cena foi praticamente a mesma: eu sentado em minha poltrona com o *Izvestia* do dia anterior no colo, ouvindo "Nowhere Man", quando a mulher irrompeu na sala berrando que Nastenka estava grávida e que isso não estava certo.

Logo que eu saí do centro de absorção e arrumei trabalho como garçonete, eu conheci o Yehuda. Eu bati os olhos nele e vi que ele era casado. Não, ninguém aqui usa aliança, ou quase ninguém, sei lá, foi mais uma coisa de instinto mesmo. Mulher sabe dessas coisas. Mas eu não me importei, não. Ele foi muito gentil comigo. Ele estava sentado a uma mesa e estava todo uniformizado e olhava pra mim. Eu sorri pra ele quase sem querer. Ele nem tentou mentir pra mim. A gente foi pro meu canto depois que eu saí do trabalho, eu moro num quarto e sala ali no centro, e antes mesmo de acontecer qualquer coisa ele disse que era casado e sorriu quando eu disse não me importo, não. Ele morava com a mulher e a filhinha num apartamento em Katamon, não muito longe do restaurante onde eu trabalhava e onde a gente se viu pela primeira vez. Um dia eu vi ele e a mulher e a filhinha atravessando a King George, acho que iam pro Parque da Independência. Ela era uma mulher que devia ter sido bonita quando eles se conheceram e se casaram mas que depois engordou um pouco. Mas o Yehuda gostava de gordinhas porque ele vivia dizendo que eu tinha que engordar um pouco. Depois que ele voltou do Líbano as coisas ficaram um pouco complicadas porque eu meio que demorei a reconhecer ele. Uma amiga minha que também é garçonete e também namorava um soldado naquela época disse que eles sempre voltam assim e que eu devia era rezar pra ele, com o passar do tempo, voltar a ser o Yehuda de antes ou pelo menos algo que se parecesse ou lembrasse o Yehuda de antes. Com o tempo, ele foi ficando menos tenso e calado, mas nunca voltou a ser o Yehuda de antes. Eu sempre imagino coisas e pensei que no Líbano eles tinham pegado o Primeiro

Yehuda e substituído pelo Segundo Yehuda. Eu morria de medo que estourasse outra guerra e eles pegassem o Segundo Yehuda e trocassem pelo Terceiro Yehuda, que não devia ser coisa melhor. As coisas nunca melhoram com a guerra. Mas não é que ele tenha começado a me maltratar ou coisa parecida. Era mais uma coisa dele com ele mesmo. Uma tristeza, uns pesadelos, lembranças ruins, essas coisas. Ele sempre me tratou muito bem. Ele deixava dinheiro e cuidava de mim e eu fazia tudo o que ele queria, estava sempre esperando por ele. Nunca enchi o saco dele. Nunca disse pra ele largar a mulher e ficar só comigo. A minha amiga que também é garçonete e que também namorava um soldado que também era casado vivia dizendo isso pro homem dela. Eu falava pra ela é burrice. Eles fazem a gente se sentir bem, deixam algum dinheiro e depois vão embora pra casa deles. Por que enfiar um homem dentro de casa pra sempre? Mas ela dizia que não, que o homem dela tinha que ser só dela. Brasileira. As brasileiras não são muito espertas. Pelo menos as que eu conheci aqui. Nem é o caso de dizer que elas são burras, não é isso. Elas não são, como é que se diz, elas não são pragmáticas. Yehuda gostava de saber das palavras. Digo, do significado delas. Ele me explicou o que o nome dele significava, me contou toda uma história, mas eu acabei esquecendo e fiquei com vergonha de pedir pra ele explicar de novo. Eu falei pra ele que o nome da minha cidade natal vem de uma outra palavra que significa "solo negro". Não é russo, expliquei. Ele perguntou o chão lá é escuro. Eu disse que nunca tinha prestado atenção e ele riu. Ele estava sempre rindo de mim. Eu gostava disso, mesmo quando tinha a impressão de que ele ria um pouco demais. Mas depois ele começou a rir bem menos do que antes. O Primeiro Yehuda ria bem mais do que o Segundo Yehuda. Ele me perguntava se eu queria ser garçonete pra sempre. Eu dizia não me importo, minhas contas estão em dia, não me falta nada. Então ele não dizia nada e ficava me olhando de um jeito engraçado, como se tentasse me entender e não conseguisse. Acho que o problema era esse mesmo. Não tinha nada aqui pra ele entender, nada além do que ele via e tocava. Daí eu dizia pra ele é só isso mesmo, não tem mais nada.

Era muito gostoso no começo quando ele ficava repetindo o meu nome, Nastenka, Nastenka, Nastenka. Eu expliquei, o meu pai era professor de literatura e esse nome e o nome da minha irmã eram nomes de personagens de Dostoiévski, mas foi a mesma coisa que tentar explicar o que é a Constante de Planck para uma morsa com problema de deficit de atenção. Os homens aqui são muito burros. Ele perguntou sobre a minha irmã, primeiro se era verdade que ela tinha virado prostituta em Israel e, depois, se ela não era filha do meu pai, como é que meu pai tinha escolhido o nome dela? Eu tive de explicar que o meu pai conheceu a minha mãe quando ela estava grávida e o pai de Dúnia tinha ido embora para Londres, dizem que se meteu com a *Bratva na peeski* e morreu por lá. Meu pai se apaixonou pela minha mãe e assumiu o bebê como se fosse dele e escolheu o nome, Dúnia. Isso é bem bonito, disse Yuri. Criar uma filha que não é sua como se fosse sua. Porque meu pai criou todos os filhos que eram dele como se não fossem dele hahaha. Quando estava calado ou apenas repetindo o meu nome, Nastenka, Nastenka, Nastenka, Yuri era um ser humano quase suportável. Ele era burro como os outros, está certo, mas não tinha essa postura provinciana em relação a mim por eu ter vivido fora de Smolensk por algum tempo e enfileirado dois ou três diplomas. Minha mãe nunca entendeu por que não arrumei um cargo de professora e fiquei lá por Moscou. Para dizer a verdade, eu também nunca entendi o que se passou. Sei que, quando percebi, estava de volta a Smolensk lecionando para um punhado de adolescentes com – presumo – piercings até no ânus. Eu também nunca entendi o que se passou entre eu voltar para Smolensk e, de repente, certa manhã, assim que eu acordei para ir à escola, me ocorrer assim, do nada, que a minha menstruação estava atrasada havia quase duas semanas. Claro que a minha mãe disse: Isso não está certo. E se descabelou como se eu tivesse 15 e não 26 anos. Como eu disse, era muito gostoso no começo. Fui à oficina dele em Mokh-Bogdanovka contar a novidade. Ele estava segurando uma peça qualquer, que caiu no chão junto com o queixo dele. E eu entendi. Dei as costas e fui embora. Não atendi mais suas ligações. A menina completa 2 anos amanhã. Ano que vem iremos a Israel visitar tia Dúnia, a prostituta da família.

NASTENKA SUSPIROU DO OUTRO LADO DA LINHA, ela vivia suspirando quando eu dizia alguma coisa que ela não achava legal, isso desde quando a gente era pequena, como se ela fosse a irmã mais velha e eu a caçula. Nastenka suspirou e disse quando eu for te visitar daqui a uns meses eu não quero saber de você metida com homem casado, não. Eu disse sim, senhora. Depois que o Yehuda me procurou dizendo que não podia mais me ver por um monte de razões que eu nem me dei ao trabalho de ouvir, eu confesso que fiquei mal por uns dias. Mas depois eu pensei que era até melhor. Foi o que Nastenka disse também. Eu fiquei uns três dias sem sair de casa e quase perdi o emprego. Mas aí, num domingo desses, eu coloquei um vestido bonito que o Yehuda tinha me dado logo que a gente começou a se ver e fui dar uma volta. Logo que eu pisei na calçada, o vento me acertou em cheio, como se me pegasse pelos ombros e me sacudisse, e eu sorri achando aquilo tudo muito gostoso e me senti bem. Agora eu passo o tempo com um árabe que eu conheci no *shuk* outro dia. Não é sempre que ele vem porque é complicado, ele é palestino, mas não é casado, pelo menos é o que ele diz. Uma, no máximo duas vezes por semana. A gente não tem muito o que conversar porque o hebraico dele é horrível e a única coisa que eu sei falar em árabe é *xucram* depois que ele vem aqui dentro de mim e me faz gozar como se a única coisa que existisse no mundo fosse isso, gozar. Depois ele tem que sair correndo porque não tem permissão pra dormir em Israel e precisa voltar pra Cisjordânia antes que a noite caia de vez, e a noite quando cai aqui em Israel é sempre assim, de repente, como se quisesse assustar todo mundo e não deixar a menor dúvida de que anoiteceu.

9.

Não houve festa quando Aureliano e Camila readentraram o pequeno apartamento, ela apoiada em seu ombro direito e a mochila com roupas e outros pertences dependurada no esquerdo. Ela não olhou ao redor como em geral as pessoas fazem, depois de um período fora, para reconhecer o espaço, sentir-se novamente em casa; não prestou atenção em nada, não sorriu para os quadros e fotografias e objetos como se os cumprimentasse, olá, já faz um tempinho, hein?, limitando-se a pedir:

– Aqui no sofá. Me deixa ficar aqui.

– Tem certeza? Não quer se deitar no quarto?

Não, não, balançou a cabeça.

– No sofá – repetiu.

Ele obedeceu. A verdade é que, vencidos os trajetos do carro até a entrada do prédio, onde parou para descansar um pouco, e do elevador até a porta de casa, quando se encostou na parede enquanto Aureliano destrancava a porta, ela teve a impressão, ao percorrer o curto corredor da entrada, de que seria impossível chegar até o quarto, vencer a distância que faltava, por menor que fosse, a tontura ameaçando pesar, os pulmões ardendo, o coração parecendo bombear água em vez de sangue, e achou que seria melhor dar um tempo ali, no sofá da sala.

– Um copo d'água? Por favor? – pediu, ofegando.

A cozinha estava limpa. Não havia uma louça sequer na pia, talheres sujos, nada. Aureliano abriu o armário que ficava sobre a geladeira, pegou um copo de vidro e o encheu com água do filtro. Tomou dois longos goles e depois voltou a enchê-lo. Na sala, deu com Camila semiestirada no sofá, o tronco apoiado por duas enormes almofadas e os pés suspensos. Sentou-se na mesinha de centro diante dela e estendeu o copo.

– Você não devia sentar aí – ela disse, endireitando a cabeça, pegando o copo e o levando até a boca com dificuldade.

– Eu sei.

Ela bebia em goles pequenos, entremeados por pausas. Enquanto isso, fitava o corredor estreito que ligava a sala ao quarto. Ao terceiro gole, devolveu o copo para Aureliano. Ele o colocou ao seu lado, na mesinha, e perguntou se ela queria um cobertor ou qualquer outra coisa, talvez uma bolacha ou um pouco de leite.

– Não, eu só quero ficar aqui um pouquinho.

– Tá bom.

Aureliano pegou o copo e o levou consigo para a cozinha. Colocou dentro da pia com cuidado. Estava três quartos cheio. Cogitou entornar toda a água na pia, mas não o fez. Ficou por ali, olhando para o copo quase cheio e a pia seca.

– O que você está fazendo aí? – Ele a ouviu perguntar depois de um tempo.

Voltou em silêncio para a sala e sentou-se na poltrona que estava logo atrás da cabeça de Camila. Havia outra poltrona no lado oposto, onde poderia ficar de frente para ela, junto aos seus pés. A sala era composta por esse conjunto, o sofá de três lugares e as duas poltronas formando um semicírculo, no meio do qual estava a mesinha. Optou por se esconder um pouco, não vê-la por alguns instantes. No hospital, havia o corredor, Aureliano se levantava e circulava, escondia-se por algum tempo antes de voltar ao quarto e reencontrá-la como a deixara, na cama, quieta. Quieta demais, às vezes.

– O que você estava fazendo? – ela perguntou.
Demorou um pouco para responder:
– Nada.
Ela tirou as sandálias usando os pés, jogou uma das almofadas no chão e se deitou por completo. Aureliano alcançou a almofada e a trouxe para o colo.
– Tenho que voltar pro trabalho – disse. Ela sabia disso. – Estou tendo um dia ruim.
Ela soltou uma risada fraca.
– Que foi? – ele perguntou.
– Todos os meus dias são ruins – ela disse, sorrindo agora, e ele também sorriu. Houve esse pequeno momento de leveza, que ambos sabiam ser impossível sustentar por muito tempo. Ela complementou, ainda nesse espírito: – Sem querer desmerecer os seus, claro.
Claro, Aureliano pensou. Ficou olhando para a almofada e pensou nela como um bicho, um animal de estimação aninhado em seu colo ou mesmo um bebê, a criança de alguém. Tratou de jogá-la na outra poltrona.
– Arthur viajou mesmo – disse, pouco depois.
– Você tinha comentado comigo. Eles foram para onde mesmo?
– Israel.
– Caramba. Israel.
Camila estivera com Arthur e Teresa em poucas ocasiões. Lembrava-se de um aniversário do garoto. Era um menino quieto, mas inteligente, interessado no que os outros lhe diziam, pelas histórias que ouvia ou entreouvia. E agora os pais viajaram para bem longe. Para quê? Para esquecer ou para superar? E não seria a mesma coisa? Não, claro que não.
– Foi ideia da Teresa?

– O quê? Viajar? Acho que não. Acho que o Arthur teve que ficar insistindo e tal.
– Mas Israel foi ideia dela?
– Ah, deve ter sido. Acho que foi ela quem escolheu. Você ia gostar de uma viagem dessas?
– Não tenho vontade de conhecer Israel, acho.
– Mas você está sempre rezando.
– Sim, mas você nunca me viu indo à missa, por exemplo. Eu não preciso de lugar, entende? Da igreja, do lugar santo. Acho que todo lugar é santo. Não preciso rezar no Santo Sepulcro para me sentir mais perto de Deus.
– Já ouvi isso antes.
– Eu sei que já.
– Você se sente perto de Deus aí, nesse sofá?
Ela sabia que Aureliano estava zombando, mas não se importou. Nunca se importava.
– Eu me sinto perto de Deus, ponto.
Perto de Deus, ele pensou. E tomara que Ele te sinta perto, também. Tomara que Ele não invente de te levar para mais perto ainda.
– O quê? – Foi como se ela adivinhasse no que ele estava pensando. Ultimamente, precisava mantê-lo afastado de sua própria cabeça. – Não fique pensando besteira.
– Não estou pensando em nada – ele mentiu. Como é que ela sabe? Não está sequer vendo a porcaria do meu rosto. Sorriu: – Bruxa.
Ela sorriu também. Outro momento de leveza. Ficaram em silêncio para saboreá-lo melhor. Dois minutos inteiros.
– Quer que eu ligue a televisão? – Aureliano perguntou depois, endireitando o corpo e se preparando para levantar.
– Não.

– Quer que eu te leve pro quarto?
– Não. Vou ficar aqui. Você já está saindo?
– Daqui a pouco. Vou ajeitar algumas coisas para você antes.
– Não preciso de nada – ela disse irrefletidamente e, no momento em que falou, soube que não era verdade.
– Pensei em fazer um chá. – Foi a vez de ele adivinhar.
Ela respirou fundo, depois forçou um sorriso pequeno:
– Na verdade, um chá seria perfeito.
Aureliano se levantou e foi para a cozinha. Camila fechou os olhos. Manteve o sorriso por alguns segundos, o máximo que conseguiu.

10.
Quando nada acontece, Teresa pensou. Quando nada acontece.

Eles acordaram muito cedo e saíram à rua. O primeiro ônibus que passou, ainda vazio. Era muito cedo. Mochilas nas costas, a pergunta na ponta da língua de Arthur:

– *Tachana merkazit?*

O motorista, um urso sonolento, balançando a cabeça afirmativa e preguiçosamente. Eles se sentaram no fundo. Arthur estava animado. Teresa tinha dor de cabeça porque bebera uma garrafa de vinho inteira na noite anterior. Não era um bom vinho, pensou, ou esta não é uma boa cabeça.

Eles desceram do ônibus em meio à pequena multidão que já se formava na entrada da rodoviária. A fila, àquela hora já um pouco longa, andava rápido. Arthur e Teresa abriram as mochilas para que uma soldado as revistasse e depois as colocaram sobre a esteira dos raios X e passaram pelo detector. Subiram pelas escadas rolantes, identificaram o guichê e compraram as passagens. Ele perguntou se ela queria tomar um café. Teresa disse que não queria nada.

A viagem foi curta. Não muito tempo depois de deixarem Jerusalém, Teresa já conseguiu ver, a distância, o Mar Morto. Um bicho azulado-gelatinoso, esparramado no meio de uma vastidão branca que não parecia ter fim. Nada se movia e ela sentiu como se o ônibus adentrasse uma espécie de último amanhecer na Terra. Aqui é o fim, pensou. Um fim. O extremo de alguma coisa. Daqui podemos nos jogar. Nada abaixo ou acima. Tanto faz – flutuaremos.

Tomou a mão esquerda de Arthur entre as suas e fechou os olhos.

Quando nada acontece, nada acontece.

O teleférico que os levou até as ruínas não estava cheio. Alguns turistas norte-americanos, austríacos, alemães, gordos e vermelhos com suas esposas gordas e vermelhas. Teresa e Arthur dispensaram os fones de ouvido e os guias, e perambularam sozinhos pelo enorme lugar, de um lado a outro. Liam as placas, ele tirava fotos, fugiam do sol, que embranquecia tudo. Teresa parou em um extremo e fitou o Mar Morto lá embaixo. O mesmo monstro adormecido que vira pela janela do ônibus e, depois, do teleférico. Não deve ser difícil caminhar por aquelas águas, pensou. E então gritou para Arthur, que, alguns degraus acima, em outro patamar da mesma construção arruinada, desprovida de paredes, fotografava algo qualquer:

– O Mar da Galileia não me interessa.

– Aquele lá embaixo é o Mar Morto – ele gritou de volta, sem olhar para ela.

– Eu sei, porra – ela resmungou, tapando a boca em seguida, envergonhada pelo palavrão. Baixou a mão com violência logo depois, envergonhada por ter se envergonhado, e rosnou de si para si: – Que se foda.

Olhou para cima.

O Sol arregalado, um urro branco congelado bem alto no céu.

Caminharam pelas ruínas por quase duas horas.

– Foi por aqui que os romanos entraram – disse Arthur, apontando para uma gigantesca rampa feita de pedras e terra.

– Mas quando chegaram aqui em cima só encontraram gente

morta. O rei tinha ordenado que todo mundo se matasse em vez de se render.

— O suicídio não é uma forma de rendição? — Teresa perguntou, braços cruzados, olhando para a enorme rampa.

— Bem — Arthur encolheu os ombros —, pelo menos eles não caíram nas mãos do inimigo.

— Retroceder nunca, render-se jamais — Teresa suspirou, pensando em Jean-Claude van Damme para em seguida rir de si mesma. — Meu Deus.

Ficaram calados por um momento olhando a rampa.

— Todo mundo se matou?

— Acho que uma mulher, uma velha e uma criança se esconderam em algum lugar. Não quiseram cometer suicídio. Acho que foi assim. Não sei direito. Li alguma coisa na internet ontem, bem por alto. A gente pode perguntar para um desses guias.

— Não. — Ela balançou a cabeça. — Melhor não.

— Por quê?

— Nunca pergunte nada para um guia turístico.

— Por quê?

— Ele pode responder.

Do teleférico que agora descia, Teresa olhou mais uma vez para o Mar Morto lá embaixo. Esperava que, em algum momento, ele se mostrasse vivo e se movesse. Um animal abatido, pesadamente inerte. Ela procurou pela cabeça, sem sucesso. Aquele era um corpo disforme e também decapitado.

— A gente pode pegar o ônibus de meio-dia daqui de Massada para Ein Gedi — disse Arthur depois de checar as horas.

— E o que é que tem lá em Ein Gedi?

— O Mar Morto.

Outra pequena viagem dentro da viagem maior.

A massa azulada disforme, não mais inerte porque mais e mais próxima, parecia se arrastar em direção a eles e não o contrário. O lugar mais baixo da Terra, leu em um dos folhetos que Arthur lhe dera. Aqui, à medida que se aproximava do Mar Morto, muito embora a luz esbranquiçada fosse a mesma de Jerusalém, Teresa se sentia convidada a fechar os olhos.

Assim que chegaram à praia e desceram do ônibus, ela olhou para o mar e depois para cima: o mesmo Sol enorme enraizado no céu. Sempre o mesmo Sol.

– Qual é mesmo o nome desse lugar? – perguntou.

A praia ficava ao final de uma longa calçada que atravessava a areia em linha reta, uma rampa se pronunciando em direção à água, mas sem chegar até ela. O mar estava logo atrás de uma espécie de cerca. Têm medo de que ele fuja?

– Ein Gedi – Arthur respondeu.

Caminhavam em direção ao mar. Arthur falou de uma espécie de oásis, um jardim botânico do outro lado da rodovia, num kibutz ou coisa parecida, ou próximo a um kibutz, ele não sabia direito, mas era outro lugar que eles poderiam visitar. Naquela mesma tarde, se ela quisesse. Depois que tivessem almoçado por ali mesmo, havia alguns restaurantes a poucos passos de onde estavam.

Teresa olhou para cima outra vez. O mesmo Sol.

Uma lâmpada branca estilhaçada (mas ainda acesa) contra o firmamento.

– A gente não precisa voltar hoje para Jerusalém. A gente pode fazer o que quiser.

Não o ouvia direito. Tudo era pesado e quieto, as vozes do marido e dos outros turistas lhe chegavam como que amortecidas. Era água nos ouvidos, mesmo que ainda não tivesse mergulhado, mesmo sendo tão difícil mergulhar ali.

Na praia, ouviu uma mulher que viera no mesmo ônibus em que eles dizer a alguém, em inglês:

– *Isn't it fantastic, Arthur?*

Ao ouvi-la pronunciar aquele nome, ainda que com sotaque inglês, *Árthur*, Teresa pensou que fosse vomitar. Sentou-se na areia, as pernas mal respondendo, e encolheu-se, escondendo a cabeça entre os joelhos.

Contou até dez bem devagar.

Depois, bem depois, ergueu a cabeça.

O mar quieto, pesado.

Alguns já entrando na água, entre risos e gritos incompreensíveis. Feito crianças.

Não é fantástico, Arthur?

Ela abriu a bolsa que trouxera, pegou a toalha e o filtro solar. Levantou-se, estendeu a toalha na areia e voltou a se sentar.

Arthur estava de pé logo à frente. Olhava adiante, sorrindo, como se visse a outra margem e, nela, algo de extraordinário.

Não é fantástico, Arthur?

Ela descalçou as sandálias e as colocou junto da bolsa. Ficou olhando na mesma direção que Arthur olhava.

O que ele via? Não se enxergava nada.

O cadáver aquoso, uma espécie de gel azulado, e sobre ele e além aquela névoa de um branco sujo, encardido.

– O que você está olhando? – perguntou depois de um tempo.

Sem se virar, ele respondeu:

– Nada. Só olhando.

– Não dá para ver a outra margem.

– Não. Não dá.

Ele estava com as mãos na cintura, a câmera pendurada no pulso direito. Na camiseta dele estava escrito: DON'T WORRY. BE JEWISH.

– Não somos judeus – ela dissera ao vê-lo comprar a camiseta dias atrás, na Cidade Velha em Jerusalém. – Quer dizer que temos de nos preocupar?

Ela se levantou, tirou a camiseta e a bermuda, ajeitou o maiô, passou protetor solar pelo corpo.

As pernas ainda tremiam um pouco.

Disse a ele:

– Acho que vou entrar na água.

– Entro daqui a pouquinho. Quero tirar umas fotos antes.

A água a mantinha suspensa. Não era assim nada demais. (Era?) Ficou boiando em círculos, os olhos fechados. Os risos e os gritos ao redor. Feito crianças. Tentou pensar em outra coisa. Ocorreu-lhe, então, que tudo se resumia a uma única margem, sem ponto de chegada do outro lado.

Meu Deus. Margem alguma do outro lado.

Não é terrível, Arthur?

Chamou por ele:

– Arthur?

A luz do sol não a permitia abrir os olhos por completo, mas ela o entrevia parado, a água batendo nos joelhos.

– Arthur?

Chamou outras vezes, a voz cada vez mais baixa.

Arthur fotografava o nada diante de si, a paisagem marítima adormecida, a névoa ausentando a outra margem.

Não a ouvia.

Jerusalém – São Paulo,
maio de 2009 – julho de 2012.

Este livro foi impresso na Editora JPA Ltda.,
Av. Brasil, 10.600 – Rio de Janeiro – RJ
para a Editora Rocco Ltda.